# Os passos perdidos

Alejo Carpentier
## *Os passos perdidos*

TRADUÇÃO Marcelo Tápia

Martins Fontes

O original desta obra foi publicado com o título *Los pasos perdidos*.
© Andrea Esteban de Carpentier.
© 2008 Martins Editora Livraria Ltda., São Paulo, para a presente edição.

| | |
|---:|:---|
| Publisher | *Evandro Mendonça Martins Fontes* |
| Produção editorial | *Eliane de Abreu Santoro* |
| Capa e projeto gráfico | *Renata Miyabe Ueda* |
| Diagramação | *Megaart Design* |
| Preparação | *Rodrigo Gurgel* |
| Revisão | *Aluizio Leite* |
| | *Dinarte Zorzanelli da Silva* |
| | *Shirley Kühne* |
| Produção gráfica | *Sidnei Simonelli* |
| | |
| 1ª edição | *2008* |
| 2ª edição | *2009* |
| Impressão | *Imprensa da Fé* |

**Dados Internacionais de Catalogação na Publicação (CIP)**
**(Câmara Brasileira do Livro, SP, Brasil)**

Carpentier, Alejo
　　Os passos perdidos / Alejo Carpentier ; tradução Marcelo Tápia. – 2. ed. – São Paulo : Martins Martins Fontes, 2009.

　　Título original: Los pasos perdidos.
　　ISBN 978-85-61635-49-7

　　1. Romance cubano I. Título.

09-12673                                             CDD-cb863.4

Índices para catálogo sistemático:
1. Romances : Literatura cubana   cb863.4

*Todos os direitos desta edição no Brasil reservados à*
***Martins Editora Livraria Ltda.***
*R. Prof. Laerte Ramos de Carvalho, 163*
*01325-030 São Paulo SP Brasil*
*Tel.: (11) 3116 0000  Fax: (11) 3115 1072*
*info@martinseditora.com.br*
*www.martinseditora.com.br*

# Primeiro capítulo

*E os céus que estão sobre tua cabeça serão de bronze; e a terra que está debaixo de ti, de ferro. E tatearás ao meio-dia, como tateia o cego na escuridão.*

DEUTERONÔMIO, 28:23-29

# 1

Fazia quatro anos e sete meses que não tornara a ver a casa de colunas brancas, com seu frontão de carrancudas molduras que lhe davam uma austeridade de palácio de justiça, e agora, diante de móveis e trastes colocados em seu lugar invariável, tinha a quase penosa sensação de que o tempo retrocedera. Próxima à luminária, a cortina cor de vinho; onde trepava a roseira, a gaiola vazia. Mais adiante estavam os olmos que eu havia ajudado a plantar nos dias do entusiasmo inicial, quando todos colaborávamos na obra comum; junto ao tronco escamado, o banco de pedra que fiz soar como madeira ao golpeá-lo. Atrás, o caminho do rio, com suas magnólias anãs, e a grade intrincada de arabescos, ao estilo de Nova Orleans. Como na primeira noite, andei pelo átrio, ouvindo a mesma ressonância oca sob meus passos e atravessei o jardim para chegar mais rapidamente aonde se moviam, em grupos, os escravos marcados a ferro, as amazonas de saias enroladas no braço e os soldados feridos, maltrapilhos, mal enfaixados, esperando sua hora em sombras fedendo a resina, a feltros velhos, a suor ressumado nas mesmas casacas. A tempo saí da luz, pois soou o disparo do caçador e um pássaro caiu no palco, do segundo terço das bambolinas. A saia-balão de minha esposa voou por sobre minha cabeça, pois me achava precisamente onde lhe cabia entrar, reduzindo-lhe a já estreita passagem. Para incomodar menos fui a seu camarim, e lá o tempo voltou a coincidir com a data, pois as coisas certamente apregoavam que quatro anos e sete meses não transcorriam sem desgastar-se, desluzir e murchar. As rendas do arremate estavam descoradas; o cetim negro da cena do baile havia perdido a formosa rigidez que o fizera soar, em cada reverência, como um revoo de folhas secas. Até as paredes do cômodo haviam se estragado, ao serem tocadas sempre nos mesmos lugares, levando os rastros de sua larga convivência com a maquiagem, as flores tresnoitadas e o disfarce. Sentado agora no divã que de verde-mar passara a verde-mofo, consternava-me pensando em como se tornara dura, para Ruth, esta prisão de cenários, com suas pontes volantes, suas teias de cordão e árvores de mentira. Nos dias da estreia dessa tragédia da Guerra de Secessão, quando nos coube ajudar o autor jovem servido por uma companhia recém-saída de um teatro experimental, vislumbrávamos no máximo uma aventura de vinte noites. Agora chegávamos às mil e quinhentas representações, sem que os personagens, atados por contratos sempre prorrogáveis, tivessem alguma possibilidade de evadir-se da ação, desde que os empresários, passando o generoso empenho juvenil ao plano dos grandes negócios, haviam acolhido a obra em seu consórcio. Assim, para Ruth, longe de ser uma porta aberta sobre o vasto mundo do Drama – um meio de evasão –, esse teatro era a ilha do Diabo. Suas breves fugas, em apresentações beneficentes que lhe eram permitidas, sob o penteado de Pórcia ou os drapeados de alguma Ifigênia, traziam-lhe alívio muito escasso, pois debaixo do traje diferente os espectadores buscavam a rotineira saia-balão, e na voz que queria ser de Antígona, todos achavam as inflexões acontraltadas de Arabela, que agora, no palco, aprendia com o personagem Booth – em situação que os críticos consideravam portentosamente inteligente – a pronunciar corretamente o latim, repetindo a frase: *Sic semper tyrannis*. Seria preciso o gênio de uma trágica ímpar, para se desfazer daquele parasita que se alimentava de seu sangue: daquela hóspede de seu próprio corpo, presa em sua carne como um mal sem remédio. Não lhe faltava vontade de romper o contrato. Mas tais rebeldias eram pagas, no ofício, com um longo desemprego, e Ruth, que começara a dizer o texto na idade de trinta anos, via-se chegar aos trinta e cinco, repetindo os mesmos gestos, as mesmas palavras, todas as noites da semana, todas as tardes de domingo, sábado e feriado – sem contar as atuações das excursões de verão. O êxito da obra aniquilava lentamente os intérpretes, que envelheciam à vista do público dentro de suas roupas imutáveis, e quando um deles morrera de um enfarte, certa noite, logo após cair o pano de fundo, a companhia, reunida no cemitério na manhã seguinte, fez – talvez sem se aperceber disso – uma ostentação de roupas de luto que tinham um não sei quê de daguerreótipo. Cada vez mais amargurada, menos confiante em realizar de fato uma carreira que, apesar de tudo, amava por instinto profundo, minha esposa se deixava levar pelo automatismo do trabalho imposto, como eu me deixava levar pelo automatismo de meu ofício. Antes, ao menos, tratava de salvar seu temperamento num contínuo repasse dos grandes papéis que aspirava a interpretar alguma vez. Ia de Norah a Judith, de Medeia a Tessa, com a ilusão de renovar-se; mas essa ilusão fora vencida, por fim, pela tristeza dos monólogos declamados em frente do espelho. Ao não achar um modo normal de fazer coincidir nossas vidas – as horas da atriz não são as horas do empregado –, acabamos por dormir cada qual do seu lado. No domingo, ao fim da manhã, eu costumava passar um momento em seu leito, cumprindo com o que considerava um dever de esposo, embora não soubesse se, na realidade, meu ato respondia a um verdadeiro desejo por parte de Ruth. Era provável que ela, por sua vez, se acreditasse obrigada a entregar-se a essa hebdomadária prática física em virtude de uma obrigação contraída no instante de inscrever sua assinatura ao pé de nosso contrato matrimonial. De minha parte, atuava impulsionado pela noção de que não devia ignorar a possibilidade de uma premência que me era possível satisfazer, aplacando com isso, por uma semana, certos escrúpulos de consciência. O certo era que esse abraço, embora desalentado, voltava a apertar, a cada vez, os vínculos afrouxados pelo desemparelhamento de nossas atividades. O calor dos corpos restabelecia uma certa intimidade, que era como um curto regresso ao que havia sido a casa nos primeiros tempos. Regávamos o gerânio esquecido desde o domingo anterior; mudávamos um quadro de lugar; fazíamos contas domésticas. Mas logo os sinos de um carrilhão próximo nos lembravam que chegava a hora da reclusão. E ao deixar minha esposa em seu palco no início da apresentação da tarde, tinha a impressão de devolvê-la a um cárcere onde cumprisse uma condenação perpétua. Soava o disparo, caía o falso pássaro do segundo terço de bambolinas, e dava-se por terminada a Convivência do Sétimo Dia.

Hoje, no entanto, alterara-se a regra dominical, por culpa daquele sonífero ingerido na madrugada para conseguir um sono imediato – que já não me vinha como antes, apenas por colocar sobre meus olhos a venda negra aconselhada por Mouche. Ao despertar, dei-me conta de que minha esposa havia partido, e a desordem de roupas parcialmente tiradas das gavetas da cômoda, os tubos de maquiagem de teatro jogados nos cantos, as caixas de pó de arroz e frascos deixados em toda parte, anunciavam uma viagem inesperada. Ruth voltava do palco, agora, seguida por um rumor de aplausos, soltando apressadamente os fechos de seu corpete. Fechou a porta com um golpe que, de tanto se repetir, tinha desgastado a madeira, e a saia-balão, arremessada por sobre sua cabeça, abriu-se no tapete de parede a parede. Ao sair daquelas rendas, seu corpo claro pareceu-me novo e gracioso, e já me aproximava para acariciá-lo, quando a nudez se vestiu de veludo caído do alto que tinha o cheiro dos retalhos que minha mãe guardava, quando eu era menino, no mais escondido de seu armário de mogno. Veio-me uma labareda de ira contra o estúpido ofício e o fingimento que sempre se interpunha entre nossas pessoas como a espada do anjo das hagiografias; contra aquele drama que dividira nossa casa, lançando-me à outra – aquela cujas paredes se adornavam de figurações astrais –, onde meu desejo encontrava sempre um ânimo propício ao abraço. E era para favorecer essa carreira em seus começos desafortunados, para ver feliz aquela que então muito amava, que havia torcido meu destino, procurando a segurança material no ofício que me tinha tão preso como estava ela! Agora, de costas para mim, Ruth me falava através do espelho, enquanto manchava seu inquieto rosto com as cores gordurosas da maquiagem: explicava-me que, ao terminar a apresentação, a companhia devia empreender, de imediato, uma excursão à outra costa do país e que por isso trouxera suas malas ao teatro. Perguntou-me distraidamente pelo filme exibido na véspera. Ia contar-lhe de seu êxito, lembrando-lhe que o fim desse trabalho significava o começo de minhas férias, quando bateram à porta. Ruth se pôs de pé, e me vi diante de quem deixava uma vez mais de ser minha esposa para transformar-se em protagonista; prendeu uma rosa artificial na cintura, e, com um leve gesto de desculpa, encaminhou-se ao palco, cujo pano à italiana acabava de abrir-se revolvendo um ar que cheirava a pó e a madeiras velhas. Ainda voltou-se para mim, num aceno de despedida, e tomou a senda das magnólias anãs... Não me senti com ânimo para esperar o outro entreato, em que o veludo seria trocado pelo cetim, e uma maquiagem diferente se adensaria sobre a anterior. Retornei a nossa casa, onde a desordem da partida apressada era ainda presença da ausente. O peso de sua cabeça estava moldado no travesseiro; havia, no criado-mudo, um copo de água meio bebido, com um precipitado de gotas verdes, e um livro aberto num fim de capítulo. Minha mão encontrava ainda úmida a mancha de uma loção derramada. Uma folha de agenda, que não tinha visto ao entrar antes no quarto, informava-me da viagem inesperada: *Beijos. Ruth. P. S. Há uma garrafa de xerez no escritório.* Tive uma tremenda sensação de solidão. Era a primeira vez, em onze meses, que me via só, fora do sono, sem uma tarefa a cumprir de imediato, sem ter de correr para a rua com o temor de chegar tarde a algum lugar. Estava longe do aturdimento e da confusão dos estúdios, num silêncio que não era quebrado por músicas mecânicas nem vozes aumentadas. Nada me inquietava e, por isso mesmo, sentia-me o objeto de uma vaga ameaça. Neste quarto abandonado pela pessoa de perfumes ainda presentes, encontrava-me como que desconcertado pela possibilidade de dialogar comigo mesmo. Surpreendia-me falando-me a meia-voz. Novamente deitado, olhando para o teto, relembrava os últimos anos transcorridos, e os via correr de outonos a páscoas, de aquilões a asfaltos amolecidos, sem ter o tempo de vivê-los – sabendo, de repente, pelos oferecimentos de um restaurante noturno, da volta dos patos selvagens, do fim da proibição da pesca de ostras, ou do reaparecimento das castanhas.

Às vezes, também, minha informação sobre o passar das estações devia-se aos sinos de papel vermelho que se abriam nas vitrines das lojas, ou à chegada de caminhões carregados de pinheiros cujo perfume deixava a rua como que transfigurada durante alguns segundos. Havia grandes lacunas de semanas e semanas na crônica de meu próprio existir; temporadas que não me deixavam uma lembrança válida, o rastro de uma sensação excepcional, uma emoção duradoura; dias em que todo gesto me produzia a obsedante impressão de tê-lo feito antes em circunstâncias idênticas – de ter sentado no mesmo canto, de ter contado a mesma história, olhando o veleiro preso no cristal de um pesa-papéis. Quando se festejava meu aniversário em meio às mesmas caras, nos mesmos lugares, com a mesma canção repetida em coro, assaltava-me invariavelmente a ideia de que isto só diferia do aniversário anterior na aparição de uma vela a mais sobre um bolo cujo sabor era idêntico ao da vez precedente. Subindo e descendo a encosta dos dias, com a mesma pedra no ombro, sustinha-me por obra de um impulso adquirido à força de paroxismos – impulso que cederia cedo ou tarde, numa data que casualmente figurasse no calendário do ano em curso. Mas escapar disto, no mundo que me fora dado pela sorte, era tão impossível como tratar de reviver, nestes tempos, certas gestas de heroísmo ou de santidade. Caíramos na era do Homem--Vespa, do Homem-Nenhum, em que as almas não se vendiam ao Diabo, mas ao Contador ou ao Comitre. Por entender que era vão rebelar-se, após um desarraigamento que me fez viver duas adolescências – a que ficava do outro lado do mar e a que aqui se contivera –, não via onde achar alguma liberdade fora da desordem de minhas noites, em que tudo era bom pretexto para me entregar aos mais reiterados excessos. Minha alma diurna estava vendida ao Contador – pensava, debochando de mim mesmo –; mas o Contador ignorava que, de noite, eu empreendia estranhas viagens pelos meandros de uma cidade invisível para ele, cidade dentro da cidade, com moradas para esquecer o dia, como o *Venusberg* e a Casa das Constelações, quando um vicioso desejo, aceso pelo licor, não me levava aos apartamentos secretos, onde se perde o sobrenome ao entrar. Preso à minha técnica entre relógios, cronógrafos, metrônomos, dentro de salas sem janelas revestidas de feltros e matérias isolantes, sempre em lugar artificial, procurava, por instinto, ao me achar a cada tarde na rua já anoitecida, os prazeres que me faziam esquecer o passar das horas. Bebia e me regozijava de costas para os relógios, até que o bebido e o regozijado me derrubassem ao pé de um despertador, com um sono que eu tratava de espessar pondo sobre meus olhos uma máscara negra que devia me dar, adormecido, um ar de Fantomas descansando... A hilária imagem me pôs de bom humor. Virei um grande copo de xerez, resolvido a aturdir o que refletia demasiadamente dentro de meu crânio, e tendo despertado os calores do álcool da véspera com o vinho presente, fui à janela do quarto de Ruth, cujos perfumes começavam a retroceder ante um persistente aroma de acetona. Atrás das grisalhas[1] entrevistas ao despertar, chegara o verão, escoltado por sirenes de navio que se respondiam de rio a rio por cima dos edifícios. No alto, entre as evanescências de uma bruma tépida, eram os cumes da cidade: as agulhas sem pátina dos templos cristãos, a cúpula da igreja ortodoxa, as grandes clínicas onde oficiavam Eminências Brancas, sob os entablamentos clássicos, escorados em demasia por causa da altura, daqueles arquitetos que, no começo do século, perderam o tino ante uma dilatação da verticalidade. Maci-

---

1. Pintura monocromática sobre vidro; vitral monocromático. A palavra, em português, designa qualquer pintura em tons de cinza, branco e preto. (N. T.)

ça e silenciosa, a funerária de infinitos corredores parecia uma réplica em cor cinza – sinagoga e sala de concertos em seu centro – do imenso hospital-maternidade, cuja fachada, órfã de todo ornamento, tinha uma fileira de janelas todas iguais, que eu costumava contar aos domingos, da cama de minha esposa, quando os temas de conversa escasseavam. Do asfalto das ruas elevava-se um mormaço azulado de gasolina, atravessado por vapores químicos, que permanecia em pátios cheirando a restos, onde algum cão ofegante arremedava estiramentos de coelho esfolado para encontrar faixas de frescor na tepidez do piso. O carrilhão martelava uma ave-maria. Tive a insólita curiosidade de saber que santo honrávamos na data de hoje: *4 de junho. San Francisco Caracciolo* – dizia o tomo da edição vaticana onde eu estudara antigamente os hinos gregorianos. Absolutamente desconhecido para mim. Procurei o livro de vidas de santos, impresso em Madri, que muito me havia lido minha mãe, lá, durante as ditosas enfermidades menores que me livravam do colégio. Nada se dizia de Francisco Caracciolo. Mas encontrei umas páginas encabeçadas por títulos pios: *Rosa recebe visita do céu*; *Rosa briga com o diabo*; *O prodígio da imagem que sua*. E uma borda festonada em que se enredavam palavras latinas: *sanctae Rosae Limanae, Virginis. Vatronae principalis totius American Latinae.* E esta quadra da santa, apaixonadamente elevada ao Esposo:

*Ai de mim! O meu querido*
*quem é que detém?*
*Tarda, já é meio-dia,*
*mas ele não vem.*[2]

---

2. "¡Ay de mi! ¿A mi querido / quién le suspende? / Tarda y es mediodía, / pero no viene." (N. T.)

Um doloroso amargor avolumou-se em minha garganta ao evocar, através do idioma de minha infância, tantas coisas juntas. Decididamente, estas férias me enterneciam. Tomei o que restava do xerez e fui novamente à janela. Os meninos que jogavam sob os quatro abetos poeirentos do Parque Modelo deixavam por momentos seus castelos de areia cinza para invejar os pivetes metidos na água de uma fonte municipal, que nadavam entre fragmentos de jornais e bitucas de cigarros. Isto me sugeriu a ideia de ir a alguma piscina para fazer exercício. Não devia ficar em casa, em companhia de mim mesmo. Ao procurar o calção de banho, que não se encontrava nos armários, ocorreu-me que seria mais saudável tomar um trem e descer onde houvesse bosques, para respirar ar puro. E já me encaminhava para a estação ferroviária, quando me detive em frente ao Museu onde se inaugurava uma grande exposição de arte abstrata, anunciada por móbiles pendentes de hastes, cujos cogumelos, estrelas e laços de madeira giravam num ar cheirando a verniz. Ia subir pela escadaria quando vi que parava, muito perto, o ônibus do Planetarium, cuja visita me pareceu muito necessária, de repente, para sugerir ideias a Mouche acerca da nova decoração de seu estúdio. Mas como o ônibus demorava muito a sair, acabei por andar tontamente, aturdido por tantas possibilidades, detendo-me na primeira esquina para seguir os desenhos que sobre a calçada riscava, com gizes de cor, um aleijado com muitas medalhas militares no peito. Quebrado o desmedido ritmo de meus dias, liberado, por três semanas, da empresa alimentícia que já comprara vários anos de minha vida, não sabia como aproveitar o ócio. Estava como que doente de súbito descanso, desorientado em ruas conhecidas, indeciso ante desejos que não se concluíam. Tinha vontade de comprar aquela *Odisseia*, ou então os últimos romances policiais, ou essas *Comédias americanas* de Lope que se ofereciam na vitrine do Brentano's, para voltar a me encontrar com o idioma que nunca usava, ainda que só pudesse multiplicar em espanhol e somar com o *llevo tanto*. Mas aí estava também o *Prometheus Unbound*, que me apartou rapidamente dos livros, pois seu título estava ligado demais ao velho projeto de uma composição que, após um prelúdio arrematado por um grande coral de metais, não passara, no recitativo inicial de Prometeu, do soberbo grito de rebeldia: "*... regard this Earth / made multitudinous with thy slaves, whom thou / requitest for kneeworship, prayer, and praise, / asid toil, and hecatombs of broken heart, / with fear and self-contempt and barren hope*"[3]. A verdade era que, ao ter tempo para me deter diante delas, ao cabo de meses ignorando-as, as lojas me diziam muito. Era, aqui, um mapa de ilhas rodeadas de galeões e rosas dos ventos; mais adiante, um tratado de organografia; mais à frente, um retrato de Ruth, luzindo diamantes emprestados, para propaganda de um joalheiro. A lembrança de sua viagem produziu-me uma repentina irritação: era ela, realmente, a que eu estava perseguindo agora; a única pessoa que desejava ter a meu lado, nesta tarde sufocante e enevoada cujo céu escurecia por trás da monótona agitação dos primeiros anúncios luminosos. Mas outra vez um texto, um palco, uma distância, interpunha-se entre nossos corpos, que não mais voltavam a encontrar, na Convivência do Sétimo Dia, a alegria dos primeiros acasalamentos. Era cedo para ir à casa de Mouche. Enfastiado por ter de escolher caminhos entre tanta gente que andava em sentido contrário, rasgando papéis prateados ou descascando laranjas com os dedos, quis ir

---

3. "... contempla esta terra / assim povoada com teus escravos, que obrigas / a se porem de joelhos, à prece e ao louvor, / ao labor árduo, às desgraças do coração, / com temor, autodesprezo e esperança vã". (N. T.)

para onde havia árvores. E já me tinha livrado de quem retornava dos estádios mimando esportes na discussão, quando algumas gotas frias roçaram o dorso de minhas mãos. Ao cabo de um tempo cuja medida escapa, agora, a minhas noções – por uma aparente brevidade de transcurso num processo de dilatação e recorrência que então me fora insuspeitável –, relembro essas gotas caindo sobre minha pele em deleitosas alfinetadas, como se fossem a primeira advertência – ininteligível para mim, então – do encontro. Encontro trivial, de certo modo, como são, aparentemente, todos os encontros cujo verdadeiro significado só se revelará mais tarde, na trama de suas implicações... Devemos procurar o começo de tudo, seguramente, na nuvem que arrebentou em chuva aquela tarde, com tão inesperada violência que seus trovões pareciam trovões de outra latitude.

# 2

Arrebentara-se, pois, a nuvem em chuva, quando eu andava detrás da grande sala de concertos, naquela calçada longa que não oferecia o menor resguardo ao transeunte. Recordei que certa escada de ferro conduzia à entrada dos músicos, e, como alguns dos que agora passavam me eram conhecidos, não foi difícil chegar ao palco, onde os membros de um coral famoso agrupavam-se por vozes para passar às arquibancadas. Um timbaleiro testava com as falanges a pele de seus tambores, cujo tom subira devido ao calor. Sustentando o violino com o queixo, o concertista fazia soar o *lá* de um piano, enquanto as trompas, os fagotes, os clarinetes, seguiam envoltos no confuso fervor de escalas, trinos e afinações, anteriores à ordenação das notas. Sempre que eu via colocarem-se os instrumentos de uma orquestra sinfônica atrás de suas estantes, sentia uma aguda expectativa do instante em que o tempo deixasse de conduzir sons incoerentes para ver-se enquadrado, organizado, submetido a uma prévia vontade humana, que falava pelos gestos do Medidor de seu Transcurso. Este último obedecia, amiúde, a disposições tomadas um século, dois séculos antes. Mas sob as capas das *particellas*[4] inscreviam-se em signos os mandatos de homens que, embora mortos, jacentes sob mausoléus pomposos ou de ossos perdidos na sórdida desordem da vala comum, conservavam direitos de propriedade sobre o tempo, impondo lapsos de atenção ou de ardor aos homens do futuro. Ocorria às vezes – pensava eu – que esses póstumos poderes sofressem alguma diminuição ou, pelo contrário, crescessem em virtude da maior demanda de uma geração. Assim, quem fizesse um balanço de execuções, poderia chegar à evidência de que, neste ou noutro ano, o máximo usufrutuário do tempo tivesse sido Bach ou Wagner, junto à escassa participação de Telemann ou Cherubini. Fazia três anos, pelo menos, que eu não assistia a um concerto sinfônico; quando saía dos estúdios estava tão saturado de má música ou de boa música usada para fins detestáveis, que me parecia absurda a ideia de mergulhar num tempo feito quase objeto pela submissão a enquadramentos de fuga, ou de forma sonata. Por isso mesmo, encontrava o prazer do insólito ao me ver trazido, quase de surpresa, ao canto escuro das caixas dos contrabaixos, de onde podia observar o que no palco ocorria nesta tarde de chuva cujos trovões, aplacados, pareciam rodar sobre os charcos da rua próxima. E após o silêncio quebrado por um gesto, foi uma leve quinta de trompas, esvoaçada em tresquiálteras pelos segundos violinos e violoncelos, sobre a qual

---

4. O termo refere-se à partitura que cada músico utiliza durante a apresentação de uma orquestra ("partes", no Brasil). (N. T.)

se delinearam duas notas descendentes, como que caídas dos primeiros arcos e das violas, com um fastio que logo se tornou angústia, premência de fuga, ante o tremendo ataque de uma força de súbito desatada... Levantei-me com desgosto. Quando me encontrava mais disposto para escutar alguma música, depois de tanto ignorá-la, tinha de brotar *isto* que agora inflava em *crescendo* às minhas costas. Deveria tê-lo suposto, ao ver os coristas entrarem no palco. Mas também poderia tratar-se de um oratório clássico. Porque se soubesse que era a *Nona sinfonia* o que as estantes apresentavam, teria seguido em frente sob o temporal. Se não tolerava certas músicas ligadas à lembrança de enfermidades da infância, menos podia suportar o *Freude, Schöner Götterfunken, Tochter aus Elysium*! de que me esquivara, desde *então*, como quem aparta os olhos, durante anos, de certos objetos evocadores de uma morte. Além disso, como muitos homens de minha geração, odiava tudo o que tivesse um ar "sublime". A *Ode* de Schiller me era tão avessa como a *Ceia* de Montsalvat e a *Elevação do Graal*... Agora me vejo na rua novamente, em busca de um bar. Se tivesse de andar muito para alcançar uma taça de licor, eu me veria invadido muito rapidamente pelo estado de depressão que conheci algumas vezes, e me faz sentir preso numa área sem saída, exasperado por não poder mudar nada em minha existência, regida sempre por vontades alheias, que apenas me deixam a liberdade, a cada manhã, de escolher a carne ou o cereal que prefiro para meu desjejum. Começo a correr porque a chuva aumenta. Ao dobrar a esquina dou de cabeça num guarda-chuva aberto: o vento o arranca das mãos de seu dono e acaba triturado sob as rodas de um automóvel, de maneira tão cômica que solto uma gargalhada. E quando creio que me responderá o insulto, uma voz cordial me chama pelo nome: "Procurava-o – diz –, mas havia perdido seu endereço." E o Curador, com quem não me encontrava havia mais de dois anos, diz que tem um presente para mim – um extraordinário presente – naquela velha casa do início do século, com os cristais muito sujos, cuja platibanda de cascalho se intercala neste bairro como um anacronismo.

As molas da poltrona, desigualmente distendidas, incrustam-se agora em minha carne com rigores de cilício, impondo-me uma correção de postura que não me é habitual. Vejo-me com a rigidez de um menino levado para visita, na lua do conhecido espelho com espessa moldura rococó, encimada pelo escudo dos Esterhazy. Maldizendo sua asma, apagando um cigarro de tabaco que o asfixia para acender um de estramônio que o faz tossir, o Curador do Museu Organográfico anda a passos curtos pela pequena sala lotada de címbalos e pandeiros asiáticos, preparando as taças de um chá que, por sorte, será acompanhado de rum martinicano. Entre duas estantes pende uma quena inca; sobre a mesa de trabalho, esperando a redação de uma ficha, jaz uma sacabuxa da Conquista do México, preciosíssimo instrumento, cujo pavilhão é uma cabeça de tarasca ornada de escamas prateadas e olhos de esmalte, com goelas abertas que estendem em minha direção uma dupla dentadura de cobre. "Foi de Juan de San Pedro, trompetista de câmara de Carlos V e ginete famoso de Hernán Cortés", explica-me o Curador, enquanto comprova o ponto da infusão. Logo verte o licor nas taças com a prévia advertência – cômica se se pensar em quem a escuta – de que um pouco de álcool, de quando em quando, é coisa que o organismo agradece por atavismo, já que o homem, em todas as épocas e latitudes, arranjou sempre um modo de inventar bebidas que lhe provocassem alguma embriaguez. Como ocorre que meu presente não se encontrava aqui, neste piso, mas onde foi buscá-lo uma faxineira surda que caminha devagar, olho meu relógio para fingir um repentino alarme perante a lembrança de um encontro ineludível. Mas meu relógio, ao qual não dei corda ontem à noite – apercebo-me disso agora – para me acostumar melhor à realidade do começo de minhas férias, parou às três e vinte. Pergunto pela hora, com tom urgido, mas me respondem que não importa; que a chuva obscureceu prematuramente esta tarde de junho, que é das mais longas do ano. Levando-me de uma *Pangelingua* dos monges do St. Gall à edição príncipe de um *Livro de cifra* para tanger a viola, passando, acaso, por uma rara impressão do *Oktoechos* de San Juan Damasceno, trata o Curador de burlar minha impaciência, fustigada pela irritação de me haver deixado atrair a este andar onde já nada tenho a fazer, entre tantas guimbardas, rabecas, flautas doces, cravelhas soltas, braços de viola entalados, organilhos com os foles rotos que vejo, revoltos, nos cantos escuros. Já vou dizer, com tom cortante, que virei outro dia para receber o presente, quando retorna a faxineira, tirando suas galochas de borracha. O que traz para mim é um disco meio gravado, sem etiqueta, que o Curador coloca em um gramofone, escolhendo com cuidado uma agulha de ponta mole. Ao menos – penso eu – o incômodo será breve: uns dois minutos, a julgar pela largura da área de espiras. Viro-me para encher minha taça quando soa às minhas costas o gorjeio de uma ave. Surpreso, olho o ancião que sorri com ar suavemente paternal, como se acabasse de me dar um presente inestimável. Vou perguntar-lhe, mas ele reclama meu silêncio com um gesto do indicador em direção ao prato que gira. Algo diferente vai-se escutar agora, sem dúvida. Mas não. Já estamos na metade da gravação e prossegue esse gorjeio monótono, cortado por breves silêncios, que parecem de uma duração sempre idêntica. Não é sequer o canto de um pássaro muito musical, pois ignora o trino, o portamento, e só produz três notas, sempre as mesmas, com um timbre que tem a sonoridade de um alfabeto Morse soando na cabine de um telegrafista. O disco vai quase terminando e ainda não compreendo onde está o presente tão apregoado por quem fora um tempo meu mestre, nem imagino o que tenho eu a ver com um documento interessante, no máximo, para um ornitólogo. Termina a audição absurda e o Curador, transfigurado por um inexplicável júbilo, pergunta-me: "Compreende? Compreende?". E me explica que o gorjeio não é de pássaro, mas sim de um instrumento de barro cozido com que os índios mais primitivos do continente imitam o canto de um pássaro antes de ir caçá-lo, em rito possessório de sua voz, para que a caça lhes seja propícia. "É a primeira comprovação de sua teoria", diz-me o ancião, abraçando-me quase com um acesso de tosse. E por compreender demasiadamente, agora, o que quer me dizer, perante o disco que soa novamente, invade-me uma crescente irritação que dois cálices, tragados com rapidez, vêm inflamar. O pássaro que não é pássaro, com seu canto que não é canto, mas mágico arremedo, encontra uma intolerável ressonância em meu peito, recordando-me os trabalhos realizados por mim há tanto tempo – não me assustavam os anos, mas a inútil rapidez de seu transcurso – acerca das origens da música e da organografia primitiva. Eram os dias em que a guerra havia interrompido a composição de minha ambiciosa cantata sobre o *Prometheus Unbound*. Ao regressar *sentia-me* tão diferente, que o prelúdio terminado e as indicações da cena inicial ficaram empacotados dentro de um armário, enquanto me deixava derivar para as técnicas e sucedâneos do cinema e do rádio. No enganoso ardor que punha na defesa dessas artes do século, afirmando que abriam infinitas perspectivas aos compositores, buscava provavelmente um alívio ao complexo de culpa ante a obra abandonada e uma justificação para meu ingresso numa empresa comercial, depois que Ruth e eu destroçáramos, com nossa fuga, a existência de um homem excelente. Quando esgotamos os tempos da anarquia amorosa, convenci-me muito rapidamente de que a vocação de minha mulher era incompatível com o tipo de convivência que eu almejava. Por isso tratara de tornar menos ingratas suas ausências devido a apresentações e temporadas, orientando-me para uma tarefa que pudesse levar a termo aos domingos e feriados, sem a continuidade de propósitos exigida pela criação. Assim, encaminhara-me à casa do Curador, cujo Museu Organográfico era orgulho de uma venerável universidade. Sob este mesmo teto eu travara conhecimento com os percussores elementares, troncos escavados, litófonos, queixadas de animais, guizos e chocalhos, que o homem fizera soar nos longos primeiros dias de sua saída para um planeta ainda eriçado de ossaturas gigantescas, ao empreender um caminho que o conduziria à *Missa do papa Marcelo* e a *A arte da fuga*. Impelido por essa forma peculiar de preguiça que consiste em dar-se com briosa energia a tarefas que não são precisamente as que deveriam nos ocupar, apaixonei-me pelos métodos de classificação e de estudo morfológico dessas obras em madeira, barro cozido, cobre de caldeiraria, bambu, tripa e pele de cabrito, matrizes de modos de produzir sons que perduram, com milenar vigência, sob o prodigioso verniz dos artesãos de Cremona ou no suntuoso tubo teológico do órgão. Inconforme com as ideias geralmente sustentadas acerca da origem da música, eu começara a elaborar uma engenhosa teoria que explicava o nascimento da expressão rítmica primitiva pelo afã de arremedar o passo dos animais ou o canto das aves. Se tínhamos em conta que as primeiras representações de renas e de bisões, pintados nas paredes das cavernas, deviam-

-se a um mágico ardil de caça – o fazer-se dono da presa pela prévia posse de sua imagem –, não andava muito desacertado em minha crença de que os ritmos elementares fossem os do trote, do galope, do salto, do gorjeio e do trino, procurados pela mão sobre um corpo ressonante, ou pelo sopro, no oco dos juncos.

Agora me sentia quase colérico diante do disco que girava, ao pensar que minha engenhosa – e talvez certa – teoria se relegava, como tantas outras coisas, a um desvão de sonhos que a época, com suas cotidianas tiranias, não me permitia realizar. De repente, um gesto levanta o diafragma do sulco. A ave de barro deixa de cantar. E se produz o que eu mais temia: o Curador, encurralando-me afetuosamente em um canto, pergunta-me pelo estado de meus trabalhos, advertindo-me de que dispõe de muito tempo para me escutar e discutir. Quer saber de minhas buscas, conhecer meus novos métodos de investigação, examinar minhas conclusões acerca da origem da música – tal como pensei buscá--la certa vez, a partir de minha engenhosa teoria do *mimetismo--mágico-rítmico*. Ante a impossibilidade de escapar, começo a mentir-lhe, inventando escolhos que teriam retardado a elaboração de minha obra. Mas, por falta de hábito em seu uso, é evidente que cometo risíveis erros no manejo dos termos técnicos, enredo as classificações, não me vêm os dados essenciais que, no entanto, acreditava conhecer bem. Trato de me apoiar em bibliografias, para me inteirar – por irônica retificação de quem me escuta – de que já estão desprezadas pelos especialistas. E quando vou me agarrar à suposta necessidade de reunir certos cantos de primitivos recém-gravados por exploradores, parece-me que minha voz é devolvida com tais ressonâncias de mentira pelo cobre dos gongos, que encalho, sem remédio, na metade de uma frase sobre o esquecimento indesculpável de uma desinência organológica. O espelho mostra-me a cara lamentável, de trapaceiro apanhado com cartas marcadas nas mangas, que é minha cara neste momento. Tão feio me acho que, de súbito, minha vergonha torna-se ira, e repreendo o Curador com uma explosão de palavras grosseiras, perguntando-lhe se considera possível que muitos possam viver, neste tempo, do estudo dos instrumentos primitivos. Ele sabia como eu fora desapegado na adolescência, arrebatado por falsas noções, levado a estudo de uma arte que só alimentava os piores comerciantes do Tin-Pan-Alley, extenuando-me depois através de um mundo em ruínas, durante meses, como intérprete militar, antes de ser lançado novamente ao asfalto de uma cidade onde a miséria era mais dura de enfrentar que em qualquer outra parte. Ah! Por tê-lo vivido, eu conhecia o terrível trajeto dos que lavam à noite sua única camisa, cruzam a neve com as solas furadas, fumam bitucas de bitucas e cozinham em armários, acabando por se verem tão obcecados pela fome, que a inteligência lhes fica concentrada apenas na ideia de comer. Tão estéril solução era aquela como a de vender, de sol a sol, as melhores horas da existência. "Além disso – gritava eu agora –, estou vazio! Vazio! Vazio!"... Impassível, distante, o Curador me olha com surpreendente frieza, como se esta crise repentina fosse para ele uma coisa esperada. Então volto a falar, mas com voz surda, em ritmo atropelado, como que sustentado por uma exaltação sombria. E assim como o pecador entorna diante do confessionário o saco negro de suas iniqüidades e concupiscências – levado por um tipo de euforia de falar mal de si mesmo que alcança o desejo de execração –, pinto a meu mestre, com as mais sujas cores, com os mais feios betumes, a inutilidade de minha vida, seu aturdimento durante o dia, sua inconsciência durante a noite. A tal ponto me oprimem minhas palavras, como se fossem ditas por outro, por um juiz que eu levasse dentro sem o saber e se valesse de meus próprios meios físicos para se expressar, que me aterro, ao ouvir-me, com o difícil que é voltar a ser homem quando se deixou de ser homem. Entre o Eu presente e o Eu que aspirara a ser algum dia, afundava-se em trevas o fosso dos anos perdidos. Parecia agora que eu ficara calado e o juiz prosseguira falando por minha boca. Num só corpo convivíamos, ele e eu, sustentados por uma arquitetura oculta que era já, em nossa vida, em nossa carne, presença de nossa morte. No ser que se inscrevia dentro da moldura barroca do espelho atuavam neste momento o Libertino e o Pregador, que são os primeiros personagens de toda alegoria edificante, de toda moralidade exemplar. Para fugir do cristal, meus olhos foram para a biblioteca. Mas ali, no recanto dos músicos renascentistas, via-se impresso em pele de bezerro, junto aos volumes de *Salmos da penitência*, o título como que posto de propósito, da *Representazione di anima e di corpo*. Houve algo como um cair de pano, um apagar-se de luzes, quando voltou um silêncio que o Curador deixou estender-se em amargura. De repente esboçou um gesto estranho que me fez pensar num impossível poder de absolvição. Levantou-se lentamente e pegou o telefone, chamando o reitor da Universidade em cujo edifício se encontrava o Museu Organográfico. Com crescente surpresa, sem me atrever a elevar o olhar do chão, ouvi grandes elogios feitos a mim. Apresentava-me como o coletor indicado para conseguir umas peças que faltavam à galeria de instrumentos de aborígines da América – ainda incompleta, apesar de ser já única no mundo, por sua abundância de documentos. Sem insistir em minha perícia, meu mestre sublinhava o fato de que minha resistência física, comprovada numa guerra, permitiria que eu levasse a busca a regiões de acesso difícil demais para velhos especialistas. Além disso, o espanhol havia sido o idioma de minha infância. Cada razão exposta devia me fazer crescer na imaginação do interlocutor invisível, dando-me a estatura de um Von Horbostel jovem. E com medo percebi que em mim se confiava, firmemente, para trazer, entre outros idiófonos singulares, um enxerto de tambor e bastão de ritmo que Schaeffner e Curt Sachs ignoravam, e a famosa jarra com duas embocaduras de cana, usada por certos índios em suas cerimônias funerárias, que o padre Servando de Castillejos descrevera, em 1561, em seu tratado *De barbarorum Novi Mundi moribus*, e não figurava em nenhuma coleção organográfica, embora a sobrevivência do povo que a fizera bramar ritualmente, segundo testemunho do frade, implicava a continuidade de um hábito assinalado em datas recentes por exploradores e negociantes. "O Reitor nos espera", disse meu mestre. De repente, a ideia me pareceu tão absurda, que tive vontade de rir. Quis buscar uma saída amável, invocando minha atual ignorância, meu afastamento de todo empenho intelectual. Afirmei que desconhecia os últimos métodos de classificação, baseados na evolução morfológica dos instrumentos e não na maneira de ressonarem e de serem tocados. Mas o Curador parecia tão empenhado em me enviar para onde de modo algum eu queria ir, que apelou a um argumento ao qual eu nada podia opor razoavelmente: a tarefa encomendada podia ser levada a bom termo durante minhas férias. Era questão de saber se ia me privar da possibilidade de remontar um rio prodigioso por apego à serragem dos bares. A verdade era que não me restava uma razão válida para recusar a oferta. Enganado por um silêncio que lhe pareceu aquiescente, o Curador foi buscar seu agasalho no cômodo contíguo, pois a chuva, agora, percutia forte nos vidros. Aproveitei a oportunidade para escapar da casa. Tinha vontade de beber. Só me interessava, neste momento, chegar a um bar próximo, cujas paredes estavam adornadas com fotografias de cavalos de corrida.

# 3

Havia um papel sobre o piano, em que Mouche me dizia que a esperasse. Para fazer algo me pus a brincar com as teclas, combinando acordes sem objetivo, com um copo posto à beira da última oitava. Cheirava a pintura fresca. Atrás da caixa de ressonância, na parede do fundo, começavam a se definir as esboçadas representações do Hidra, do Navio Argos, do Sagitário e a Cabeleira de Berenice, que logo dariam uma útil singularidade ao estudo de minha amiga. Depois de muito debochar de sua competência astrológica, eu tivera de me curvar ante o rendimento do negócio de horóscopos que ela dirigia por correspondência, dona de seu tempo, concedendo uma ou outra consulta pessoal, como favor já bastante solicitado, com a mais regozijante gravidade. Assim, de Júpiter em Câncer a Saturno em Libra, Mouche, doutrinada por curiosos tratados, tirava de suas xícaras de aguada, de seus tinteiros, uns Mapas de Destinos que viajavam a remotas localidades do país, com o adorno de signos do Zodíaco que eu a ajudara a solenizar com *De coeleste fisonomica*, *Prognosticum supercoeleste* e outros latins de bom parecer. Muito assustados com seu tempo deviam estar os homens – pensava eu às vezes – para interrogar tanto os astrólogos, contemplar com tal perseverança as linhas de suas mãos, os fios de sua escritura, angustiar-se ante os borrões de negro sinal, renovando as mais antigas técnicas adivinhatórias, à falta de um modo de ler nas vísceras de bestas sacrificadas ou de observar o voo das aves com o cajado dos arúspices. Minha amiga, que muito acreditava nas videntes de rosto velado e se formara intelectualmente no grande brechó surrealista, encontrava prazer, além de proveito, em contemplar o céu pelo espelho dos livros, embaralhando os belos nomes das constelações. Era sua maneira atual de fazer poesia, já que suas únicas tentativas de fazê-la com palavras, deixadas em uma *plaquette* ilustrada com fotomontagens de monstros e estátuas, tinham-na desiludido – passada a superestimação primária devida ao aroma da tinta de imprensa – quanto à originalidade de sua inspiração. Eu a conhecera dois anos antes, durante uma das tantas ausências profissionais de Ruth, e embora minhas noites se iniciassem ou terminassem em seu leito, entre nós eram ditas muito poucas frases de carinho. Brigávamos, às vezes, de maneira terrível, para logo nos amarmos com ira, enquanto as faces, tão próximas que não podiam ver-se, intercambiavam injúrias que a reconciliação dos corpos ia transformando em crus louvores do prazer recebido. Mouche, que era muito comedida e até parcimoniosa no falar, adotava nesses momentos um idioma de rameira, ao qual era preciso responder nos mesmos termos para que dessa borra da linguagem surgisse, mais agudo, o deleite. Era-me difícil saber se era amor real o que a ela me ligava. Exasperava-me frequentemente com seu dogmático apego a ideias e atitudes conhecidas nas cervejarias de Saint-Germain-des-Prés, cuja estéril discussão me fazia fugir de sua casa com o ânimo de não voltar. Mas na noite seguinte enternecia-me só de pensar em seus desplantes, e regressava à sua carne que me era necessária, pois encontrava em sua profundeza a exigente e egoísta animalidade que tinha o poder de modificar o caráter de minha perene fadiga, passando-a do plano nervoso ao plano físico. Quando isto se dava, conhecia às vezes o gênero de sono tão raro e tão desejado que me fechava os olhos após um dia no campo – esses tão escassos dias do ano em que o aroma das árvores, causando uma distensão de todo meu ser, deixava-me entontecido. Enfastiado com a espera, ataquei com fúria os acordes iniciais de um grande concerto romântico; mas nisso abriram-se as portas e o lugar se encheu de gente. Mouche, cuja face estava corada como quando bebia um pouco, chegava de um jantar com o pintor de seu estúdio, dois de meus assistentes, a quem não esperava ver aqui, a decoradora do andar de baixo, que sempre andava bisbilhotando em torno das demais mulheres, e a dançarina que preparava, naqueles dias, um balé sobre meros ritmos de palmas. "Trazemos uma surpresa", anunciou minha amiga, rindo. E logo estava montado o projetor com a cópia do filme apresentado na véspera, cuja calorosa aceitação determinara o começo imediato de minhas férias. Agora, apagadas as luzes, as imagens renasciam diante de meus olhos: a pesca do atum, com o ritmo admirável das almadravas e o exasperado fervor dos peixes cercados por barcas negras; as lampreias surgidas das cavidades de suas torres de rocha; o envolvente espreguiçar do polvo; a chegada das enguias e o vasto vinhedo acobreado do mar dos Sargaços. E depois, aquelas naturezas-mortas de caracóis e anzóis, a selva de corais e a alucinante batalha dos crustáceos, tão habilmente ampliada, que as lagostas pareciam espantosos dragões encouraçados. Tínhamos trabalhado bem. Voltavam a soar os melhores momentos da partitura, com seus líquidos arpejos de celesta, os portamentos fluidos do Martenot, o ondeio das harpas e o desenfreamento do xilofone, piano e percussão, durante a sequência do combate. Aquilo havia custado três meses de discussões, perplexidades, experimentos e irritações, mas o resultado era surpreendente. O próprio texto, escrito por um jovem poeta, em colaboração com um oceanógrafo, sob a vigilância dos especialistas de nossa empresa, era digno de figurar numa antologia do gênero. E quanto à montagem e à supervisão musical, não encontrava crítica que pudesse me fazer. "Uma obra-prima", dizia Mouche na escuridão. "Uma obra-prima", faziam coro os demais. Ao acenderem-se as luzes, todos me congratularam pedindo que se passasse novamente o filme. E depois da segunda projeção, como chegavam convidados, rogaram-me por uma terceira. Mas cada vez que meus olhos, após uma nova revisão do fato, alcançavam o "fim" floreado de algas que servia de cólofon àquele trabalho exemplar, achava-me menos orgulhoso do fato. Uma verdade envenenava minha primeira satisfação: era a de que todo aquele encarniçado trabalho, os alardes de bom gosto, de domínio do ofício, a escolha e coordenação de meus colaboradores e assistentes, tinham parido, afinal de contas, um filme publicitário, encomendado à empresa na qual eu trabalhava por um Consórcio Pesqueiro, enleado em luta feroz com uma rede de cooperativas. Uma equipe de técnicos e artistas extenuara-se durante semanas e semanas em salas escuras para obter essa obra de celuloide, cujo único propósito era atrair a atenção de certo público de Altas Alacenas sobre os recursos de uma atividade industrial capaz de promover, dia após dia, a multiplicação dos peixes. Pareceu-me ouvir a voz de meu pai, tal como soava nos dias cinzentos de sua viuvez, quando era tão dado a citar as Escrituras: "Não se pode endireitar o torto, e o que falta não se pode contar". Sempre andava com essa sentença na boca, aplicando-a em qualquer oportunidade. E amarga me parecia agora a prosa do Eclesiastes ao pensar que o Curador, por exemplo, encolhera os ombros diante desse meu trabalho, considerando, talvez, que podia equiparar-se a traçar letras com fumaça no céu, ou a provocar, com um magistral desenho, a salivação merídia de quem contemplasse um anúncio de crocantes folhados. Ele me consideraria um cúmplice dos afeadores de paisagens, dos empapeladores de muros, dos apregoadores do Orvietano. Mas também – exasperava-me eu – o Curador era homem de uma geração envenenada pelo "sublime", que ia amar nos camarotes de Bayreuth, em meio a sombras que cheiravam a velhos veludos vermelhos... Chegava gente, cujas cabeças cruzavam a luz do projetor. "É na publicidade que as técnicas evoluem!" – gritou a meu lado, como que adivinhando meu pensamento, o pintor russo que trocara pouco antes o óleo pela cerâmica. "Os mosaicos de Ravenc não eram senão publicidade", disse o arquiteto que tanto amava o abstrato. E eram vozes novas as que agora emergiam da sombra: "Toda pintura religiosa é publicidade". "Como certas cantatas de Bach." "A *Gott der Herr, est Sonn und Schild* parte de um autêntico *slogan*." "O cinema é trabalho de equipe; o afresco deve ser feito por equipes; a arte do futuro será uma arte de equipes." Como chegavam outros mais, trazendo garrafas, as conversas começavam a dispersar-se. O pintor mostrava uma série de desenhos de aleijados e esfolados que pensava passar para suas bandejas e pratos, como "pranchas anatômicas com volume", que simbolizariam o espírito da época. "A música verdadeira é uma mera especulação sobre frequências", dizia meu assistente gravador, lançando seus dados chineses sobre o piano, para mostrar como se podia conseguir pelo acaso um tema musical. E falávamos todos aos gritos quando um "*Halt!*" enérgico, lançado da entrada, por uma voz de baixo, imobilizou cada um de nós, como figura de museu de cera, no gesto esboçado, em meia palavra pronunciada, no alento de uma baforada de fumaça. Uns estavam detidos na ársis de um passo; outros tinham sua taça no ar a meio caminho entre a mesa e a boca. ("Eu sou eu. Estou sentado num divã. Ia riscar um fósforo no esmeril da caixa. Os dados de Hugo tinham me recordado o verso de Mallarmé.

Mas minhas mãos iam acender um fósforo sem o comando de minha consciência. Logo, estava adormecido. Adormecido como todos os que me rodeiam.") Soou outra ordem do recém-chegado, e cada um concluiu a frase, o gesto, o passo que tivesse ficado em suspense. Era um dos tantos exercícios que X. T. H. – nunca o chamávamos senão por suas iniciais, que o hábito de pronúncia transformara no sobrenome *Extieich* – costumava impor-nos para nos "despertar", conforme dizia, e pôr-nos em estado de consciência e análise de nossos atos presentes, por insignificantes que estes fossem. Invertendo, para uso próprio, um princípio filosófico que nos era comum, costumava dizer que quem agia de "modo automático era *essência* sem *existência*". Mouche, por vocação, entusiasmou-se com os aspectos astrológicos de seu ensinamento, cujas proposições eram muito atraentes, mas logo se enredavam demais, no meu entender, em místicas orientais, no pitagorismo, nos tantras tibetanos e não saberia dizer quantas coisas mais. O caso era que Extieich havia conseguido nos impor uma série de práticas aparentadas com os ássanas iogues, fazendo-nos respirar de certas maneiras, contando o tempo das inspirações e expirações por "mantras". Mouche e seus amigos pretendiam chegar com isso a um maior domínio de si mesmos e adquirir uns poderes que sempre me pareciam problemáticos, sobretudo em gente que bebia diariamente para defender-se contra o desalento, as angústias do fracasso, o descontentamento consigo mesmos, o medo à recusa de um manuscrito ou a dureza, simplesmente, daquela cidade do perene anonimato dentro da multidão, da eterna pressa, onde os olhos só se encontravam por acaso, e o sorriso, quando era de um desconhecido, sempre ocultava uma proposta. Extieich procedia agora à cura de uma súbita enxaqueca da bailarina, pela imposição das mãos. Aturdido pelo entrecruzamento de conversas, que iam do *dasein* ao boxe, do marxismo ao empenho de Hugo para modificar a sonoridade do piano pondo pedaços de vidro, lápis, papéis de seda, caules de flores, sob as cordas, saí para o terraço, onde a chuva da tarde limpara as tílias anãs de Mouche da inevitável fuligem estival de uma fábrica cujas chaminés se elevavam na outra margem do rio. Sempre me divertira muito nessas reuniões com o desmedido girassol de ideias que, de repente, passavam da Cabala à Angústia, pelo caminho dos projetos de quem pretendia instalar uma granja no Oeste, onde a arte de uns quantos ia ser salva pela criação de galinhas *Leghorn* ou *Rod-Island Red*. Sempre amara esses saltos do transcendental ao insólito, do teatro isabelino à Gnose, do platonismo à acupuntura. Tinha o propósito, inclusive, de gravar algum dia, por meio de um dispositivo, oculto debaixo de um móvel, essas conversas, cuja fixação demonstraria quão vertiginoso é o processo elíptico do pensamento e da linguagem. Nessas ginásticas mentais, nessa alta acrobacia da cultura, eu encontrava a justificação, além disso, de muitas desordens morais que, em outras pessoas, teriam me parecido odiosas. Mas a escolha entre homens e homens não era muito problemática. De um lado estavam os mercadores, os negociantes, para os quais trabalhava durante o dia, e que só sabiam gastar seu ganho em diversões tão néscias, tão isentas de imaginação, que me sentia, forçosamente, um animal de outra estirpe. Do outro estavam os que aqui se encontravam, felizes por terem deparado com algumas garrafas de licor, fascinados pelos Poderes que lhes prometia Extieich, sempre ferventes de projetos grandiosos. Na implacável ordenação da urbe moderna, cumpriam com uma forma de ascetismo, renunciando aos bens materiais, padecendo fome e penúrias, em troca de um problemático encontro de si mesmos na obra realizada. E, no entanto, esta noite me cansavam tanto estes homens como os de quantidade e benefício. E é que, no fundo de mim mesmo, estava impressionado pela cena na casa do Curador, e não me deixava enganar pelo entusiasmo que havia acolhido o filme publicitário que tanto trabalho me custara para realizar. Os paradoxos emitidos a respeito da publicidade e da arte por equipes não eram senão maneiras de sacudir o passado, buscando uma justificação para o pouco que fora alcançado na própria obra. Tão pouco me deixava satisfeito, pelo aspecto irrisório de sua finalidade, o recém-realizado, que quando Mouche se aproximou, pronta para me fazer seu elogio, mudei abruptamente a conversa, contando-lhe minha aventura da tarde. Para minha grande surpresa ela me abraçou, clamando que a notícia era *formidável*, pois corroborava o vaticínio de um sonho recente em que se vira voando junto a grandes aves de plumagem açafrão, o que significava inequivocamente: *viagem e êxito, mudança por traslado*. E sem me dar tempo para reparar o equívoco, entregou-se aos grandes lugares-comuns do desejo de evasão, a chamada do desconhecido, os encontros fortuitos, num tom que devia algo aos Sirgadores Flechados e às Incríveis Floridas do *Barco ébrio*. Cortei-a logo, contando-lhe como escapara da casa do Curador sem aproveitar a oferta. "Mas isso é absolutamente cretino!", exclamou. "Você podia ter pensado em mim!" Fiz-lhe notar que não dispunha de dinheiro suficiente para lhe pagar uma viagem a regiões tão remotas; que, por outro lado, a Universidade só custearia, em todo caso, os gastos de uma só pessoa. Depois de um silêncio desagradável, em que seus olhos adquiriram uma feia expressão de despeito, Mouche se pôs a rir. "E tínhamos aqui o pintor da *Vênus* de Cranach!"... Minha amiga explicou-me sua repentina ideia: para chegar aonde viviam os povos que faziam soar o tambor-bastão e a jarra funerária, era preciso que fôssemos, em primeiro lugar, à grande cidade tropical, famosa pela beleza de suas praias e pelo colorido de sua vida popular; tratava-se simplesmente de permanecer lá, com alguma excursão às selvas que diziam ser próximas, deixando-nos viver agradavelmente até onde o dinheiro alcançasse. Ninguém estaria presente para saber se eu seguia o itinerário imposto a meu trabalho de coleta. E, para resguardar a honra, entregaria ao regressar alguns instrumentos "primitivos" – perfeitos, científicos, fidedignos – irrepreensivelmente executados, de acordo com meus esboços e medidas, pelo pintor amigo, grande aficionado das artes primitivas, e tão diabolicamente hábil em trabalhos de artesanato, cópia e reprodução, que vivia de falsificar estilos mestres; esculpia virgens catalãs do século XIV com desdouramentos, picadas de insetos e rachaduras, e alcançara sua realização máxima com a venda ao Museu de Glasgow de uma *Vênus* de Cranach, executada e envelhecida por ele em algumas semanas. Tão suja, tão denegridora pareceu-me a proposta, que a repudiei com asco. A Universidade ergueu-se em minha mente com a majestade de um templo sobre cujas colunas brancas me convidassem a jogar imundícies. Falei longamente, mas Mouche não me escutava. Voltou ao estúdio, onde deu a notícia de nossa viagem, recebida com gritos de júbilo. E agora, sem fazer caso de mim, ia de quarto em quarto, em alegre agitação, arrastando malas, dobrando e desdobrando roupas, fazendo uma lista de coisas a comprar. Ante tal desenvoltura, mais ferina que uma brincadeira, saí do apartamento batendo a porta. Mas a rua pareceu-me particularmente triste, nesta noite de domingo, já temerosa das angústias da segunda-feira, com seus cafés abandonados por aqueles que pensavam na hora de amanhã e procuravam as chaves de suas portas à luz de focos que tingiam de estanho o asfalto molhado. Detive-me indeciso. Em minha casa esperava-

-me a desordem deixada por Ruth em sua partida; a mera marca de sua cabeça no travesseiro; os odores do teatro. E quando soasse uma campainha seria o despertar sem objetivo, e o medo de me encontrar com um personagem, tirado de mim mesmo, que costumava me esperar todo ano no umbral de minhas férias. O personagem cheio de recriminações e de razões amargas que eu vira aparecer horas antes no espelho barroco do Curador para me esvaziar de cinzas. A necessidade de revisar os equipamentos de sincronização e de acomodar novos locais revestidos de matérias isolantes propiciava, no começo de cada verão, esse encontro que promovia uma mudança de fardo, pois onde jogava minha pedra de Sísifo o outro montava em meu ombro ainda esfolado, e não saberia dizer se, às vezes, não chegava a preferir o peso do basalto ao peso do juiz. Uma bruma surgida dos cais próximos elevava-se sobre as calçadas, esfumando as luzes da rua em irisações que atravessavam, como alfinetadas, as gotas caídas de nuvens baixas. Fechavam-se as grades dos cinemas sobre os pisos de longos vestíbulos, polvilhados de *tickets* rasgados. Mais à frente teria de atravessar a rua deserta, friamente iluminada, e subir a calçada íngreme, até o Oratório em sombras, cuja grade roçaria com os dedos, contando cinquenta e duas barras. Encostei-me a um poste, pensando no vazio de três semanas goradas, breves demais para empreender algo, e que seriam amarguradas, quanto mais corressem as datas, pelo sentimento da possibilidade desdenhada. Eu não havia dado um passo para a missão proposta. Tudo viera ao meu encontro, e eu não era responsável por uma exagerada valoração de minhas capacidades. O Curador, afinal de contas, nada desembolsaria, e no que tocava à Universidade, difícil seria que seus eruditos, envelhecidos entre livros, sem contato direto com os artesãos da selva, se apercebessem do embuste. Ao fim e ao cabo, os instrumentos descritos por frei Servando de Castillejos não eram obras de arte, mas objetos devidos a uma técnica primitiva, ainda existente. Se os museus guardavam mais de um Stradivarius suspeito, bem pouco delito haveria, em suma, em falsificar um tambor de selvagens. Os instrumentos pedidos podiam ser de feitura antiga ou atual... "Esta viagem estava escrita na parede", disse-me Mouche, ao me ver retornar, apontando as figuras do Sagitário, do Navio Argos e da Cabeleira de Berenice, mais definidos em seus traços ocres, agora que se atenuara a luz.

Pela manhã, enquanto minha amiga corria com os trâmites consulares, fui à Universidade, onde o Curador, acordado desde muito cedo, trabalhava na reparação de uma viola de amor, em companhia de um *luthier* de avental azul. Viu-me chegar sem surpresa, olhando-me por cima de seus óculos. "Em boa hora!", disse, sem que eu soubesse ao certo se queria me felicitar por minha decisão, ou adivinhava que se naquele momento eu podia associar duas ideias era graças a uma droga que Mouche me administrara ao despertar. Logo fui levado ao escritório do Reitor, que me fez assinar um contrato, dando-me o dinheiro da viagem junto com uma folha onde se detalhavam os pontos principais da tarefa confiada. Um pouco aturdido pela rapidez do acerto, sem ter ainda uma ideia muito clara do que me esperava, vi-me depois numa comprida sala deserta onde o Curador me suplicou que o aguardasse um momento, enquanto ia à Biblioteca, para saudar o Decano da Faculdade de Filosofia, recém-chegado do Congresso de Amsterdã. Observei com agrado que aquela galeria era um museu de reproduções fotográficas e de moldes em gesso, destinado aos estudantes de História da Arte. De súbito, a universalidade de certas imagens, uma Ninfa impressionista, uma família de Manet, o misterioso olhar de madame Rivière, levou-me aos dias já longínquos em que tratara de aliviar uma angústia de viajante decepcionado, de peregrino frustrado pela profanação de Santos Lugares, no mundo – quase sem janelas – dos museus. Eram os meses em que visitava as lojas de artesãos, os camarotes de ópera, os jardins e cemitérios das estampas românticas, antes de assistir com Goya aos combates de Dois de Maio, ou de segui-lo no Enterro da Sardinha, cujas máscaras inquietantes mais tinham de penitentes bêbados, de diabos de auto sacramental, que de fantasias de folguedo. Logo depois de um descanso entre os lavradores de Le Nain, ia cair em pleno Renascimento, graças a algum retrato de *condottiero*, dos que cavalgam cavalos mais mármore que carne, entre colunas adornadas com bandeirolas. Agradava-me às vezes conviver com os burgueses medievais, que tão abundantemente bebiam seu vinho de especiarias, faziam-se pintar com a Virgem doada – para memória da doação –, trinchavam leitões de tetas chamuscadas, punham seus galos flamengos para brigar, e colocavam a mão no decote de licenciosas de céreo semblante que, mais que lascivas, pareciam moças alegres de tarde de domingo, autorizadas a pecar novamente pela absolvição de um confessor. Uma fivela de ferro, uma bárbara coroa eriçada de puas marteladas, que levavam logo à Europa merovíngia, de selvas profundas, terras sem caminhos, migrações de ratos, feras famosas por terem chegado espumantes de raiva, em dia de feira, até a Praça Central de uma cidade. Depois, eram as pedras de Micenas, os ornamentos sepulcrais, as olarias pesadas de uma Grécia tosca e aventureira, anterior a seus próprios classicismos, cheirando toda a reses assadas na chama, a cardadas e bostas, a suor de garanhões no cio. E assim, de degrau em degrau, chegava às vitrines de raspadeiras, machados, facas de sílex, ao lado dos quais me detinha, fascinado pela noite do magdalenense, solutrense, prechelense, sentindo-me chegado aos confins do homem, àquele limite do possível que podia ter sido, segundo certos cosmógrafos primitivos, a beira da terra plana, ali onde elevando a cabeça à vertigem sideral do infinito, devia-se ver o céu *também abaixo*... O *Cronos* de Goya devolveu-me à época, pelo caminho de vastas cozinhas enobrecidas de botecos. O síndico acendia seu cachimbo com uma brasa, a criada escaldava uma lebre na fervura de um grande caldeirão, e por uma janela aberta, via-se o departir das tecelãs no silêncio do pátio sombreado por um olmo. Diante das conhecidas imagens eu me perguntava se, em épocas passadas, os homens teriam saudade das épocas passadas, como eu, nesta manhã de estio, tinha – como se os tivesse conhecido – de certos modos de viver que o homem perdera para sempre.

# Segundo capítulo

*Ha! I scent life!*[1]
SHELLEY

# 4

*(Quarta-feira, 7 de junho)*

Fazia já alguns minutos que nossos ouvidos nos advertiam de que estávamos descendo. De repente as nuvens ficaram acima, e o voo do avião se fez vacilante, como que desconfiado de um ar instável que o soltava inesperadamente, recolhia-o, deixava uma asa sem apoio, e logo o entregava ao ritmo de ondas invisíveis. À direita se elevava uma cordilheira verde-musgo, esfumada pela chuva. Lá, em pleno sol, estava a cidade. O jornalista que se instalara ao meu lado – pois Mouche dormia em toda a extensão do assento de trás –, falava-me com uma mescla de ironia e carinho daquela capital dispersa, sem estilo, anárquica em sua topografia, cujas primeiras ruas já se desenhavam abaixo de nós. Para prosseguir crescendo ao longo do mar, sobre uma estreita faixa de areia delimitada pelas colinas que serviam de assento às fortificações

---

1. "Ah! Farejo vida!". (N. T.)

construídas por ordem de Felipe II, a população tivera de travar uma guerra de séculos com as marismas, a febre amarela, os insetos e a imutabilidade de penhascos de rocha negra que se elevavam, aqui e ali, inatingíveis, solitários, polidos, assemelhando-se a tiro de aerólito disparado por mão celestial. Esses blocos inúteis, parados entre os edifícios, as torres das igrejas modernas, as antenas, os campanários antigos, os zimbórios do começo do século, falseavam as realidades da escala, estabelecendo outra nova, que não era a do homem, como se fossem edificações destinadas a um uso desconhecido, obra de uma civilização inimaginável, abismada em noites remotas. Durante centenas de anos lutara-se contra raízes que levantavam os pisos e rachavam os muros; mas quando um rico proprietário ia a Paris por alguns meses, deixando a custódia de sua residência a criados indolentes, as raízes aproveitavam o descuido de canções e sestas para arquear o lombo em toda parte, acabando em vinte dias com a melhor aspiração funcional de Le Corbusier. Haviam arrancado as palmeiras dos subúrbios traçados por eminentes urbanistas, mas as palmeiras ressurgiam nos pátios das casas coloniais, como colunas que delimitavam as avenidas mais centrais – as primeiras que traçaram, a ponta de espada, no local mais apropriado, os fundadores da primitiva vila. Dominando o formigueiro das ruas de Bolsas e jornais, por sobre os mármores dos Bancos, a riqueza dos Mercados, a brancura dos edifícios públicos, elevava-se sob um sol em perene canícula o mundo das balanças, caduceus, cruzes, gênios alados, bandeiras, trombetas da Fama, rodas dentadas, martelos e vitórias, com que se proclamavam, em bronze e pedra, a abundância e prosperidade da urbe exemplarmente legislada em seus textos. Mas quando chegavam as chuvas de abril nunca eram suficientes os escoadouros, e as praças centrais inundavam-se ocasionando tal transtorno do trânsito, que os veículos, levados a bairros desconhecidos, derrubavam estátuas, extraviavam-se em becos sem saída, despedaçando-se, às vezes, em barrancos que não se mostravam aos forasteiros nem aos visitantes ilustres, porque estavam habitados por gente que passava a vida meio vestida, tocando cavaquinho, batendo tambor e bebendo rum em canecas de latão. A luz elétrica penetrava em toda parte e a mecânica trepidava sob o teto com goteiras. Aqui as técnicas eram assimiladas com surpreendente facilidade, aceitando-se como rotina cotidiana certos métodos que eram cautelosamente experimentados, ainda, pelos povos de história mais antiga. O progresso se refletia na lisura das gramas, no fausto das embaixadas, na multiplicação dos pães e dos vinhos, no contentamento dos comerciantes, cujos decanos chegaram a conhecer o terrível tempo dos anófeles. Entretanto, havia algo como um pólen maligno no ar – pólen duende, caruncho impalpável, mofo voador – que passava a agir, de repente, com misteriosos desígnios, para abrir o fechado e fechar o aberto, embrulhar os cálculos, alterar o peso dos objetos, estragar o garantido. Uma manhã, as ampolas de soro de um hospital amanheciam cheias de fungos; os aparelhos de precisão se desajustavam; certos licores começavam a borbulhar dentro das garrafas; o Rubens do Museu Nacional era corroído por um parasita desconhecido que desafiava os ácidos; as pessoas se lançavam aos guichês de um banco em que nada havia ocorrido, levadas ao pânico pelos dizeres de uma negra velha que a polícia procurava em vão. Quando essas coisas ocorriam, uma só explicação era aceita como boa entre os que estavam nos segredos da cidade: "É o Verme!" Ninguém tinha visto o Verme. Mas o Verme existia, entregue a suas artes de confusão, surgindo onde menos se esperava, para desconcertar a mais comprovada experiência. Além disso, as chuvas de raios em tormenta seca eram frequentes e, a cada dez anos, centenas de casas eram derrubadas por um ciclone que iniciava sua dança circular em algum lugar do Oceano. Como já voávamos muito baixo, rumo à pista de aterrissagem, perguntei a meu companheiro sobre aquela casa tão vasta e amável, toda rodeada de jardins em terraços, cujas estátuas e fontes desciam até a beira do mar. Soube que ali vivia o novo presidente da República, e que, por poucos dias, deixara de assistir aos festejos populares, com desfiles de mouros e romanos, que acompanharam sua posse solene. Mas já desaparece a bela residência sob a asa esquerda do avião. E logo será o prazeroso regresso a terra, o rodar em solo firme, e a saída dos ensurdecidos para o setor de documentação, onde se responde às perguntas com cara de culpado. Aturdido pelo ar diferente, esperando os que, sem pressa, deverão examinar o conteúdo de nossas malas, penso que ainda não me acostumei à ideia de me achar tão longe de meus caminhos habituais. E ao mesmo tempo há como que uma luz recuperada, um aroma de grama quente, de água do mar que o céu parece penetrar em profundidade, chegando ao mais fundo de seus verdes – e também certa mudança da brisa que traz o fedor de crustáceos podres em alguma socava da costa. Ao amanhecer, quando voávamos entre nuvens sujas, estava arrependido de ter empreendido a viagem; tinha desejos de aproveitar a primeira escala para retornar o quanto antes e devolver o dinheiro à Universidade. Sentia-me preso, seqüestrado, cúmplice de algo execrável, no interior do avião, com o ritmo em três tempos, oscilante, da envergadura empenhada em luta contra o vento adverso que lançava, às vezes, uma tênue chuva sobre o alumínio das asas. Mas agora, uma estranha voluptuosidade adormece meus escrúpulos. E uma força me penetra lentamente pelos ouvidos, pelos poros: o idioma. Eis aqui, pois, o idioma que falei em minha infância; o idioma em que aprendi a ler e a solfejar; o idioma embolorado em minha mente pelo pouco uso, deixado de lado como ferramenta inútil, em país onde pouco poderia me servir. *Estes, Fábio, ai dor!, que vês agora. Estes, Fábio...*[2] Volta a minha mente, depois de longo esquecimento, esse verso dado como exemplo de interjeição numa pequena gramática que deve estar guardada em alguma parte com um retrato de minha mãe e uma mecha de cabelo loiro que me cortaram quando tinha seis anos. E é o idioma desse verso o que agora se estampa nos letreiros das casas comerciais que vejo pelos janelões da sala de espera; ri e se deforma no jargão dos negros carregadores de malas; faz-se caricatura num *Biva el Precidente!*, cujos erros de ortografia observo a Mouche, com orgulho de quem, a partir deste instante, será seu guia e intérprete na cidade desconhecida. Esta repentina sensação de superioridade em relação a ela vence meus últimos escrúpulos. Não me pesa ter vindo. E penso numa possibilidade que até agora não havia imaginado: em algum lugar da cidade devem estar à venda os instrumentos cuja coleta me foi encomendada. Seria incrível que alguém – um vendedor de objetos curiosos, um explorador cansado de andanças – não tivesse pensado em tirar proveito de coisas tão estimadas pelos forasteiros. Eu saberia encontrar esse alguém, e então aquietaria os desmancha-prazeres que levava dentro de mim. Tão boa me pareceu a ideia que, quando já rodávamos para o hotel por ruas de bairros populares, fiz que parássemos diante de um bricabraque que talvez fosse já a providência esperada. Era uma casa de grades muito intrincadas, com gatos velhos em todas as janelas, em cujos balcões dormitavam uns papagaios plumiericados, como que poeirentos, que pareciam uma vegetação musgosa nascida da esverdeada fachada. Nada sabia o quinquilheiro-antiquário acerca dos instrumentos que me interessavam, e, para chamar minha atenção

---

2. "Estos, Fabio, ¡ay dolor!, que ves agora." (Ver, adiante, a nota 8, p. 53.) (N. T.)

sobre outros objetos, mostrou-me uma grande caixa de música em que umas borboletas douradas, montadas em marteletes, tocavam valsas e redovas numa espécie de saltério. Sobre mesas cobertas de copos sustentados por mãos de cornalina havia retratos de monjas professas coroadas de flores. Uma Santa de Lima, saindo do cálice de uma rosa num alvoroçante revoo de querubins, compartilhava uma parede com cenas de tauromaquia. Mouche enamorou-se de um hipocampo achado entre camafeus e pingentes de coral, embora a avisasse de que poderia encontrar iguais a esse em qualquer parte. "É o hipocampo negro de Rimbaud!", respondeu-me, pagando o preço daquela poeirenta e literária coisa. Eu queria comprar um rosário afiligranado, de feitura colonial, que estava numa vitrine; mas era caro demais para mim, porque a cruz era adornada com pedras verdadeiras. Ao sair daquela loja, sob a insígnia misteriosa de *Rastro do Zoroastro*[3], minha mão roçou uma alfavaca plantada num vaso. Detive-me, profundamente comovido, ao encontrar o perfume que sentia na pele de uma menina – María del Carmen, filha daquele jardineiro... – quando brincávamos de casados no quintal de uma casa assombreada por um grande tamarindo, enquanto minha mãe experimentava no piano alguma *habanera* de recente edição.

# 5

*(Quinta-feira, 8)*

Minha mão sobressaltada busca, sobre o mármore da mesa de cabeceira, aquele despertador que está tocando, talvez, muito

---

3. A palavra *rastro* apresenta, entre outros significados, os de rastro, vestígio, e, também, de loja de objetos usados e novos (bricabraque). (N. T.)

acima no mapa, a milhares de quilômetros de distância. É necessito de alguma reflexão, lançando um longo olhar à praça, entre persianas, para compreender que meu hábito – o de cada manhã, lá – foi burlado pelo triângulo de um vendedor ambulante. Ouve-se depois a charamela de um amolador de tesouras, estranhamente combinada com o melismático pregão de um gigante negro que leva uma cesta de lulas na cabeça. As árvores, agitadas pela brisa madrugadora, nevam de brancas penugens uma estátua de prócer que tem algo de Lorde Byron pelo tormentoso encrespamento da gravata de bronze, e algo também de Lamartine, pelo modo de apresentar uma bandeira a invisíveis amotinados. Ao longe repicam os sinos de uma igreja com um desses ritmos paroquiais, obtido por meio do pendurar-se nas cordas, que ignoram os carrilhões elétricos das falsas torres góticas de meu país. Mouche, adormecida, atravessou-se na cama de tal modo que não resta lugar para mim. Às vezes, incomodada por um calor inabitual, trata de tirar o lençol de cima de seu corpo, enredando mais as pernas nele. Olho-a longamente, algo ressentido pela decepção da véspera: aquela crise de alegria, devida ao perfume de uma laranjeira próxima, que nos alcançou neste quarto andar, acabando com os grandes júbilos físicos que eu me prometera para aquela primeira noite de convivência com ela em um clima novo. Eu a tinha acalmado com um sonífero, recorrendo depois à venda negra para afundar mais rapidamente meu despeito no sono. Volto a olhar entre persianas. Mais à frente do Palácio dos Governadores, com suas colunas clássicas sustentando um cornijamento barroco, reconheço a fachada Segundo Império do teatro onde, ontem à noite, à falta de espetáculos de cor mais local, acolheram-nos, sob grandes lustres de cristal, os drapeados marmóreos das Musas custodiadas por bustos de Meyerbeer, Donizetti, Rossini e Herold. Uma escada com curvas e floreio de rococó no corrimão nos conduzira à sala de veludos encarnados, com dentículos de ouro na borda dos balcões, onde se afinavam os instrumentos da orquestra, cobertos pelas alvoroçadas conversas da plateia. Todo mundo parecia se conhecer. Os risos se acendiam e corriam pelos camarotes, de cuja penumbra cálida emergiam braços nus, mãos que punham em movimento coisas resgatadas do outro século como binóculos de madrepérola, lunetas com cabo e leques de plumas. A carne dos decotes, a atadura dos seios, os ombros, tinham uma certa abundância lânguida e empoada que convidava à evocação do camafeu e da blusa de rendas. Pensava em me divertir com os ridículos da ópera que seria representada dentro das grandes tradições da bravura, a coloratura, a fioritura. Mas já subira o pano sobre o jardim do castelo do Lamermoore, sem que o desusado de uma cenografia de falsas perspectivas, mentideiros e mágicas estivesse aguçando minha ironia. Sentia-me dominado, isto sim, por seu indefinível encanto, feito de lembranças imprecisas e de nostalgias muito remotas e fragmentadas. Esta grande rotunda de veludo, com seus decotes generosos, o lenço de renda amornado entre os seios, as cabeleiras vastas, o perfume às vezes excessivo; esse palco onde os cantores perfilavam suas árias com as mãos levadas ao coração, em meio a uma portentosa vegetação de tecidos pendurados; esse complexo de tradições, comportamentos, maneiras de fazer, já impossível de se renovar em uma grande capital moderna, era o mundo mágico do teatro, tal como pode tê-lo conhecido minha ardente e pálida bisavó, a de olhos a um só tempo sensuais e velados, toda vestida de cetim branco, do retrato de Madrazo que tanto me fizera sonhar na infância, antes que meu pai tivesse de vender o óleo em dias de penúria. Uma tarde em que estava sozinho na casa, descobri, no fundo de um baú, o livro de capas de marfim e fechadura de prata onde a dama do retrato escrevera seu diário de noiva. Numa página, sob pétalas de rosa que o tempo tornara cor de tabaco, encontrei a descrição maravilhada de uma *Gemma di Vergy* cantada em um teatro de Havana, que em tudo devia corresponder ao que eu contemplava esta noite. Já não esperavam lá fora os cocheiros negros de altas botas e cartolas com distintivo; não oscilariam no porto os faróis das corvetas, nem haveria toada em fim de festa. Mas eram, no público, os mesmos rostos ruborizados de prazer diante da apresentação romântica; era a mesma desatenção diante do que as primeiras figuras não cantavam, e que, uma vez saído de páginas muito conhecidas, só servia de fundo melodioso a um vasto mecanismo de olhares intencionados, de olhadas vigilantes, cochichos atrás do leque, risos abafados, notícias que iam e vinham, resguardos, desdéns e dissimulações, jogo cujas regras me eram desconhecidas, mas que eu observava com inveja de menino deixado de fora de uma grande festa à fantasia.

Chegado o intervalo, Mouche declarou-se incapaz de suportar mais, pois aquilo – dizia – era algo assim como "a *Lucia*[4] vista por madame Bovary em Rouen". Embora a observação não carecesse de algum acerto, senti-me irritado, subitamente, por uma presunção muito habitual em minha amiga, que a colocava em posição de hostilidade assim que se via em contato com algo que ignorasse os códigos de certos ambientes artísticos frequentados por ela na Europa. Não desprezava a ópera, neste momento, porque algo tivesse realmente chocado sua tão escassa sensibilidade musical, mas sim porque era regra de sua geração desprezar a ópera. Vendo que de nada servia a argúcia de evocar a Ópera de Parma em dias de Stendhal para conseguir que ela voltasse à sua

---

4. Referência à ópera *Lucia de Lammermoor*, de Donizetti. (N. T.)

poltrona, saí do teatro muito contrariado. Sentia necessidade de discutir com ela duramente, para me antecipar a um tipo de reações que podia arruinar os melhores prazeres desta viagem. Queria neutralizar de antemão certas críticas previsíveis para quem conhecia as conversas – sempre prejulgadas intelectualmente – que se realizavam em sua casa. Mas logo nos veio ao encontro uma noite mais profunda que a noite do teatro: uma noite que se impôs a nós por seus valores de silêncio, pela solenidade de sua presença carregada de astros. Podia quebrá-la momentaneamente qualquer estridência do trânsito. Logo voltava a fazer-se inteira, enchendo os saguões e portões, espessando-se em casas de janelas abertas que pareciam desabitadas, pesando sobre as ruas desertas, de grandes arcadas de pedra. Um som nos fez parar, assombrados, tendo de caminhar várias vezes para comprovar a maravilha: nossos passos ressoavam na calçada em frente. Numa praça, defronte de uma igreja sem estilo, toda em sombras e estuques, havia uma fonte de tritões em que um cão peludo, apoiado nas patas traseiras, colocava a língua com deleitoso gorgolejar. Os ponteiros dos relógios não mostravam pressa, marcando as horas com critério próprio, de campanários vetustos e frontispícios municipais. Encosta abaixo, em direção ao mar, adivinhava-se a agitação dos bairros modernos; mas por mais que lá piscassem, em caracteres luminosos, as invariáveis placas dos estabelecimentos noturnos, era bem evidente que a verdade da urbe, seu gênio e figura, expressava-se aqui em signos de hábitos e de pedras. No fim da rua nos encontramos em frente a um casarão de amplos átrios e musgoso telhado, cujas janelas se abriam sobre um salão adornado por velhos quadros com molduras douradas. Metemos as caras entre as grades, descobrindo que junto a um magnífico general de barretina e galões, ao lado de uma pintura notável que mostrava três damas passeando num coche, havia um retrato de Taglioni[5], com pequenas asas de libélula no decote. As luzes estavam acesas em meio a cristais lapidados e não se entrevia, no entanto, uma presença humana nos corredores que conduziam a outras salas iluminadas. Era como se um século antes se tivesse disposto tudo para um baile ao qual ninguém nunca viera. De repente, em um piano a que o trópico dera sonoridade de espineta, soou a pomposa introdução de uma valsa tocada a quatro mãos. Depois, a brisa agitou as cortinas e o salão inteiro pareceu esfumar-se num revoo de tules e rendas. Quebrado o sortilégio, Mouche declarou que estava fatigada. Quando mais eu ia deixando levar-me pelo encanto dessa noite que me revelava o significado exato de certas recordações indefinidas, minha amiga rompia a fruição de uma paz esquecida da hora, que teria podido me conduzir à alvorada sem cansaço. Lá, mais acima do telhado, as estrelas presentes pintavam talvez os vértices da Hidra, do Navio Argos, do Sagitário e da Cabeleira de Berenice, com cujas representações se adornaria o estúdio de Mouche. Mas fora inútil perguntar-lhe, pois ela ignorava, como eu – excetuando-se a das Ursas – a exata localização das constelações. Ao notar agora o burlesco desse desconhecimento em quem vivia dos astros, comecei a rir, voltando-me para minha amiga. Ela abriu os olhos sem despertar, olhou-me sem me ver, suspirou profundamente e virou-se para a parede. Tive vontade de me deitar de novo; mas pensei que seria bom aproveitar o seu sono para iniciar a busca dos instrumentos indígenas – a ideia me obcecava – tal como pensara na véspera. Sabia que ao me ver tão empenhado no propósito ela me trataria, pelo menos, como ingênuo. Por isso, vesti-me apressadamente e saí sem despertá-la.

5. Referência a Marie Taglioni (1804–1884), famosa bailarina da era do balé romântico, figura central na história da dança europeia. (N. T.)

O Sol, metido em cheio nas ruas, ricocheteando nos cristais, tecendo-se em fios inquietos sobre a água dos tanques, pareceu-me tão estranho, tão novo, que para colocar-me diante dele tive de comprar óculos escuros. Em seguida tratei de me dirigir ao bairro do casarão colonial, em cujos arredores devia haver lojas de quinquilharias e antiquários. Ao subir uma rua de calçadas estreitas detinha-me, às vezes, para contemplar os objetos expostos por pequenas casas comerciais, cujo arranjo evocava artesanatos de outros tempos: eram as letras floreadas do Tutilimundi, a Bota de Ouro, o Rei Midas e a Harpa Melodiosa, junto ao Planisfério pendurado num alfarrabista, que girava à mercê da brisa. Numa esquina, um homem abanava a chama de um fogareiro sobre o qual se assava um pernil de bezerro, cravado de alhos, cujas gorduras rebentavam em fumaça acre, sob uma orvalhada de orégano, limão e pimenta. Mais à frente ofereciam-se sangrias e carapinhadas, sobre as gotas de óleo caídas do pescado frito. De súbito, um calor de fogaças mornas, de massa recém-assada, brotou dos respiradouros de um porão, em cuja penumbra labutavam, cantando, vários homens, brancos da cabeça aos pés. Detive-me com deleitosa surpresa. Fazia muito tempo que esquecera essa presença da farinha nas manhãs, lá onde o pão, amassado não se sabia onde, trazido de noite em caminhões fechados, como matéria vergonhosa, tinha deixado de ser o pão que se parte com as mãos, o pão que o padre reparte após benzê-lo, o pão que deve ser tomado com gesto reverente antes de se partir sua casca sobre a grande tigela de sopa de alhos-porós ou de aspergi-lo com azeite e sal, para voltar a encontrar um sabor que, mais que sabor de pão com azeite e sal, é o grande sabor mediterrâneo que já levavam pegado à língua os companheiros de Ulisses. Este reencontro com a farinha, o descobrimento de uma vitrine que exibia estampas de cafuzos dançando a *marinera*⁶, distraíam-me do objetivo de meu vagar por ruas desconhecidas. Aqui me detinha diante de um fuzilamento de Maximiliano; lá folheava uma velha edição de *Los incas* de Marmontel, cujas ilustrações tinham algo da estética maçônica de *A flauta mágica*. Escutava um *mambrú*⁷ cantado pelas crianças que brincavam em um pátio cheirando a pudim. E assim, atraído agora pelo frescor matinal de um velho cemitério, andava à sombra de seus ciprestes, entre tumbas aparentemente esquecidas em meio a ervas e campânulas. Às vezes, atrás de um vidro embaçado pelos fungos, ostentava-se o daguerreótipo de quem jazia sob o mármore: um estudante de olhos febris, um veterano da Guerra de Fronteiras, uma poetisa coroada com louros. Eu contemplava o monumento às vítimas de um naufrágio fluvial, quando o ar foi rasgado, em alguma parte, como papel encerado, por uma descarga de metralhadoras. Eram os alunos de uma escola militar, sem dúvida, que se adestravam no manejo das armas. Houve um silêncio e voltaram a enredar-se os arrulhos de pombas que enchiam o papo em torno dos vasos romanos.

> *Estes, Fábio, ai dor!, que vês agora,*
> *campos de solidão, triste colina,*
> *foram um tempo Itálica famosa.*⁸

---

6. Dança originária do Peru, também popular no Chile e no Equador. (N. T.)

7. Gênero de música popular cuja designação provém de canção francesa composta durante a guerra da Independência, supondo-se que estava morto o inimigo John Churchill, duque de Marlborough (nome que originou a palavra *mambrú*). (N. T.)

8. "Estos, Fabio, ¡ay dolor!, que ves agora, / campos de soledad, mustio collado, / fueron un tiempo Itálica famosa". Versos do poema "A las ruinas de Itálica", do poeta espanhol Rodrigo Caro (1573-1647). (N. T.)

Repetia e voltava a repetir estes versos que me retornavam em fragmentos desde a chegada e por fim se reconstruíram em minha memória, quando se ouviu novamente, com mais força, o matraquear das metralhadoras. Um menino passou correndo, seguido de uma mulher espavorida, descalça, que levava uma bacia de roupas molhadas nos braços, e parecia fugir de um grande perigo. Uma voz gritou em alguma parte, atrás dos muros: "Já começou! Já começou". Um tanto inquieto, saí do cemitério e retornei para a parte moderna da cidade. Logo pude me dar conta de que as ruas estavam vazias de transeuntes e as lojas tinham fechado suas portas e cortinas metálicas com uma pressa que nada de bom anunciava. Peguei meu passaporte, como se os carimbos estampados entre suas capas tivessem alguma eficácia protetora, quando uma gritaria me deteve, realmente assustado, apoiado numa coluna. Uma multidão vociferante, fustigada pelo medo, desembocou de uma avenida, derrubando tudo para fugir de uma intensa fuzilaria. Choviam vidros quebrados. As balas chocavam-se com o metal dos postes do sistema de iluminação, deixando-os vibrantes como tubos de órgão que tivessem recebido uma pedrada. A chicotada de um cabo de alta tensão acabou de esvaziar a rua, cujo asfalto se incendiou em alguns trechos. Perto de mim, um vendedor de laranjas caiu de bruços, fazendo rolar as frutas que se desviavam e saltavam ao serem alcançadas por um chumbo ao rés do chão. Corri até a esquina mais próxima, para me proteger num átrio de cujas pilastras pendiam bilhetes de loteria deixados na fuga. Só um mercado de pássaros me separava agora do fundo do hotel. Decidido pelo zumbir de uma bala que, logo depois de passar sobre meu ombro, furara a vitrine de uma farmácia, empreendi a corrida. Saltando por cima das gaiolas, atropelando canários, chutando colibris, derrubando poleiros de maritacas espavoridas, acabei por chegar a uma das portas de serviço que permanecera aberta. Um tucano, que arrastava uma asa quebrada, vinha saltando atrás de mim, como que solicitando minha proteção. Atrás, pousada sobre o guidão de um velocípede abandonado, uma soberba arara permanecia no meio da praça deserta, sozinha, aquecendo-se ao sol. Subi para nosso quarto. Mouche continuava dormindo, abraçada a um travesseiro, com a camisola pelos quadris e os pés enredados nos lençóis. Tranquilizado quanto a ela, desci ao *hall* em busca de explicações. Falava-se de uma revolução. Mas isto pouco significava para quem, como eu, ignorava a história daquele país em tudo o que fosse alheio ao Descobrimento, à Conquista e às viagens de alguns frades que tivessem falado dos instrumentos musicais de seus primitivos habitantes. Comecei, portanto, a interrogar todos os que, por muito comentar e acalorar-se, pareciam ter uma boa informação. Mas logo observei que cada um dava uma versão particular dos acontecimentos, citando os nomes de personalidades que, certamente, eram letra morta para mim. Tratei então de conhecer as tendências, as aspirações dos grupos em conflito, sem obter mais clareza. Quando acreditava compreender que se tratava de um movimento de socialistas contra conservadores ou radicais, de comunistas contra católicos, o jogo embaralhava-se, invertiam-se as posições, e os nomes voltavam a ser citados, como se tudo o que ocorria fosse mais uma questão de pessoas que uma questão de partidos. A cada vez me via devolvido a minha ignorância pela relação de fatos que pareciam histórias de guelfos e gibelinos, por seu surpreendente aspecto de arena familiar, de querela de irmãos inimigos, de luta travada por gente ainda ontem unida. Quando me aproximava do que podia ser, segundo minha habitual maneira de raciocinar, um conflito político próprio da época, caía em algo que mais se assemelhava a uma guerra de religião. Os conflitos entre os que pareciam representar a tendência avançada e a posição conservadora mostravam-se, para mim, pelo incrível desajuste cronológico dos critérios, como uma espécie de batalha desencadeada, acima do tempo, entre pessoas que vivessem em séculos distintos. "Muito justo" – respondia-me um advogado de casaca, antiquado, que parecia aceitar os acontecimentos com sua surpreendente calma; "pense que nós, por tradição, estamos acostumados a ver conviver Rousseau com o Santo Ofício, e os estandartes do emblema da Virgem com *O capital*...". Nisso apareceu Mouche, muito angustiada, pois havia sido tirada do sono pelas sirenes de ambulâncias que passavam, agora, cada vez mais numerosas, caindo em pleno mercado de pássaros, onde, ao encontrar de súbito o falso obstáculo das gaiolas amontoadas, os condutores freavam bruscamente, esmagando com um solavanco os últimos *sinsontles*[9] e *turpiales*[10] que restavam. Ante a ingrata perspectiva da reclusão forçada, minha amiga irritou-se intensamente contra os acontecimentos que transtornavam todos os seus planos. No bar, os forasteiros jogavam suas mal-humoradas partidas de cartas e de dados, entre taças, resmungando contra os estados mestiços que sempre tinham uma desordem de reserva. Nisso soubemos que vários moços do hotel haviam desaparecido. Pouco depois os vimos passar, sob as arcadas da frente, armados de máuseres, com várias cartucheiras a tiracolo. Ao ver que conservavam as jaquetas brancas do serviço, fizemos piadas de sua aparência marcial. Mas, ao chegar à esquina mais próxima, os dois que marchavam à frente dobra-

---

9. Espécie de pássaro que imita o canto de outras aves, semelhante ao melro. O nome *sinsontle* é variante de *cenzontle*, palavra mexicana derivada do naua *centzuntli* ("que tem quatrocentas vozes"). (N. T.)

10. Pássaro semelhante ao verdilhão, o *turpial* é considerado a ave nacional da Venezuela. (N. T.)

ram-se, de repente, atingidos no ventre por uma rajada de metralhadora. Mouche deu um grito de horror, levando as mãos ao seu próprio ventre. Todos retrocedemos em silêncio para o fundo do *hall*, sem poder tirar os olhos daquela carne jacente sobre o asfalto avermelhado, já insensível às balas que nela ainda penetravam, pondo novas marcas de sangue na alvura do linho. Agora, as piadas feitas um pouco antes me pareceram abjetas. Se nesses países morria-se por paixões que fossem incompreensíveis, nem por isso a morte era menos morte. Ao pé de ruínas contempladas sem orgulho de vencedor, eu tinha posto o pé, mais de uma vez, sobre os corpos de homens mortos por defender razões que não podiam ser piores que as que aqui se invocavam. Nesse momento passaram vários carros blindados – refugos de nossa guerra –, e quando findou o barulho de suas cremalheiras pareceu que o combate de rua havia readquirido maior intensidade. Nas imediações da fortaleza de Felipe II, as descargas fundiam-se por momentos num fragor compacto que já não deixava ouvir o estampido isolado, estremecendo o ar com uma ininterrupta deflagração que se aproximava ou se afastava, conforme soprasse o vento, com fragores de mar ao fundo. Às vezes, no entanto, produzia-se uma pausa repentina. Parecia que tudo havia terminado. Escutava-se o choro de uma criança doente na vizinhança, um galo cantava, uma porta batia. Mas, de repente, irrompia uma metralhadora e voltava o estrondo, sempre apoiado pelo escandaloso ulular das ambulâncias. Um morteiro acabava de abrir fogo perto da Catedral antiga, em cujos sinos batia às vezes uma bala com sonora martelada. "*Eh, bien, c'est gai!*", exclamou ao nosso lado uma mulher de voz melodiosa e grave, um tanto empolada, que se apresentou a nós como canadense e pintora, divorciada de um diplomata centro-americano. Aproveitei a oportunidade para deixar Mouche conversando com alguém, para beber algo forte que me fizesse esquecer a presença, tão próxima, dos cadáveres que acabavam de enrijecer ali, junto à calçada. Logo depois de um almoço de frios que não anunciava banquetes futuros, as horas da tarde transcorreram com incrível rapidez, entre leituras desalinhavadas, partidas de cartas, conversas levadas com a mente posta em outra coisa, que mal dissimulavam a angústia geral. Quando caiu a noite, Mouche e eu passamos a beber desbragadamente, recolhidos em nosso quarto, para não pensar muito no que nos envolvia; ao fim, obtida a despreocupação suficiente para fazê-lo, demo-nos ao jogo dos corpos, sentindo uma voluptuosidade aguda e estranha em nos amarmos, enquanto outros, ao nosso redor, entregavam-se a jogos de morte. Havia algo do frenesi que anima os amantes de danças macabras no afã de nos estreitarmos mais – de levar minha absorção a um grau de profundidade impossível – quando as balas zumbiam ali mesmo, atrás das persianas ou se incrustavam, com rupturas do estuque, no domo que coroava o edifício. Por fim adormecemos sobre o tapete claro do chão. E foi essa a primeira noite, em muito tempo, que trouxe descanso sem máscara nem drogas.

# 6

*(Sexta-feira, 9)*

No dia seguinte, impedidos de sair, tratamos de nos acomodar à realidade de burgo sitiado, de nau em quarentena, que os acontecimentos nos impunham. Mas, longe de induzir à preguiça, a trágica situação que reinava nas ruas traduzia-se, entre estas paredes que nos defendiam do exterior, numa necessidade de fazer algo. Quem tinha um ofício tratava de montar ateliê ou escritório, como para demonstrar aos outros que nas situações anormais era necessário dedicar-se com afinco à permanência de uma atividade. No estrado de música da sala de jantar, um pianista executava os gorjeios e trinados de um rondó clássico, procurando sonoridades de cravo sob as teclas demasiado duras. As segundas bailarinas de uma companhia de dança faziam barras ao longo do bar, enquanto a estrela aperfeiçoava lentos arabescos sobre o encerado do piso, entre mesas encostadas nas paredes. Soavam máquinas de escrever em todo o edifício. No salão de correspondência, os negociantes revolviam o conteúdo de grandes carteiras de couro de bezerro. Diante do espelho de seu quarto, o Kappelmeister austríaco, convidado pela Sociedade Filarmônica da cidade, dirigia o *Requiem* de Brahms com gestos magníficos, dando as entradas fugadas a um vasto coro imaginário. Não restava, no local de jornais e publicações, uma revista, um romance policial, uma leitura que distraísse. Mouche foi em busca de seu maiô, após se abrirem as portas de um pátio resguardado, onde uns poucos inativos tomavam banhos de sol em torno de uma fonte de mosaicos, entre arecas em vasos e rãs de cerâmica verde. Notei com algum alarme que os hóspedes precavidos haviam feito provisão de tabaco, deixando sem cigarros a tabacaria do hotel. Aproximei-me da entrada do *hall*, cuja grade de bronze estava fechada. Lá fora, o tiroteio diminuíra de intensidade. Parecia haver como que pequenos grupos, guerrilhas, que se enfrentavam em distintos bairros, desencadeando batalhas curtas, mas implacáveis, a julgar pela precipitação com que as armas eram disparadas. Nos tetos e terraços soavam tiros isolados. Havia um grande incêndio na parte norte da cidade: alguns afirmavam que o que ardia era um quartel. Diante da inexpressividade que tinham para mim os nomes que pareciam dominar os acontecimentos, renunciei a fazer perguntas. Mergulhei na leitura de velhos jornais, encontrando certa diversão nas informações de localidades longínquas, que amiúde se referiam a tormentas, cetáceos jogados nas praias, ocorrências de bruxaria. Quando deram onze horas – instante que eu esperava com certa impaciência – observei que as mesas do bar continuavam encostadas nas paredes. Soube-se então que os últimos criados fiéis haviam partido, pouco depois da aurora, para se integrarem à revolução. Esta notícia, que não me pareceu por demais alarmante, teve o efeito de produzir um verdadeiro pânico entre os hóspedes. Abandonando suas ocupações, foram todos ao *hall*, onde o gerente tratava de aplacar os ânimos. Ao saber que não haveria pão nesse dia, uma mulher desatou a chorar. Nisso, uma torneira aberta cuspiu um gargarejo ferrugento, aspirando depois uma espécie de tirolesa que correu por todos os canos do edifício. Ao ver cair o jorro que brotava da boca do tritão, no meio da fonte, compreendemos que desde aquele instante só poderíamos contar com nossas reservas de água, que eram poucas. Falou-se de epidemias, de pragas, que seriam agravadas pelo clima tropical. Alguém tratou de comunicar-se com seu Consulado: os telefones estavam cortados, e sua mudez os fazia tão inúteis, manetas como estavam, com o bracinho direito pendente do gancho das reclamações, que muitos, irritados, sacudiam-nos, batiam-nos nas mesas, para fazê-los falar. "É o Verme", dizia o gerente, repetindo a piada que, na capital, acabara por ser a explicação de todo o catastrófico. "É o Verme." E eu pensava no muito que se exaspera o homem, quando suas máquinas deixam de lhe obedecer, enquanto andava em busca de uma escada de mão, para subir até o postigo de um banheiro do quarto andar, do qual se podia olhar para fora sem perigo. Cansado de observar um panorama de telhados, percebi que algo surpreendente ocorria no nível de minhas solas. Era como se uma vida subterrânea se manifestasse, de repente, tirando das sombras uma multidão de bestazinhas estranhas. Pelos encanamentos sem água, cheias de soluços remotos, chegavam estranhas lêndeas, delgados insetos cinzentos que andavam, cochonilhas de carapaças sarapintadas, e, como que excitadas pelo sabão, algumas centopeias de pequeno comprimento, que se enrolavam ao menor susto, ficando imóveis no piso como uma diminuta espiral de cobre. Das bocas das torneiras surgiam antenas que vigiavam, desconfiadas, sem exibir o corpo que as movia. Os armários se enchiam de ruídos quase imperceptíveis, papel roído, madeira arranhada, e quem abrisse uma porta, de súbito, promoveria fugas de insetos ainda inábeis em correr sobre madeiras enceradas, que com qualquer escorregão ficavam de patas para cima, fazendo-se de mortos. Um frasco de poção açucarada, deixado sobre um criado-mudo, atraía uma ascensão de formigas vermelhas. Havia animálias debaixo dos tapetes e aranhas que olhavam pelo buraco das fechaduras. Umas horas de desordem, de desatenção do homem pelo que edificara, bastaram, nesta cidade, para que as criaturas do húmus, aproveitando a sequidão dos canos interiores, invadissem a praça sitiada. Uma explosão próxima me fez esquecer os insetos. Voltei para o *hall*, onde o nervosismo chegava ao auge. O Kappelmeister apareceu no alto da escada, batuta na mão, atraído pelas discussões acaloradas dos presentes. Diante de sua cabeça despenteada, seu olhar severo e sobrancelhudo, fez-se o silêncio. Todos o olhávamos com esperançada expectativa, como se tivesse sido investido de extraordinários poderes para aliviar nossa angústia. Usando de uma autoridade à qual seu ofício o acostumara, o maestro censurou a pusilanimidade dos alarmistas, e exigiu a nomeação imediata de uma comissão de hóspedes que avaliasse exatamente a situação, quanto à existência de mantimentos no edifício; se necessário, ele, habituado a comandar homens, imporia o racionamento. E para moderar os ânimos, terminou invocando o sublime exemplo do *Testamento de Heiligenstadt*. Algum cadáver, algum animal morto, apodrecia ao sol, perto do hotel, pois um fedor de carniça penetrava pelas claraboias do bar, únicas janelas exteriores que podiam permanecer abertas sem perigo, no térreo, por estarem mais acima da mísula que arrematava o revestimento de mogno. Além disso, desde o meio da manhã, parecia que as moscas haviam se multiplicado, voando com exasperante insistência em torno das cabeças. Cansada de estar no pátio, Mouche entrou no *hall*, atando o cordão de seu roupão felpudo, queixando-se de que lhe tinham dado apenas meio balde de água para banhar-se, logo depois de tomar sol. Estava acompanhada da pintora canadense de voz melodiosa e grave, quase feia e contudo atraente, que se apresentara na véspera. Conhecia o país e tomava os acontecimentos com uma despreocupação que tinha a virtude de aplacar a contrariedade de minha amiga, afirmando que logo se resolveria a situação. Deixei Mouche com sua nova amiga, e, respondendo à chamada do Kappelmeister, desci ao porão com os membros da comissão para proceder a uma recontagem dos provimentos. Logo vimos que era possível resistir ao cerco durante umas duas semanas, com a condição de não abusar do existente. O gerente, auxiliado pelo pessoal estrangeiro do hotel, comprometia-se a preparar para cada refeição um guisado simples do qual nós mesmos nos serviríamos nas cozinhas. Pisávamos uma serragem úmida e fresca, e a penumbra que reinava nessa dependência subterrânea, com seus agradáveis aromas de gordura, convidava à preguiça. Já bem-humorados, fomos inspecionar a adega, onde havia garrafas e tonéis para muito tempo... Ao ver que não retornávamos tão prontamente, outros desceram aos corredores do porão, até nos encontrar ao pé das torneiras, bebendo em todas as vasilhas que tínhamos à mão. Nosso relatório promoveu uma alegria contagiosa. Com um trasfego geral de garrafas, a bebida foi subindo o edifício, do subsolo ao último andar, substituindo as máquinas de escrever pelos gramofones. A tensão nervosa das últimas horas transformara-se, para a maioria, num desmedido afã de beber, enquanto o fedor da carniça se fazia mais penetrante e os insetos estavam em toda parte. Só o Kappelmeister continuava de péssimo humor, imprecando contra os agitadores que, com sua revolução, haviam malogrado os ensaios do *Requiem* de Brahms. Em seu despeito, evocava uma carta em que Goethe cantava a natureza domada, "livre para sempre de suas loucas e febris comoções". "Aqui, selva!", rugia, estirando seus longuíssimos braços, como quando arrancava um *fortissimo* de sua orquestra. A palavra "selva" me fez olhar para o pátio das arecas em vasos, que tinham algo de palmeiras grandes quando as via assim, da penumbra, na reverberação de paredes fechadas, acima, por um céu sem nuvens sulcado, às vezes, pelo voo de um abutre atraído pela carniça. Acreditava que Mouche havia retornado a sua espreguiçadeira; ao não vê-la ali, pensei que estava se vestindo. Mas tampouco estava em nosso quarto. Após esperá-la um momento, o álcool bebido tão de manhã, em copos cheios, impôs-me a vontade de procurá-la. Parti do bar, como quem se lança a uma importante empresa, tomando a escada que começava no *hall*, entre duas cariátides, com solene aspecto marmóreo. O acréscimo de uma aguardente local, com sabor de mel, aos álcoois conhecidos, deixara-me subitamente ébrio, com o rosto como que insensível, indo do corrimão à parede com mãos de cego que tateia na escuridão. Quando me vi em degraus mais estreitos, sobre uma espécie de *escagliola*[11] amarela, compreendi que estava mais acima do quarto andar, depois de caminhar muitíssimo, ainda sem ter ideia de onde estava minha amiga. Mas prosseguia o percurso, suarento, obstinado, com uma tenacidade que não se deixava distrair pelo gesto de quem se afastava sarcasticamente para me deixar passar. Percorria intermináveis corredores sobre uma passadeira encarnada com largura de trilha, diante de portas numeradas – intoleravelmente numeradas – que ia contando, na passagem, como se isso fosse parte do trabalho imposto. De repente, uma forma conhecida me fez parar, titubeando, com a sensação estranha de que não tinha viajado, de que sempre estava *lá*, em alguns de meus trânsitos cotidianos, em alguma morada do impessoal e sem estilo. Eu conhecia este extintor de metal vermelho, com sua placa de instruções; eu conhecia, de muito tempo também, a passadeira que pisava, os modilhões do teto, e esses algarismos de bronze atrás dos quais estavam os mesmos móveis, utensílios, objetos dispostos de maneira idêntica, junto a algum cromo que representava a *Jungfrau*, o Niágara ou a Torre Inclinada. Essa ideia de não ter me movido passou a cãibra de meu rosto para o corpo. Voltado a uma noção de colmeia, senti-me oprimido, comprimido, entre estas paredes paralelas, onde as vassouras abandonadas pela criadagem pareciam ferramentas deixadas por galeotes em fuga. Era como se estivesse cumprindo a atroz condenação de andar por uma eternidade entre números, pranchas de um grande calendário embutidas nas paredes – cronologia de labirinto, que podia ser a de minha existência, com sua perene obsessão da hora, dentro de uma pressa que só servia para me

---

11. Técnica antiga utilizada na Itália e na Alemanha, que consiste em argamassa à base de cal com pigmentos combinados de forma a produzir veios, adquirindo aspecto de mármore. (N. T.)

devolver, a cada manhã, ao ponto de partida da véspera. Não sabia já a quem procurava, naquele alinhamento de quartos, onde os homens não deixavam lembrança de sua passagem. Abatia-me a realidade dos degraus que teria de subir, ainda, até chegar ao andar onde o edifício despia-se de gessos e acantos, feito de cimento cinza com remendos de papel colados nos vidros, para proteger os criados da intempérie. O absurdo deste percurso pelos andares me recordou a Teoria do Verme, única explicação do trabalho de Sísifo, que eu estava cumprindo com pedra fêmea carregada nas costas. O riso que esta ideia me produziu tirou de minha cabeça a intenção de procurar Mouche. Eu sabia que quando ela bebia tornava-se particularmente vulnerável a toda solicitação dos sentidos, e embora isto não significasse uma vontade real de vilipendiar-se, podia levá-la aos limites das curiosidades mais equívocas. Mas isto deixava de me importar diante do peso de odre que minhas pernas arrastavam. Voltei para nosso quarto em penumbra e deixei-me cair na cama, de bruços, mergulhando num sono logo atormentado por pesadelos que divagavam em torno de ideias de calor e de sede.

Tinha a boca seca, de fato, quando ouvi que me chamavam. Mouche estava de pé, a meu lado, junto à pintora canadense que havíamos conhecido no dia anterior. Pela terceira vez voltava a me encontrar com essa mulher de corpo um tanto anguloso, cujo rosto de nariz reto sob uma testa obstinada tinha uma certa impavidez estatuária que contrastava com uma boca imatura, gulosa, de adolescente. Perguntei a minha amiga onde estivera durante aquele meio dia. "Acabou a revolução", disse, em resposta. Parecia, de fato, que as estações de rádio estavam anunciando a vitória de um partido e o encarceramento dos membros do governo anterior, pois aqui, segundo me disseram, o trânsito do poder à prisão era muito frequente. Ia alegrar-me com o fim de nossa reclusão, quando Mouche avisou-me de que durante um tempo indefinido haveria o toque de recolher, dado às seis da tarde, com sanções severíssimas para quem fosse encontrado nas ruas depois dessa hora. Ante o obstáculo que subtraía toda diversão de nossa viagem, falei de um regresso imediato que, além disso, permitiria que me apresentasse diante do Curador com as mãos vazias, providencialmente eximido de devolver a quantia gasta na vã empresa. Mas minha amiga já sabia que as companhias de aviação, com excesso de solicitações semelhantes, não poderiam nos dar passagens antes de uma semana, pelo menos. Além disso, não me pareceu que estivesse verdadeiramente contrariada e atribuí essa conformidade ante os fatos à impressão de alívio que produz, forçosamente, o desenlace de qualquer situação convulsiva. Foi então que a pintora, respondendo a uma palavra dela, pediu-me que passássemos alguns dias em sua casa de Los Altos, aprazível povoado de veraneio, muito visitado pelos estrangeiros, por causa de seu clima e de suas oficinas de ourivesaria, no qual, por isso mesmo, as determinações policiais eram aplicadas brandamente. Tinha ali seu estúdio, numa casa do século XVII, obtida por uma bagatela, cujo pátio principal parecia uma réplica do pátio da *Posada de la Sangre*, em Toledo. Mouche já aceitara o convite, sem me consultar, e falava de caminhos floridos de hortênsias silvestres, de um convento que tinha altares barrocos, magníficos tetos artesoados, e uma sala onde as professas se flagelavam ao pé de um Cristo negro, diante da horripilante relíquia da língua de um bispo, conservada em álcool para lembrança de sua eloquência. Permaneci indeciso, sem responder, menos por falta de vontade do que por estar um tanto irritado pela desenvoltura de minha amiga, e, como o perigo havia terminado, abri a janela sobre um entardecer que já passava a ser noite. Notei então que as duas mulheres tinham se vestido com o mais elegante traje para descer à sala de jantar. Ia fazer troça disso quando percebi na rua algo que muito me interessou: uma loja de víveres, que me chamara a atenção por seu incomum nome de *La fe en Dios*, com réstias de alhos pendentes das vigas, abria sua porta menor para dar entrada a um homem que se aproximava roçando as paredes, com uma cesta pendurada no braço. Logo depois voltava a sair, carregando pães e garrafas, com um charuto recém-aceso. Como eu havia despertado com uma lacerante necessidade de fumar e não restava tabaco no hotel, apontei aquilo a Mouche, que já estava a ponto de aproveitar bitucas. Desci as escadas e, urgido pelo temor de que o armazém fechasse, cruzei a praça correndo. Já tinha vinte maços de cigarros nas mãos quando irrompeu uma robusta fuzilaria na entrada da rua mais próxima. Vários franco-atiradores, postados sobre a vertente interior de um telhado, responderam com rifles e pistolas por sobre o fogo cruzado. O dono da loja fechou apressadamente a porta, passando grossas trancas por trás dos batentes. Sentei-me numa banqueta, pesaroso, dando-me conta da imprudência cometida por confiar nas palavras de minha amiga. A revolução terminara, talvez, no que se referia à tomada dos centros vitais da cidade; mas continuava a perseguição aos grupos rebeldes. Nos fundos da loja, várias vozes femininas sussurravam o rosário. Um odor de badejo em salmoura ficou atravessado em minha garganta. Virei umas cartas deixadas sobre o balcão, reconhecendo os naipes de paus, copas, ouros e espadas dos jogos espanhóis, cujos desenhos havia esquecido. Agora, os disparos se faziam mais espaçados. O lojista me olhava em silêncio, fumando um charuto, sob a litografia da miséria de quem vendeu a crédito e a feliz opulência de quem vendeu à vista. A calma que reinava dentro desta casa, o perfume dos jasmins que cresciam sob uma romãzeira no pátio interior, a gota de água filtrada por um antigo pote, afundaram-me numa espécie de modorra: um dormir sem dormir, entre cabeceios que me devolviam ao real circundante por alguns segundos. Deram oito horas no relógio de parede. Já não se ouviam tiros. Entreabri a porta e olhei em direção ao hotel. Em meio às trevas que o rodeavam brilhava por todas as claraboias do bar e pelos lustres do *hall* que se divisavam através das grades da porta com marquise. Soavam aplausos. Ao ouvir em seguida os primeiros compassos de *Les barricades mysterieuses*, compreendi que o pianista estava executando algumas das peças estudadas aquela manhã no piano da sala de jantar, e com muitas taças bebidas, sem dúvida, pois amiúde seus dedos descarrilavam nos ornamentos e *appogiaturas*. Na sobreloja, atrás das persianas de ferro, dançava-se. Todo o edifício estava em festa. Apertei a mão do armazeneiro e me dispus a correr, quando soou um tiro – um só – e uma bala zumbiu a poucos metros, a uma altura que podia ser a do meu peito. Retrocedi, com um medo atroz. Eu conhecera a guerra, certamente; mas a guerra, vivida como intérprete do Estado-Maior, era algo diverso: o risco repartia-se entre vários e o retroceder não dependia só de um. Aqui, em compensação, a morte estivera a ponto de me passar uma rasteira por minha própria culpa. Mais de dez minutos transcorreram sem que um estampido rasgasse a noite. Mas quando me perguntava se sairia novamente, ouviu-se outro disparo. Havia como que uma sentinela solitária, postada em alguma parte, que, de quando em quando, esvaziava sua arma – uma arma velha, de um civil, sem dúvida – para manter a rua deserta. Eu demoraria apenas alguns segundos para chegar à calçada em frente; mas esses segundos bastariam para que eu deflagrasse um terrível jogo de azar. Pensava, por inesperada associação de ideias, no jogador de Buffon que lança uma vareta sobre um assoalho, com a esperança de que não se cruze com suas paralelas. Aqui as paralelas eram essas balas disparadas sem alvo nem mira, alheias a meus desígnios, que cortavam o espaço externo quando menos se esperava, e aterrava-me a evidência de que eu pudesse ser a vareta do jogador, e que, num ponto, num possível ângulo de incidência, minha carne se encontraria na trajetória do projétil. Por outro lado, a presença de uma fatalidade não intervinha nesse cálculo de possibilidades, já que de mim dependia arriscar-me a perder tudo e não ganhar nada. Eu devia reconhecer, ao fim e ao cabo, que não era o desejo de voltar ao hotel o que me deixara desesperado num lado da rua. Repetia-se o que me havia impulsionado horas antes, em minha bebedeira, a andar através daquele edifício de tantos corredores. Minha impaciência presente devia-se à minha pouca confiança em Mouche. Pensando nela daqui, neste lado do fosso, do aborrecível palco das possibilidades, considerava-a capaz das piores perfídias físicas, embora nunca tivesse podido formular uma acusação concreta contra ela, desde que nos conhecêramos. Eu não tinha em que fundar minha suspicácia, meu eterno receio; mas sabia muito bem que sua formação intelectual, rica em ideias justificadoras de tudo, em argumentos-pretextos, podia induzi-la a prestar-se a qualquer experiência insólita, propiciada pela anormalidade do meio que a envolvia esta noite. Dizia a mim mesmo que, por causa disso, não valia a pena encarar a morte para me livrar de uma mera dúvida. E, no entanto, não podia tolerar a ideia de que ela estava ali, naquele edifício habitado pela embriaguez, livre do peso de minha vigilância. Tudo era possível naquela casa da confusão, com suas adegas escuras e seus incontáveis quartos, acostumados às cópulas que não deixam rastro. Não sei por que se insinuou em minha mente a ideia de que esse leito da rua que cada tiro alargava, esse fosso, essa profundeza que cada bala tornava mais insuperável, era como uma advertência, como uma prefiguração de acontecimentos por vir. Naquele instante ocorreu algo estranho no hotel. As músicas, os risos, cessaram ao mesmo tempo. Soaram gritos, prantos, chamadas, em todo o edifício. Apagaram-se luzes, acenderam-se outras. Havia como que uma surda comoção ali dentro; um pânico sem fuga. E de novo irrompeu a fuzilaria na entrada da rua mais próxima. Mas desta vez vi aparecer várias patrulhas de infantaria, com armas longas e metralhadoras. Os soldados começaram a avançar lentamente, por trás das colunas dos átrios, alcançando o lugar onde estava a loja. Os franco-atiradores haviam abandonado o telhado e as tropas regulares cobriam agora o lance de rua que eu precisava atravessar. Fazendo-me acompanhar por um sargento, cheguei por fim ao hotel. Quando abriram a grade e entrei no *hall*, parei estupefato: sobre uma grande mesa de nogueira transformada em catafalco, jazia o Kappelmeister, com um crucifixo entre as lapelas de seu fraque. Quatro candelabros de prata, com adornos de pâmpanos, sustentavam – à falta de outros mais apropriados – as velas acesas: o maestro fora derrubado por uma bala perdida, recebida na têmpora, ao aproximar-se imprudentemente da janela de seu quarto. Olhei as caras que o rodeavam: caras por barbear, sujas, tensas por uma bebedeira que a morte tinha surpreendido. Os insetos continuavam entrando pelos canos e os corpos cheiravam a suor azedo. No edifício inteiro reinava um fedor de latrinas. Fracas, macilentas, as bailarinas pareciam espectros. Duas delas, vestidas ainda com os tules e malhas de um adágio dançado havia pouco, afundaram-se soluçando nas sombras da grande escada de mármore. As moscas, agora, estavam em toda parte, zumbindo nas luzes, correndo pelas paredes, sobrevoando as cabeleiras das mulheres. Fora, a carniça crescia. Encontrei Mouche desmoronada na cama de nosso quarto, com uma crise de nervos. "Assim que amanhecer a levaremos para Los Altos", disse a pintora. Os galos começaram a cantar nos pátios. Embaixo, sobre a calçada de granito, os candelabros de pompas fúnebres eram descarregados de um caminhão negro e prata por homens vestidos de negro.

# 7

*(Sábado, 10)*

Tínhamos chegado a Los Altos, pouco depois do meio-dia, no pequeno trem de trilhos estreitos, parecido com um trenzinho de parque de diversões, e tanto me agradava o lugar que, pela terceira vez na tarde, apoiara meus cotovelos na pequena ponte sobre a correnteza para contemplar em seu conjunto o que já havia percorrido palmo a palmo, observando indiscretamente as casas, em meus anteriores passeios. Nada do que se oferecia ao olhar era monumental ou insigne; nada havia passado ainda para o cartão-postal, nem era elogiado em guias de viajantes. E, no entanto, neste rincão de província, onde cada esquina, cada porta cravejada respondia a um modo particular de viver, eu encontrava um encanto que haviam perdido, nos povoados-museus, as pedras muito manuseadas e fotografadas. Vista de noite, a cidade tornava-se *aleluya*[12] de cidade encostada numa serra, com imagens de edificação e imagens de inferno tiradas das tre-

---

12. Pequena estampa oferecida ao povo durante a comemoração da Páscoa. (N. T.)

vas pelos focos da iluminação municipal. Mas aqueles quinze focos, sempre rodeados pelos insetos, tinham a função isolante das luminárias de retábulos, dos refletores de teatros, mostrando em plena luz as estações do sinuoso caminho que conduzia ao Calvário do Cume. Como os maus sempre ardem lá embaixo em toda alegoria da vida reta e da vida pródiga, o primeiro foco iluminava a taberna dos arreeiros, onde há pisco e aguardentes de cana, de agrião e de amora, lugar de apostas e mau exemplo, com bêbados adormecidos sobre os barris da entrada. O segundo foco oscilava sobre a casa de Lola, onde Carmen, Ninfa e Esperanza aguardavam, em branco, rosa e azul sob lanternas chinesas, sentadas no divã de veludo puído que fora de um Auditor de Reais Audiências. No espaço do terceiro foco giravam os camelos, leões e avestruzes de um carrossel, enquanto os assentos pendentes de uma estrela giratória subiam para as sombras e retornavam delas – posto que a luz não alcançava a tais alturas – no tempo que se levava para dobrar o cartão da *Valsa dos patinadores.* Como que caída do céu da Fama, a claridade do quarto foco branqueava a estátua do Poeta, filho preclaro da cidade, autor de um laureado *Hino à agricultura,* que continuava versificando sobre uma folha de mármore com uma pena que destilava verdete, guiado pelo indicador de certa Musa maneta. Sob o quinto foco não havia algo notável, além de dois burros adormecidos. O sexto era o da Gruta de Lourdes, trabalhosa construção de cimento e pedras trazidas de muito longe, obra tão mais notável se se pensar que, para fazê-la, fora necessário murar uma gruta verdadeira que existia naquele lugar. O sétimo foco pertencia ao pinheiro verde-escuro e à roseira que trepava num pórtico sempre fechado. Depois, era a catedral de espessos contrafortes evidenciados em sombras pelo oitavo foco, que, por estar pendurado em um poste alto, alcançava o disco do relógio, cujas setas estavam adormecidas havia quarenta anos, marcando, segundo a voz das beatas e santarronas, as sete e meia de um próximo Juízo Final em que prestariam contas as mulheres desavergonhadas da vizinhança. O nono foco correspondia ao Ateneu de ações culturais e comemorações patrióticas, com seu pequeno museu que guardava uma argola na qual estivera pendurada, por uma noite, a rede do herói da Campanha dos Penhascos, um grão de arroz sobre o qual se copiaram vários parágrafos do *Quijote*, um retrato de Napoleão feito com os *x* de uma máquina de escrever e uma coleção completa das serpentes venenosas da região, conservadas em frascos. Fechado, misterioso, enquadrado por duas colunas salomônicas de cor cinza-escuro que sustentavam um Compasso aberto de capitel a capitel, o edifício da Loja[13] ocupava todo o campo do décimo foco. Depois, era o Convento das Recoletas, com sua alameda mal definida pelo décimo primeiro foco, abarrotado de insetos mortos. Em frente era o quartel, que compartilhava a luz seguinte com o coreto dórico, cuja cúpula tinha sido aberta por um raio, mas servia ainda para retretas de verão, com passeio da juventude, homens de um lado, mulheres do outro. No cone do décimo terceiro foco empinava-se um cavalo verde, montado por um caudilho de bronze descorado, cuja espada nua costumava cortar a neblina em duas correntes lentas. Depois, era a faixa negra, tremelicante, de velas e fogareiros, dos *conucos*[14] índios, com suas pequenas estampas de nascimentos e de velórios. Mais acima, no penúltimo foco, um pedestal de cimento esperava o gesto sagitário do Bravo Flecheiro, matador de conquistadores, que os franco-maçons e comunistas encomendaram em escultura de pedra para incomodar os padres.

13. Loja maçônica (*Logia*, no original). (N. T.)
14. *Conuco*: parcela de terreno que se concedia aos escravos, em Cuba, para que a cultivassem por sua conta; também propriedade pequena, com uma cabana. (N. T.)

Depois, era a noite fechada. E em seu extremo, tão acima que parecia de outro mundo, a luz cimeira que iluminava três cruzes de madeira, plantadas em montículos de calhaus, onde mais batia o vento. Aí terminava a *aleluya* urbana, com fundo de estrelas e de nuvens, salpicada de luzes menores que mal se viam. Todo o resto era barro de telhados, que ia integrando-se, em sombras, ao barro da montanha.

Surpreendido pelo frio que descia dos cumes, eu retornava agora, andando por ruas tortuosas, para a casa da pintora. Devo dizer que essa personagem, à qual não prestara maior atenção nos dias anteriores – aceitando o acaso desta convivência como teria aceitado qualquer outra –, tornava-se para mim cada vez mais irritante, desde a saída da capital, por causa de seu crescimento na estima de Mouche. Quem me parecera uma figura incolor a princípio ia afirmando-se, de hora em hora, como uma força contrariadora. Certa lentidão estudada, que dava peso a suas palavras, orientava as menores decisões que afetavam os três com uma autoridade, apenas afirmada e contudo tenaz, que minha amiga acatava com uma mansidão imprópria de seu caráter. Ela, tão afeita a tornar lei os seus desejos, dava sempre razão a quem nos albergava, embora minutos antes tivesse estado de acordo comigo em desistir do que agora empreendia com ostensivo gosto. Era um contínuo sair quando eu queria ficar, e um descansar quando eu falava de subir até as brumas da montanha, que denotavam o desejo de agradar constantemente à outra, observando suas reações e adulando-as. Estava claro que Mouche concedia a essa nova amizade uma importância reveladora de quanto sentia falta de – ao cabo de tão poucos dias – uma certa ordem de realidades que havíamos deixado para trás. Enquanto as mudanças de altitude, a limpidez do ar, a mudança dos costumes, o reencontro com o idioma de minha infância, estavam operando em mim uma espécie de regresso, ainda vacilante mas já sensível, a um equilíbrio perdido fazia muito tempo, nela notavam-se – embora não o confessasse ainda – indícios de aborrecimento. Nada do que tínhamos visto até agora correspondia, evidentemente, ao que ela quisera encontrar nesta viagem, no caso de ter, de fato, querido encontrar algo. E, no entanto, Mouche costumava falar inteligentemente do percurso que fizera pela Itália, antes de nosso encontro. Por isso, ao observar quão falsas ou desafortunadas eram suas reações diante deste país que nos pegava de surpresa, sem documentos, sem saber de seu passado, sem formação livresca a respeito, começava eu a me perguntar se, no fundo, suas agudas observações a respeito da misteriosa sensualidade das janelas do Palácio Barberini, a obsessão dos querubins nos céus de San Juan de Letrán, a quase feminina intimidade de San Carlos de las Cuatro Puertas, com seu claustro todo em curvas e penumbras, não eram senão citações oportunas, postas ao ritmo do dia, de coisas lidas, ouvidas, tomadas a goles nas fontes de uso mais generalizado. Por ora, seus juízos sempre respondiam a uma ordem estética do momento. Ia ao musgoso e umbroso quando se considerava novo falar de musgos e de sombras e, por isso, ante um objeto que ignorasse, um fato dificilmente associável, um tipo de arquitetura que não lhe tivesse sido anunciado por algum livro, eu a via, de repente, desconcertada, vacilante, incapaz de formular uma opinião válida, comprando um hipocampo poeirento, por literatura, onde poderia adquirir uma tosca miniatura religiosa de Santa Rosa com sua palma florescida. Como a pintora canadense havia sido amante de um poeta muito conhecido por seus ensaios sobre Lewis e Ann Radcliffe, Mouche, alvoroçada, voltava a mover-se em terrenos de surrealismo, astrologia, interpretação dos sonhos, com tudo o que isto acarretava. Cada vez que se encontrava – e não era frequente, por certo – com uma mulher que, conforme dizia em tais casos, "falava a mesma língua", entregava-se a essa nova amizade com uma dedicação em todos os momentos, um excesso de cuidados, um desassossego, que chegavam a me exasperar. Não duravam muito tempo suas crises efusivas; terminavam quando menos se esperava, tão repentinamente como haviam começado. Mas enquanto transcorriam, chegavam a despertar em mim as mais intoleráveis suspeitas. Agora, como em outras vezes, era uma mera intuição, uma inquietude, uma dúvida; nada me demonstrava que houvesse algo condenável. Mas a ideia dilacerante apoderara-se de mim na tarde anterior, depois do enterro do Kappelmeister. Na volta do cemitério, aonde tinha ido com uma comissão de hóspedes, ainda ficavam pétalas de flores mortuárias – perfumadas demais neste país – no piso do *hall*. Os varredores de ruas removiam a carniça cujo fedor se fizera sentir tão abominavelmente durante nossa reclusão, e como as patas do cavalo, descarnadas pelos abutres, não cabiam no carro, cortavam-nas a machetadas, fazendo voar os cascos, com ossos e ferraduras, nos enxames de moscas verdes que revoluteavam sobre o asfalto. Dentro, vindos da revolução como de um acontecimento normal, os criados colocavam os móveis em seu lugar e poliam os trincos com flanelas. Mouche, ao que parecia, tinha saído com sua amiga. Quando ambas reapareceram, passado o toque de recolher, afirmando terem caminhado pelas ruas, perdidas na multidão que celebrava o triunfo do partido vitorioso, pareceu-me que algo estranho ocorria com elas. As duas tinham um não sei quê de indiferença fria diante de tudo, de suficiência – como de gente que retornasse de uma viagem a domínios proibidos –, que não lhes era habitual. Eu as observara tenazmente para surpreender algum olhar cúmplice; pensava em cada frase dita por uma ou outra, buscando-lhes um sentido oculto ou revelador; tratava de surpreendê-las com perguntas desconcertantes, contraditórias, sem o menor resultado. Minha prolongada freqüentação de certos ambientes, meus alardes de cinismo, diziam-me que esse proceder era grotesco. E, no entanto, sofria por algo muito pior que o ciúme: a insuportável sensação de ter sido deixado fora de um jogo que, por isso mesmo, tornava-se ainda mais aborrecido. Não podia tolerar a perfídia presente, a simulação, a representação mental desse "algo" oculto e deleitoso que podia urdir-se nas minhas costas por um pacto entre fêmeas. De súbito, minha imaginação dava uma forma concreta às mais odiosas possibilidades físicas, e, apesar de ter-me repetido mil vezes que era um hábito dos sentidos e não amor o que me unia a Mouche, via-me disposto a me comportar como um marido de melodrama. Eu sabia que quando passasse a tormenta e confiasse essas torturas à minha amiga, ela encolheria os ombros, afirmando que era ridículo demais para provocar sua ira, e atribuiria a *animalidade* de tais reações à minha primeira educação, transcorrida num âmbito hispano-americano. Mas, uma vez mais, na quietude destas ruas desertas, as suspeitas me assaltaram. Apertei o passo para chegar o quanto antes a casa, com o temor e o desejo, ao mesmo tempo, de uma evidência. Mas lá me aguardava o inesperado: havia um tremendo alvoroço no estúdio, com muito trasfego de taças. Três artistas jovens tinham chegado da capital um momento antes, fugindo, como nós, de um toque de recolher que os obrigava a encerrar-se em suas casas a partir do crepúsculo. O músico era tão branco, tão índio o poeta, tão negro o pintor, que não pude deixar de pensar nos Reis Magos ao vê-los rodear a rede em que Mouche, preguiçosamente recostada, respondia às perguntas que lhe faziam, como que se prestando a um tipo de adoração. O tema era um só: Paris. E eu observava agora que estes jovens interrogavam minha amiga como os cristãos da Idade Média podiam interrogar o peregrino que retornava dos Santos Lugares. Não se cansavam de pedir detalhes a respeito de como era o físico de tal chefe de escola que Mouche se gabara de conhecer; queriam saber se determinado café era frequentado ainda por tal escritor; se outros dois tinham se reconciliado depois de uma polêmica a respeito de Kierkegaard; se a pintura não figurativa continuava tendo os mesmos defensores. E quando seu conhecimento do francês e do inglês não bastava para entender tudo o que lhes contava minha amiga, dirigiam olhares suplicantes à pintora para que se dignasse a traduzir alguma anedota, alguma frase cuja preciosa essência podia perder-se para eles. Agora que, tendo irrompido na conversa com o maligno propósito de tirar de Mouche suas oportunidades de brilho, eu interrogava esses jovens sobre a história de seu país, os primeiros balbucios de sua literatura colonial, suas tradições populares, podia observar quão pouco gratificante era para eles o desvio da conversa. Perguntei-lhes então, para não deixar a palavra à minha amiga, se já tinham ido até a selva. O poeta índio respondeu, encolhendo os ombros, que não havia nada para se ver nessa direção, por mais longe que se fosse, e que se deixavam tais viagens aos forasteiros ávidos por colecionar arcos e aljavas. A cultura – afirmava o pintor negro – não estava na selva. Segundo o músico, o artista de hoje só podia viver onde o pensamento e a criação estivessem mais ativos, voltando-se à cidade cuja topografia intelectual estava na mente de seus companheiros, muito dados, segundo sua própria confissão, a sonhar acordados ante uma *Carta Taride*, cujas estações de "metrô" estavam representadas por espessos círculos azuis: *Solferino, Oberkampf, Corvisard, Mouton-Duvernet*. Entre esses círculos, por sobre o desenho das ruas, cortando várias vezes a artéria clara do Sena, pintavam-se as próprias vias, entretecidas como os cordões de uma rede. Nessa rede cairiam logo os jovens Reis Magos, guiados pela estrela reluzente sobre o grande presépio de Saint-Germain-des-Prés. Conforme a cor dos dias, falar-lhes-iam do desejo de evasão, das vantagens do suicídio, da necessidade de esbofetear cadáveres ou de disparar sobre o primeiro transeunte. Algum mestre de delírios faria com que abraçassem o culto de um Dioniso, "deus do êxtase e do espanto, da selvageria e da liberação; deus louco cuja simples aparição põe os seres vivos em estado de delírio", embora sem dizer-lhes que o invocador desse Dioniso, o oficial Nietzsche, fizera-se retratar certa vez luzindo o uniforme da Reichsweher, com um sabre na mão e o capacete posto sobre um criado-mudo de estilo muniquense, como agoureira prefiguração do deus do espanto que teria de desencadear-se, na realidade, sobre a Europa de certa *Nona sinfonia*. Via-os enfraquecer e empalidecer em seus estúdios sem luz – olitáceo o índio, sem riso o negro, corrompido o branco –, cada vez mais esquecidos do Sol deixado para trás, tratando desesperadamente de fazer o que sob a rede se fazia por direito próprio. Passados os anos, logo depois de terem perdido a juventude na empresa, retornariam a seus países com o olhar vazio, os arrebatamentos quebrados, sem ânimo para empreender a única tarefa que me pareceu oportuna no meio que agora ia revelando lentamente a índole de seus valores: a tarefa do Adão dando nome às coisas. Eu percebia esta noite, ao olhá-los, quanto dano me fizera um prematuro desarraigamento deste meio que fora o meu até a adolescência; quanto contribuíra para me desorientar o fácil deslumbramento dos homens de minha geração, levados por teorias aos mesmos labirintos intelectuais, para fazerem-se devorar pelos mesmos Minotauros. Certas ideias me cansavam, agora, de tanto as ter defendido, e sentia um obscuro desejo de dizer algo que não fosse o cotidianamente dito aqui, lá, por quantos se consideravam "a par" de coisas que seriam negadas, abominadas, dentro de quinze anos. Uma vez mais me alcançavam aqui as discussões que tanto me divertiram, às vezes, na casa de Mouche. Mas debruçado nesta sacada, sobre a corrente que se agitava surdamente no fundo da encosta, sorvendo um ar cortante que cheirava a feno molhado, tão perto das criaturas da terra que rastejavam sob as alfafas rubro-verdes com a morte contida nas presas; neste momento, quando a noite fazia-se singularmente tangível para mim, certos temas da "modernidade" pareciam-me intoleráveis. Quisera calar as vozes que falam às minhas costas para encontrar o diapasão das rãs, a tonalidade aguda do grilo, o ritmo de uma carroça cujos eixos chiavam, acima do Calvário das Névoas. Irritado com Mouche, com todo mundo, e com vontade de escrever algo, de compor algo, saí da casa e desci até as margens da corrente, para voltar a contemplar as estações do pequeno retábulo urbano. Acima, no piano da pintora, iniciou-se um ensaio de acordes. Logo, o jovem músico – a dureza da pulsação revelava a presença do compositor atrás dos acordes – começou a tocar. Por brincadeira contei doze notas, sem nenhuma repetida, até retornar ao *mi bemol* inicial daquele andante crispado. Teria apostado: o atonalismo chegara ao país; já se usavam suas receitas nestas terras. Continuei descendo até a taberna para tomar uma aguardente de amoras. Protegidos por seus ponchos, os arrieiros falavam de árvores que sangravam quando eram feridas com o machado na Sexta-Feira Santa, e também de cardos que nasciam do ventre de vespas mortas pela fumaça de certa lenha dos montes. De repente, como que saído da noite, um harpista aproximou-se do balcão. Descalço, com seu instrumento a tiracolo, o chapéu na mão, pediu licença para fazer um pouco de música. Vinha de muito longe, de um povoado do Distrito das Tembladeras, onde fora cumprir, como em outros anos, a promessa de tocar em frente à igreja no dia da Invenção da Cruz. Agora só pretendia revigorar-se, em troca de arte, com um bom álcool de agave. Houve um silêncio, e com a gravidade de quem oficia um rito, o harpista colocou as mãos sobre a corda, entregando-se à inspiração de um preludiar, para desentorpecer os dedos, que me encheu de admiração. Havia em suas escalas, em seus recitativos de desenho grave, interrompidos por acordes majestosos e amplos, algo que evocava a festiva grandeza dos *preâmbulos* de órgão da Idade Média. Ao mesmo tempo, pela afinação arbitrária do instrumento rústico, que obrigava o executante a manter-se dentro de uma gama isenta de certas notas, tinha-se a impressão de que tudo obedecia a um magistral manejo dos modos antigos e dos tons eclesiásticos, alcançando-se, pelos caminhos de um primitivismo verdadeiro, as buscas mais válidas de certos compositores da época atual. Aquela improvisação de grande força evocava as tradições do órgão, da viola e do alaúde, obtendo um novo palpitar de vida na caixa de ressonância, de desenho cônico, que se afiançava entre os tornozelos escamosos do músico. E depois, vieram as danças. Danças de um vertiginoso movimento, em que os ritmos binários corriam com incrível desenvoltura sob compassos de três tempos, tudo dentro de um sistema modal que jamais se vira submetido a semelhantes provas. Deu-me vontade de subir até a casa e trazer o jovem compositor arrastado por uma orelha, para que se informasse com proveito do que soava aqui. Mas nisso chegaram as capas de oleado e lanternas da ronda; e a polícia ordenou o fechamento da taberna. Fui informado de que aqui também seria cumprido, durante vários dias, o toque de recolher ao pôr-do-sol. Essa desagradável evidência que deveria estreitar mais ainda nossa – para mim ingrata – convivência com a canadense, levou-me, de súbito, a tomar uma decisão que culminaria todo um processo de reflexões e recapacitações. De Los Altos partiam precisamente os ônibus que conduziam ao porto a partir do qual havia modo de alcançar, por rio, a grande Selva do Sul. Não continuaríamos vivendo a fraude imaginada por minha amiga, já que as circunstâncias a contrariavam a cada passo. Com a revolução, meu dinheiro subira muito no câmbio com a moeda local. O mais simples, o mais limpo, o mais interessante, em suma, era empregar o tempo de férias que me restava cumprindo o acordo com o Curador e com a Universidade, levando a cabo, honestamente, a tarefa encomendada. Para não me dar tempo de voltar atrás no que resolvera, comprei do taberneiro duas passagens para o ônibus da madrugada. Não me importava o que Mouche pensasse: pela primeira vez me sentia capaz de impor-lhe minha vontade.

# Terceiro capítulo

*... será o tempo em que encontre o caminho,
em que desate seu rosto e fale e vomite
o que engoliu e descarregue seu fardo.*

O LIVRO DE CHILAM-BALAM

# 8

*(11 de junho)*

A discussão durou até além da meia-noite. Mouche, de repente, sentiu-se resfriada; fez-me tocar sua testa, que contudo estava fresca, queixando-se de calafrios; tossiu até irritar a garganta e tossir de verdade. Fechei as malas sem lhe dar atenção, e ainda não chegara a aurora quando nos instalamos no ônibus, já cheio de gente envolta em mantas, com toalhas de felpa apertadas ao pescoço à maneira de cachecóis. Até o último instante minha amiga esteve falando com a canadense, combinando encontros na capital para quando retornássemos da viagem, que duraria, no máximo, umas duas semanas. Por fim começamos a rodar sobre uma estrada que entrava na serra por uma quebrada tão cheia de névoa que seus choupos eram apenas sombras no amanhecer. Sabendo que Mouche se fingiria de doente durante várias horas, pois era das que passavam de fingir a crer no fingido, fechei-me em mim mesmo, resolvido a gozar solitariamente tudo o que se pudesse ver, esquecido dela, embora estivesse adormecendo sobre meu ombro com lastimosos suspiros. Até agora, o trânsito da capital a Los Altos havia sido, para mim, um tipo de retrocesso do tempo aos anos de minha infância – um remontar-me à adolescência e a seus alvores – pelo reencontro com modos de viver, sabores, palavras, coisas, que me marcaram mais profundamente do que eu mesmo acreditava. O pé de romã e a cantareira, os ouros e paus, o pátio das alfavacas e a porta de batentes azuis voltavam a me sensibilizar. Mas agora começava um para além das imagens que se apresentaram a meus olhos, quando deixara de conhecer o mundo somente pelo tato. Quando saíssemos da bruma opalescente que a aurora esverdeava, teria início, para mim, um tipo de Descobrimento. O ônibus subia; subia com tal esforço, gemendo pelos eixos, empoeirando o vento, inclinado sobre os precipícios, que cada encosta vencida parecia ter custado sofrimentos indizíveis a toda sua estrutura desajustada. Era uma pobre coisa, com teto pintado de vermelho, que subia, agarrando-se com as rodas, fincando-se nas pedras, entre as vertentes quase verticais de um barranco; uma coisa cada vez menor em meio às montanhas que cresciam. Porque as montanhas cresciam. Agora que o sol clareava seus cumes, esses cumes somavam-se, de um lado e de outro, cada vez mais estirados, mais rudes, como imensos machados negros, de cortes elevados contra o vento que penetrava pelos desfiladeiros com um bramido interminável. Tudo em redor dilatava suas escalas em uma esmagadora afirmação de proporções novas. No fim daquela subida de cem voltas e reviravoltas, quando acreditávamos ter chegado a um cimo descobria-se outra encosta, mais abrupta, mais arrevesada, entre picos gelados que punham suas alturas magnas sobre as alturas anteriores. O veículo, em ascensão tenaz, minimizava-se no fundo dos desfiladeiros, mais irmão dos insetos que das rochas, empurrando-se com as redondas patas traseiras. Já era de dia, e entre os cimos austeros, com asperezas de sílex esculpido, torvelinhavam-se as nuvens num céu transtornado pelo sopro das quebradas. Quando, por sobre os machados negros, os divisores de nevadas e os degraus mais altos, apareceram os vulcões, cessou nosso prestígio humano, como tinha cessado, fazia tempo, o prestígio do vegetal. Éramos seres ínfimos, mudos, de faces hirtas, em um páramo onde só subsistia a presença foliácea de um cacto de feltro cinza, agarrado como um líquen, como uma flor de hulha, ao solo já sem terra. Às nossas costas, muito abaixo, ficaram as nuvens que davam sombra aos vales; e menos abaixo, outras nuvens que jamais veriam, por estarem mais acima das nuvens conhecidas, os homens que andavam entre coisas de sua escala. Estávamos sobre o espinhaço das Índias fabulosas, sobre uma de suas vértebras, ali onde os gumes andinos, em meia-lua entre seus picos flanqueadores, com algo de boca de peixe sorvendo as neves, quebravam e dizimavam os ventos que tentavam passar de um Oceano a outro. Agora chegávamos à borda das crateras cheias de escombros geológicos, de pavorosos negrumes, ou eriçados de penhascos tristes como animais petrificados. Um temor silencioso apoderara-se de mim ante a pluralidade dos cumes e abismos. Cada mistério de névoa, descoberto de um lado e de outro do incrível caminho, sugeria-me a possibilidade de que, sob sua evanescente consistência, houvesse um vazio tão fundo como a distância que nos separava de nossa terra. Porque a terra, pensada daqui, do gelo inalterável e íntegro que embranquecia os picos, parecia algo distinto, alheio a isto, com seus animais, suas árvores e suas brisas; um mundo feito para o homem, onde não bramariam, toda noite, em gargantas e abismos os órgãos das tormentas. Um trânsito de nuvens separava este páramo de seixos negros de nosso verdadeiro solo. Agoniado pela surda ameaça telúrica que toda forma continha, nessas faldas de lava, de limalha de cumes, observei com imenso alívio que a pobre coisa em que rodávamos penava um pouco menos, virando para a primeira descida que eu via em várias horas. Já estávamos na outra vertente da cordilheira quando uma freada brutal nos deteve no meio de uma pequena ponte de pedra estendida sobre uma torrente de leito tão fundo que não se viam suas águas, embora fossem estrondosos os borbotões de sua queda. Uma mulher estava sentada num meio-fio de pedra, com uma trouxa e um guarda-chuva deixados no chão, envolta num poncho azul. Falavam-lhe e não respondia, como que estupefata, com o olhar embaçado e os lábios trêmulos, mexendo levemente a cabeça mal coberta por um lenço vermelho cujo nó, sob o queixo, estava solto. Um dos que viajavam conosco aproximou-se dela e pôs em sua boca um tablete de erva, apertando firmemente, para obrigá-la a engolir. Parecendo entender, a mulher começou a mascar lentamente, e seus olhos voltaram, pouco a pouco, a ter alguma expressão. Parecia retornar de muito longe, descobrindo o mundo com surpresa. Olhou-me como se meu rosto fosse conhecido, e ficou em pé, com grande esforço, sem deixar de apoiar-se no meio-fio. Naquele instante, uma avalanche longínqua retumbou sobre nossas cabeças, fazendo girar as brumas que começaram a sair, como que expelidas aos empurrões, do fundo de uma cratera. A mulher pareceu despertar repentinamente; deu um grito e agarrou-se a mim, implorando, com voz quebrada pelo ar tênue, que não a deixassem morrer de novo. Fora trazida até aqui, imprudentemente, por pessoas que seguiam outro rumo, considerando-a conhecedora dos perigos de qualquer sonolência em tal altitude, e só agora compreendia que estivera quase morta.

Com passos torpes deixou-se levar para o ônibus, onde acabou de engolir o tablete. Quando descemos um pouco mais e o ar tomou mais corpo, deram-lhe um gole de aguardente que logo desfez sua angústia em gracejos. O ônibus se encheu de anedotas de *emparamados*[1], de gente morta nesse mesmo desfiladeiro, acontecimentos que eram narrados prazenteiramente, como se fossem percalços da vida diária. Alguém chegava a afirmar que perto da boca daquele vulcão que ocultava cimos menores encontravam-se, já fazia meio século, metidos em seu próprio gelo como dentro de vitrines, os oito membros de uma missão científica, surpreendidos pelo mal. Ali estavam, sentados em círculo, com o gesto da vida suspenso, como se a morte os imobilizasse, os olhares fixos sob o cristal que lhes cobria as faces como transparentes máscaras funerárias. Agora descíamos rapidamente. As nuvens que deixáramos abaixo na subida estavam novamente em cima de nós, e a névoa esfarrapava-se em franjas, limpando a visão dos vales ainda distantes. Retornava-se ao chão dos homens e a respiração cobrava seu ritmo normal depois de ter conhecido a picada de agulhas frias. De repente, apareceu um vilarejo, posto sobre uma pequena meseta redonda, rodeada de torrentes, que me pareceu de uma surpreendente aparência castelhana, apesar da igreja barroca demais, por seus telhados arracimados ao redor da praça, em que desembocavam, finalizando despenhadeiros, tortuosos caminhos de récuas. O zurro de um asno me lembrou uma vista de El Toboso[2] – com um asno em primeiro plano – que ilustrava uma lição de meu terceiro livro de leitura, e tinha uma estranha semelhança com o casarão que eu agora contemplava. *Num lugar da Mancha, de cujo nome não quero*

---

1. Aqueles que morrem enregelados nos páramos. (N. T.)
2. Município da província de Toledo, na Espanha, berço de Dulcinea del Toboso, personagem de *Don Quijote*, de Cervantes. (N. T.)

*me lembrar, não há muito vivia um fidalgo dos de lança a tiracolo, adarga antiga, rocim magro e galgo corredor...*³ Estava orgulhoso de lembrar o que com tanto trabalho nos ensinara a recitar, aos vinte rapazes que éramos, o professor de nossa classe. No entanto, soubera de cor o parágrafo completo, e agora não conseguia ir além do *galgo corredor*. Irritava-me por este esquecimento, voltando e voltando ao *lugar de la Mancha* para ver se ressurgia a segunda frase em minha mente, quando a mulher que resgatáramos das névoas indicou uma ampla curva, no flanco da montanha que íamos percorrer, afirmando que a região se chamava *La Hoya*⁴. *Um cozido de algo mais vaca que carneiro, chouriço na maior parte das noites, "duelos y quebrantos"*⁵ *aos sábados, lentilhas às sextas-feiras e, de lambuja, algum filhote de pomba aos domingos consumiam três quartos de seus bens...*⁶ Não podia passar dali. Mas minha atenção se fixava agora naquela que tinha pronunciado tão oportunamente a palavra *Hoya*, levando-me a olhá-la com simpatia. De onde eu estava só podia ver um pouco menos da metade de seu semblante, de pômulo muito marcado sob um olho alongado até a têmpora, que se afundava em profunda sombra sob a voluntariosa arcada da sobrancelha. O perfil era um desenho muito puro, da testa ao nariz; mas, inesperadamente, sob os traços impassíveis e orgulhosos,

    3. "En un lugar de la Mancha, de cuyo nombre não quiero acordarme, no ha mucho que vivia um hidalgo de los de lanza en astillero, adarga antigua, rocín flaco y galgo corredor..." (N. T.)
    4. *Hoya*: cova. A associação com *olla* (panela ou cozido) – que teria trazido à lembrança o trecho do primeiro parágrafo do livro de Cervantes (veja o texto original na nota 16), justifica-se pela semelhança sonora entre tais palavras. (N. T.)
    5. "Duelos y quebrantos": mexido de presunto, miolos de cordeiro, toucinho e ovos. (N. T.)
    6. "Una olla de algo más vaca que carnero, salpicón las más noches, duelos y quebrantos los sábados, lentejas los viernes y algún palomino de añadidura los domingos consumían las tres partes de su hacienda..." (N. T.)

a boca se fazia espessa e sensual, alcançando uma bochecha magra, em fuga para a orelha, que evidenciava intensamente o modelado daquele rosto emoldurado por uma pesada cabeleira negra, recolhida, aqui e ali, por presilhas de celuloide. Era evidente que várias raças se encontravam misturadas nessa mulher, índia pelo cabelo e pelos pômulos, mediterrânea pela testa e pelo nariz, negra pela sólida redondez dos ombros e por uma peculiar largura do quadril, que acabava de perceber ao vê-la levantar-se para pôr a trouxa de roupa e o guarda-chuva na rede das bagagens. O fato era que essa viva soma de raças tinha raça. Ao ver seus surpreendentes olhos sem matizes de negrume, evocava as figuras de certos afrescos arcaicos, que tanto e tão bem olham, de frente e de lado, com um círculo de tinta pintado na têmpora. Essa associação de imagens me fez pensar na *Parisiense de Creta*, levando-me a notar que essa viajante surgida do páramo e da névoa não era de sangue mais misturado que as raças que durante séculos se mestiçaram na bacia mediterrânea. Mais ainda: chegava a me perguntar se certos amálgamas de raças menores, sem transplante das cepas, eram muito preferíveis aos formidáveis encontros havidos nos grandes lugares de reunião da América, entre celtas, negros, latinos, índios e até "cristãos novos", no primeiro momento. Porque aqui não se haviam entornado, na realidade, povos consanguíneos, como os que a história malaxara em certas encruzilhadas do mar de Ulisses, mas sim as grandes raças do mundo, as mais apartadas, as mais distintas, as que durante milênios permaneceram ignorantes de sua convivência no planeta.

    A chuva começou a cair de repente, com monótona intensidade, embaçando os vidros. A volta a uma atmosfera quase normal havia mergulhado os viajantes numa espécie de modorra. Depois de comer alguma fruta, dispus-me a dormir também, notando de passagem que ao cabo de uma semana após esta viagem ter sido empreendida, recuperava a faculdade de dormir a qualquer hora, que recordava ter na adolescência. Quando despertei, ao cair da tarde, encontrávamo-nos em uma aldeia de casas de pedra calcária, encostadas à cordilheira, sob uma vegetação escura, de bosques frios, em que as clareiras conseguidas para a lavoura pareciam paralisadas na mata densa. Das copas das árvores pendiam grossas lianas que balançavam sobre os caminhos, aspergindo-os com água de névoa. Trazida pelas sombras largas das montanhas, a noite já subia aos cumes. Mouche apoiou-se em meu braço, toda lassa, afirmando que a jornada lhe fora extenuante por causa das mudanças de altitude. Tinha dor de cabeça, sentia-se febril e queria deitar-se imediatamente, logo após tomar algum remédio. Deixei-a num quarto pintado com cal, cujo luxo reduzia-se a uma bacia e um jarro, e fui à sala de jantar da pousada, que não era senão um prolongamento e dependência da cozinha, onde ardia, numa grande lareira, um fogo de lenha. Logo depois de tomar uma sopa de milho e comer um forte queijo montanhês com odor de cabrito, sentia-me preguiçoso e feliz ao clarão da fogueira. Contemplava o jogo das chamas, quando uma silhueta fez sombra diante de mim, sentando-se do outro lado da mesa. Era a resgatada daquela manhã, e como agora surgia muito arrumada, diverti-me em esquadrinhar seu gracioso traje de aparência vistosa. Não estava bem vestida nem mal vestida. Estava vestida fora da época, fora do tempo, com aquela intrincada combinação de bordados, franzidos e cintas, em cru e azul, tudo muito limpo e engomado, teso como baralho, com um pouco de caixa de costura romântica e de arca de prestidigitador. Levava um laço de veludo, de um azul mais escuro, preso no corpete. Pediu pratos cujos nomes me eram desconhecidos, e começou a comer lentamente, sem falar, sem elevar os olhos do oleado, como que dominada por uma preocupação penosa. Após algum tempo me atrevi a interrogá-la, e soube então que teria de fazer um bom trecho de caminho conosco, levada por um piedoso dever. Vinha do outro extremo do país, cruzando desertos e páramos, atravessando lagos de muitas ilhas, passando por selvas e por planícies, para levar a seu pai, muito doente, uma imagem dos Catorze Santos Auxiliares, a cuja devoção devia a família verdadeiros milagres, e que estivera confiada até agora à custódia de uma tia com meios para exibi-la em altares mais bem iluminados. Como ficáramos sozinhos na sala de jantar, fui até uma espécie de armário com escaninhos, do qual se desprendia um agradável perfume de ervas silvestres, cuja presença, num canto, instigou minha curiosidade. Junto a frascos de macerações e loções, as gavetas ostentavam os nomes de plantas. A jovem aproximou-se de mim e, tirando folhas secas, musgos e giestas, para espremê-las na palma de sua mão, começou a elogiar suas propriedades, identificando-as pelo perfume. Era o Aloé Serenado, para aliviar opressões do peito, e um Cipó Rosa para encrespar o cabelo; era a Betônica para a tosse, a Alfavaca para conjurar a má sorte, e a Erva de Urso, a Angelônia, uma Cactácea e o Botão da Rússia, para males que não recordo. Essa mulher referia-se às ervas como se se tratasse de seres sempre despertos num reino próximo embora misterioso, guardado por inquietantes dignitários. Por sua boca as plantas punham-se a falar e apregoavam seus próprios poderes. O bosque tinha um dono, que era um gênio que saltava sobre um pé só, e nada do que crescesse à sombra das árvores devia ser pego sem pagamento. Ao entrar na mata para procurar o broto, o cogumelo ou a liana que curavam, era preciso saudar e depositar moedas entre as raízes de um velho tronco, pedindo permissão.

E era preciso voltar-se com deferência ao sair, e saudar de novo, pois milhões de olhos vigiavam nossos gestos por entre as cascas e as folhagens. Não saberia dizer por que essa mulher me pareceu muito bela, de repente, quando jogou na lareira um punhado de gramas acremente cheirosas, e seus gestos foram revelados em poderoso relevo pelas sombras. Eu ia dizer alguma elogiosa trivialidade quando me deu bruscamente boa-noite, afastando-se das chamas. Fiquei sozinho contemplando o fogo. Fazia muito tempo que não contemplava o fogo.

# 9

*(Mais tarde)*

Pouco depois de ficar sozinho diante do fogo ouvi algo como um murmúrio de vozes num canto da sala. Alguém deixara ligado um aparelho de rádio, que parecia ser velhíssimo, entre as espigas de milho e pepinos de uma mesa de cozinha. Ia desligá-lo quando soou, dentro daquela caixa maltratada, uma quinta de trompas que me era muito familiar. Era a mesma que me fizera fugir de uma sala de concertos não fazia muitos dias. Mas esta noite, próximo da lenha que estalava em fagulhas, com os grilos soando entre as vigas pardas do teto, essa remota execução adquiria um misterioso prestígio. Os executantes sem rostos, desconhecidos, invisíveis, eram como que expositores abstratos do escrito. O texto, caído ao pé destas montanhas, depois de voar por sobre os cumes, vinha-me de não se sabia onde com sonoridades que não eram de notas, mas sim de ecos encontrados em mim mesmo. Aproximando o rosto, escutei. A quinta de trompas era agora esvoaçada em tresquiálteras pelos segundos violinos e pelos violoncelos; desenharam-se duas notas em descenso, como que caídas dos primeiros arcos e das violas, com um tédio que logo se fez angústia, obrigação de fuga, ante uma força subitamente desatada. E foi, num despedaçamento de sombras tormentosas, o primeiro tema da *Nona sinfonia*. Acreditei respirar de alívio numa tonalidade afirmada, mas um rápido apagar-se das cordas, desmoronamento mágico do edificado, devolveu-me ao desassossego da frase em gestação. Ao cabo de tanto tempo sem querer saber de sua existência, a ode musical me era devolvida com o caudal de lembranças que em vão tratava de separar do *crescendo* que agora se iniciava, vacilante ainda e como que inseguro do caminho. Cada vez que a sonoridade metálica de um corne apoiava um acorde, acreditava ver meu pai, com sua barbicha pontiaguda, avançando o perfil para ler a música aberta diante de seus olhos, com essa peculiar atitude do trompista que parece ignorar, quando toca, que seus lábios se aderem à embocadura da grande voluta de cobre que dá um aspecto de capitel coríntio a toda sua pessoa. Com esse mimetismo singular que costuma tornar magros e secos os oboístas, alegres e bochechudos os trombones, meu pai acabara por ter uma voz de sonoridade acobreada, que vibrava nasalmente quando, sentando-me em uma cadeira de vime, a seu lado, mostrava-me gravuras em que eram representados os antecessores de seu nobre instrumento: olifantes de Bizâncio, buzinas romanas, anafis sarracenos e as tubas de prata de Frederico I Barba-Roxa. Segundo ele, as muralhas de Jericó só poderiam ter caído ao chamado terrível do *horn*, cujo nome, pronunciado com fluido erre, adquiria um peso de bronze em sua boca. Formado em conservatórios da Suíça alemã, proclamava a superioridade do corne de timbre bem metálico, filho da trompa de caça que ressoara em todas as Florestas Negras, opondo-o ao que, com tom pejorativo, chamava em francês *le cor*, pois considerava que a técnica ensinada em Paris assimilava seu instrumento másculo às femininas madeiras. Para demonstrá-lo volteava o pavilhão do instrumento e lançava o tema de Siegfried por sobre as paredes centrais do pátio com um ímpeto de arauto do Julgamento Final. O fato era que a uma cena de caça da *Raymunda* de Glazunov devia-se meu nascimento deste lado do Oceano. Meu pai fora surpreendido pelo atentado de Sarajevo no melhor de uma temporada wagneriana do Teatro Real de Madri, e, encolerizado pelo inesperado arrojo bélico dos socialistas alemães e franceses, renegava o velho continente apodrecido, aceitando o atril de primeira trompa numa excursão que Anna Pavlova levava às Antilhas. Um matrimônio cuja elaboração sentimental me parecia obscura fez com que eu engatinhasse minhas primeiras aventuras num pátio sombreado por um grande tamarindo, enquanto minha mãe, atarefada com a cozinheira negra, cantava o conto do Senhor Dom Gato, sentado em cadeira de ouro, a quem perguntam se quer se casar com uma gata montesa, sobrinha de um gato pardo. O prolongamento da guerra, a escassa demanda de um instrumento que só se empregava em temporadas de ópera, quando sopravam os nortes do inverno, levou meu pai a abrir uma pequena loja de música. Às vezes, tomado pela nostalgia dos conjuntos sinfônicos em que havia tocado, tirava uma batuta da vitrine, abria a partitura da *Nona sinfonia* e punha-se a dirigir orquestras imaginárias, arremedando os gestos de Nikisch ou de Mahler, cantando a obra inteira com as mais tremebundas onomatopeias de percussão, baixos e metais. Minha mãe fechava apressadamente as janelas para que não o considerassem louco, aceitando, entretanto, com velha mansidão hispânica, que tudo o que fizesse esse esposo, que não bebia nem jogava, devia-se tomar por bom, embora pudesse parecer um tanto extravagante. De fato meu pai era muito aficionado a frasear nobremente, com sua voz abaritonada, o movimento ascendente, ao mesmo tempo lamentoso, fúnebre e triunfal, da coda que agora se iniciava sobre um tremor cromático na profundidade do registro grave. Duas rápidas escalas desembocaram no uníssono de um exórdio arrancado à orquestra como que a socos. E fez-se silêncio. Um silêncio logo reconquistado pelo alvoroço dos grilos e o crepitar das brasas. Mas eu esperava, impaciente, o sobressalto inicial do *scherzo*. E já me deixava levar, envolver, pelo endiabrado arabesco que os segundos violinos desenhavam, alheio a tudo o que não fosse a música, quando o "dobrado" de trompas, de tão peculiar sonoridade, imposto por Wagner à partitura beethoveniana para corrigir um erro de escrita, voltou a me sentar ao lado de meu pai nos dias em que já não estava junto a nós, com sua caixa de costura de veludo azul, aquela que tanto me tinha cantado a história do Senhor Dom Gato, o romance de Mambrú e o pranto do Alfonso XII pela morte de Mercedes: *Quatro duques a levavam, pelas ruas de Aldaví*[7]. Mas então os serões se consagravam à leitura da velha Bíblia luterana que o catolicismo de minha mãe mantivera oculta, por tantos anos, no fundo de um armário. Ensombrecido pela viuvez, amargurado por uma solidão que não sabia encontrar remédios na rua, meu pai rompera com tudo o que o prendesse à cidade cálida e buliçosa de meu nascimento, partindo para a América do Norte, onde voltou a iniciar seu negócio com muito pouco sucesso. A meditação do Eclesiastes e a dos Salmos associavam-se em sua mente a inesperadas saudades. Foi então que começou a me falar dos operários que escutavam a *Nona sinfonia*. Seu fracasso neste continente traduzia-se, cada vez mais, na saudade de uma Europa contemplada em cimos e alturas, em apoteoses e festivais. Isto, que chamavam o Novo Mundo, tornara-se para ele um hemisfério sem história, alheio às grandes tradi-

---

7. *Cuatro duques la llevaban, por las calles de Aldaví.* (N. T.)

ções mediterrâneas, terra de índios e de negros, povoado pelos refugos das grandes nações europeias, sem esquecer as clássicas rameiras embarcadas para Nova Orleans por gendarmes de tricórnio, despedidas por marchas de pífano – detalhe, este último, que me parecia muito devido à lembrança de uma ópera do repertório. Por contraste evocava as pátrias do continente velho com devoção, edificando ante meus olhos maravilhados uma Universidade de Heidelberg que só podia imaginar enverdecida de heras veneráveis. Ia eu, pela imaginação, das teorbas do concerto angélico às insignes lousas da Gewandhause, dos concursos de *minnesangers* aos concertos de Potsdam, aprendendo os nomes de cidades cuja mera forma gráfica promovia em minha mente miragens em ocre, em branco, em bronze – como Bonn –, em penugem de cisne – como Siena. Mas meu pai, para quem a afirmação de certos princípios constituía o bem supremo da civilização, insistia, sobretudo, no respeito que lá se tinha pela sagrada vida do homem. Falava-me de escritores que fizeram tremer uma monarquia, da calma de seu escritório, sem que ninguém se atrevesse a importuná-los. As evocações do *Eu acuso*, das campanhas de Rathenau, filhas da capitulação de Luís XVI ante Mirabeau, desembocavam sempre nas mesmas considerações acerca do progresso irrefreável, da socialização gradual, da cultura coletiva, chegando-se ao tema dos operários ilustrados que lá, em sua cidade natal, junto a uma catedral do século XIII, passavam seus ócios nas bibliotecas públicas, e aos domingos, em vez de se embrutecerem em missas – pois lá o culto da ciência estava substituindo as superstições – levavam suas famílias a escutar a *Nona sinfonia*. E assim os tinha visto eu, desde a adolescência, com os olhos da imaginação, esses operários vestidos de blusa azul e calça de veludo *côtelé*, nobremente comovidos pelo sopro genial da obra beethoveniana, escutando talvez este mesmo trio, cuja frase tão cálida, tão envolvente, ascendia agora pelas vozes dos violoncelos e das violas. E fora tal o sortilégio dessa visão que, ao morrer meu pai, consagrei o escasso dinheiro de sua magra herança, o fruto de um leilão de sonatas e partituras, ao empenho de conhecer minhas raízes. Atravessei o Oceano, um belo dia, com o convencimento de não retornar. Mas ao cabo de uma aprendizagem do assombro que eu qualificara mais tarde, por brincadeira, de adoração das fachadas, houve o encontro com realidades que contrariavam singularmente os ensinamentos de meu pai. Longe de olhar para a *Nona sinfonia*, as inteligências estavam como que ávidas de marcar o passo em desfiles que passavam sob arcos de triunfo de carpintaria e mastros totêmicos de velhos símbolos solares. A transformação do mármore e do bronze das antigas apoteoses em gigantescos esbanjamentos de pinho, tábuas de um dia, e emblemas de cartão dourado, teria deixado mais desconfiado a quem escutava palavras muito amplificadas pelos alto-falantes, pensava eu. Mas não parecia que assim fosse. Cada qual se acreditava investido de tremendo poder, e havia muitos que se sentavam à direita de Deus para julgar os homens do passado pelo delito de não terem adivinhado o futuro. Eu já tinha visto, certamente, um metafísico de Heidelberg fazendo de tambor-mor de uma parada de jovens filósofos que marchavam, mexendo os quadris, para votar por quem fazia escárnio de tudo o que pudesse ser qualificado de intelectual. Eu tinha visto os casais subirem, em noites de solstícios, ao Monte das Bruxas para acender velhos fogos votivos, desprovidos já de todo sentido. Mas nada havia me impressionado tanto como essa citação em juízo, essa ressurreição para castigo e profanação da tumba de quem rematara uma sinfonia com o coral da *Confissão de Augsburgo*, ou daquele outro que clamara, com uma voz tão pura, ante as ondas verde-cinza do grande Norte: "Amo o mar como minha alma!". Cansado de ter de recitar o *intermezzo* em voz baixa e de ouvir falar de cadáveres recolhidos nas ruas, de terrores próximos, de êxodos novos, refugiei-me, como quem se acolhe num abrigo, na penumbra consoladora dos museus, empreendendo longas viagens através do tempo. Mas quando saí das pinacotecas as coisas iam de mal a pior. Os periódicos convidavam à degola. Os crentes tremiam, sob os púlpitos, quando seus bispos elevavam a voz. Os rabinos escondiam a *Torah*, enquanto os pastores eram jogados de seus oratórios. Assistia-se à dispersão dos ritos e ao quebrantamento do verbo. De noite, nos lugares públicos, os alunos de insignes Faculdades queimavam livros em grandes fogueiras. Não se podia dar um passo naquele continente sem ver fotografias de meninos mortos em bombardeios de povoados abertos, sem ouvir falar de sábios confinados em salinas, de seqüestros inexplicados, de perseguições e defenestrações, de camponeses metralhados em praças de touros. Eu me assombrava – despeitado, profundamente ferido – com a diferença que existia entre o mundo evocado nostalgicamente por meu pai e o que me fora dado conhecer. Onde buscava o sorriso de Erasmo, o *Discurso do método*, o espírito humanístico, o fáustico desejo e a alma apolínea, topava com o auto-de-fé, o tribunal de algum Santo Ofício, o processo político que não era senão ordálio de novo gênero. Já não se podia contemplar um tímpano ilustre, um campanário, uma gárgula ou um anjo sorridente sem se ouvir dizer que aí já estavam previstas as facções do presente e que os pastores de Nascimentos adoravam algo que não era, em suma, o que cabalmente iluminava o presépio. A época me cansava cada vez mais. E era terrível pensar que não havia fuga possível, fora do imaginário, naquele mundo sem esconderijos, de natureza domada fazia séculos, onde a sincronização quase total das existências centrara as lutas em torno de dois ou três problemas postos em carne viva. Os discursos haviam substituído os mitos; as ordens, os dogmas. Enfastiado do lugar-comum fundido em ferro, do texto expurgado e da cátedra abandonada, aproximei-me novamente do Atlântico com o ânimo de cruzá-lo agora em sentido inverso. E, dois dias antes de minha partida, peguei-me contemplando uma esquecida dança macabra que desenvolvia seus motivos sobre as vigas do ossário de São Sinforiano, em Blois. Era uma espécie de pátio de granja, invadido pelas ervas, de uma tristeza de séculos, em cima de cujos pilares se conjugava, uma vez mais, o inesgotável tema da vaidade das pompas, do esqueleto encontrado sob a carne luxuriante, das costelas apodrecidas sob a casula do prelado, do tambor atroado com duas tíbias em meio a um xilofonante concerto de ossos. Mas aqui, a pobreza do estábulo que rodeava o eterno Exemplo, a proximidade do rio revolto e turvo, a cercania de granjas e fábricas, a presença de porcos grunhindo como o cerdo de Santo Antão, ao pé das caveiras esculpidas numa madeira acinzentada por séculos de chuvas, davam uma singular vigência a esse retábulo do pó, da cinza, do nada, situando-o dentro da época atual. E os timbales que tanto percutem no *scherzo* beethoveniano cobravam uma fatídica contundência, agora que os associava, em minha mente, à visão do ossário de Blois, em cuja entrada me surpreenderam as edições da tarde com a notícia da guerra.

    A lenha já era rescaldo. Numa ladeira, mais acima do telhado e dos pinheiros, um cão uivava na bruma. Afastado da música pela própria música, regressava a ela pelo caminho dos grilos, esperando a sonoridade de um *si bemol* que já cantava em meu ouvido. E já nascia, de uma tênue instigação de fagote e clarinete, a frase admirável do *Adágio*, tão funda dentro do pudor de seu lirismo. Essa era a única passagem da *Sinfonia* que minha mãe – mais acostumada à leitura de *habaneras* e seleções de ópera – conseguia tocar às vezes, por seu tempo pausado, numa transcrição para piano que tirava de uma gaveta da loja. No sexto compasso, placidamente rematado em eco pelas madeiras, acabo de chegar do colégio, depois de muito correr para deslizar sobre as pequenas frutas dos álamos que cobrem as calçadas. Nossa casa tem um largo átrio de colunas caiadas, situado como um degrau de escada, entre os átrios vizinhos, um mais alto, outro mais baixo, todos atravessados pelo plano inclinado da rua que sobe para a igreja de Jesús del Monte, que se ergue lá, no alto dos telhados, com suas árvores plantadas sobre um aterro fechado por gradis. A casa foi antigamente de família nobre; conserva grandes móveis de madeira escura, armários profundos e um lustre de cristais biselados que se enche de pequenos arco-íris ao receber um último raio de sol descido das vidraças azuis, brancas, vermelhas, que fecham o arco do saguão como um grande leque de vidro. Sento-me de pernas esticadas no fundo de uma cadeira de balanço, muito alta e larga para um menino, e abro o *Epítome de gramática da Real Academia*, que esta tarde tenho de repassar. *Estes, Fábio, ai dor!, que vês agora...* reza o exemplo que há pouco retornou a minha memória. *Estes, Fábio, ai dor!, que vês agora...* A negra, lá na fuligem de suas panelas, canta algo em que se fala dos tempos da Colônia e dos bigodes da Guarda Civil. A tecla do *fá* sustenido já emperrou, como de costume, no piano que minha mãe toca. No fundo da casa há um quarto em cuja grade trepa um caule de abóbora. Chamo María del Carmen, que brinca entre as arecas em vasos, as roseiras em caçarolas, as sementeiras de cravos, de copos-de-leite, os girassóis do quintal de seu pai, o jardineiro.

Desliza pela brecha da cerca de cactos e se deita a meu lado, na cesta de lavanderia em forma de barca que é a barca de nossas viagens. Envolve-nos o odor de esparto, de fibra, de feno, dessa cesta trazida, toda semana, por um gigante suarento, que devora enormes pratos de favas, a quem chamam Baudilio. Não me canso de estreitar a menina entre meus braços. Seu calor me infunde uma preguiça gozosa que queria prolongar indefinidamente. Como se aborrece de estar assim, sem se mover, acalmo-a dizendo-lhe que estamos no mar e que falta pouco para chegar ao cais; que será aquele baú de tampa redonda, coberta de lata de muitas cores, em cujo cabo se amarram os navios. No colégio me falaram de sujas possibilidades entre machos e fêmeas. Rejeitei-as com indignação, sabendo que eram porcarias inventadas pelos grandes para enganar os pequenos. No dia em que me disseram isso não me atrevi a olhar minha mãe de frente. Pergunto agora a María del Carmen se quer ser minha mulher, e como responde que sim, aperto-a um pouco mais, imitando com a voz, para que não se separe de mim, o ruído das sirenes de barcos. Respiro mal, encho-me de palpitações, e este mal-estar é tão agradável, no entanto, que não compreendo por que, quando a negra nos surpreende assim, zanga-se, tira-nos da cesta, joga-a sobre um armário e grita que estou muito grande para essas brincadeiras. No entanto, nada diz a minha mãe. Acabo por me queixar a ela, e me responde que é hora de estudar. Volto ao *Epítome de gramática*, mas me persegue o odor de fibra, de vime, de esparto. Esse odor cuja lembrança retorna do passado, às vezes, com tal realidade que me deixa todo estremecido. Esse odor que volto a encontrar esta noite; junto ao armário das ervas silvestres, quando o *Adágio* termina sobre quatro acordes *pianissimo*, o primeiro arpejado, e um estremecimento, perceptível através da transmissão, inquieta a massa coral cuja entrada se aproxima. Adivinho o gesto enérgico do diretor invisível, pelo qual se entra, de repente, no drama que prepara o advento da *Ode* de Schiller. A tempestade de bronzes e de timbales que se desata para encontrar, mais tarde, um eco de si mesma, enquadra uma recapitulação dos temas já ouvidos. Mas esses temas aparecem quebrados, rasgados, feitos farrapos, jogados a uma espécie de caos que é gestação do futuro, cada vez que pretendem elevar-se, afirmar-se, voltar a ser o que foram. Essa espécie de sinfonia em ruínas que agora se atravessa na sinfonia total, série de dramático acompanhamento – penso eu, com deformação profissional – para um documentário realizado nos caminhos que me coubera percorrer como intérprete militar, no final da guerra. Eram os caminhos do Apocalipse, traçados entre paredes esburacadas de tal maneira que pareciam os caracteres de um alfabeto desconhecido; caminhos de covas preenchidas com pedaços de estátuas, que atravessavam abadias sem teto, balizavam-se por anjos decapitados, desviavam diante de uma Última Ceia deixada à intempérie pelos obuses, para desembocar no pó e na cinza do que fora, durante séculos, o arquivo máximo do canto ambrosiano. Mas os horrores da guerra são obra do homem. Cada época deixou os seus, burilados no cobre ou sombreados pelas tintas da água-forte. O novo aqui, o inédito, o moderno, era aquele antro do horror, aquela chancelaria do horror, aquele território proibido do horror que nos coube conhecer em nosso avanço: a Mansão do Calafrio, onde tudo era testemunho de torturas, extermínios em massa, cremações, entre muralhas salpicadas de sangue e de excrementos, montões de ossos, dentaduras humanas empilhadas num canto a pazadas, sem falar das mortes piores, obtidas a frio, por mãos com luvas de borracha, na brancura asséptica, nítida, luminosa, das câmaras de operações. A dois passos daqui, uma humanidade sensível e cultivada – sem fazer caso da fumaça abjeta de certas chaminés, pelas quais haviam brotado, um pouco antes, preces uivadas em iídiche – seguia colecionando selos, estudando as glórias da raça, tocando pequenas músicas noturnas de Mozart, lendo *A pequena sereia* de Andersen aos meninos. Isto também era novo, sinistramente moderno, pavorosamente inédito. Algo desabou em mim na tarde em que saí do abominável parque de iniquidades que me esforçara em visitar para me certificar de sua possibilidade, com a boca seca e a sensação de ter engolido pó de gesso. Jamais poderia ter imaginado uma quebra tão absoluta do homem do Ocidente como a que se estampara aqui em resíduos de espanto. Quando menino ficara aterrorizado com as histórias que então corriam acerca das atrocidades cometidas por Pancho Villa, cujo nome se associava em minha memória à sombra peluda e noturnal de Satanás. "Cultura obriga", costumava dizer meu pai ante as fotos de fuzilamentos que então a imprensa difundia, traduzindo, com esse lema de uma nova cavalaria do espírito, sua fé no ocaso da iniqüidade por obra dos Livros. Maniqueísta à sua maneira, via o mundo como o campo de uma luta entre a luz da imprensa e as trevas de uma animalidade original, propiciadora de toda crueldade naqueles que viviam ignorantes de cátedras, músicas e laboratórios. O Mal, para ele, estava personificado por quem, ao encostar seus inimigos no paredão das execuções, renovava, ao cabo dos séculos, o gesto do príncipe assírio cegando seus prisioneiros com uma lança, ou do feroz cruzado que emparedara os cátaros nas cavernas de Montségur. O Mal, de que estava já liberada a Europa de Beethoven, tinha seu último reduto no Continente-de-pouca-História... Mas depois de me ter visto na Mansão do Calafrio, nesse campo imaginado, criado, organizado por gente que sabia de tantas coisas nobres, os disparos dos *Charros de Oro*[8], as cidades tomadas à força, os trens descarrilados entre cactos e figueiras-da-índia, os tiroteios em noite de festa, pareciam-me alegres estampas de romance de aventura, cheias de sol de cavalgadas, de orgulhos viris, de mortes limpas sobre o couro suado das selas, junto ao rebuço das *soldaderas*[9] recém-paridas nas margens do caminho. E o pior foi que na noite de meu encontro com a mais fria barbárie da história, os carrascos e guardas, e também os que levavam os algodões ensanguentados em baldes, e os que tomavam notas em seus cadernos forrados de oleado negro, que estavam presos em um hangar, puseram-se a cantar depois do rancho. Sentado em meu catre, retirado do sono pelo assombro, ouvia-os cantar o mesmo que, agora, incitados por um longínquo gesto do diretor, cantavam os do coro:

*Freude, schöner Götterfunken,*
*Tochter aus Elysium!*
*Wir betreten feuertrunken,*
*Himmlische, dein Heiligtum.*

Por fim obtivera a *Nona sinfonia*, causa de minha viagem anterior, embora não certamente onde meu pai a havia situado. *Alegria! O mais belo fulgor divino, filha do Elísio. Ébrios de teu fogo penetramos, oh Celestial!, em teu santuário... Todos os homens serão irmãos onde paira teu voo suave.* As estrofes de Schiller me laceravam com sarcasmo. Eram a culminação de uma ascensão de sé-

---

8. *Charros*: cavaleiros mexicanos atuantes na luta pela independência de seu país. (N. T.)

9. Mulheres que acompanhavam os soldados ou lutavam junto a eles durante a revolução mexicana. (N. T.)

culos durante a qual se caminhara sem cessar para a tolerância, a bondade, o entendimento do alheio. A *Nona sinfonia* era o morno folhado de Montaigne, o azul da Utopia, a essência do Elzevir, a voz de Voltaire no processo Calas. Agora crescia, cheio de júbilo, o *alle Menschen werden brüder wo dein sanfter Flügel weildt*, como naquela noite em que perdi a fé em quem mentia ao falar de seus princípios, invocando textos cujo sentido profundo estava esquecido. Para pensar menos na Dança Macabra que me envolvia, assumi uma mentalidade de mercenário, deixando-me arrastar por meus companheiros de armas a suas tabernas e bordéis. Passei a beber como eles, mergulhando numa espécie de inconsciência mantida do lado de cá do tropeção, que me permitiu terminar a campanha sem me entusiasmar por palavras ou fatos. Nossa vitória me deixava vencido. Não conseguiu me surpreender sequer a noite passada no cenário do teatro de Bayreuth, sob uma wagneriana zoologia de cisnes e cavalos pendentes do teto, junto a um Fafner corroído pela traça, cuja cabeça parecia buscar amparo sob meu catre de invasor. E foi um homem sem esperança que retornou à grande cidade e entrou no primeiro bar para encourajar-se de antemão contra qualquer propósito idealista. O homem que procurou sentir-se forte roubando a mulher alheia, para voltar, no fim das contas, à solidão do leito não compartilhado. O homem chamado Homem que, na manhã anterior, aceitava ainda a ideia de ludibriar com instrumentos de produção grosseira quem tivesse posto nele sua confiança... E, de repente, aborrece-me essa *Nona sinfonia* com suas promessas não cumpridas, seus anseios messiânicos, sublinhados pelo feirante arsenal da "música turca" que tão populescamente se desata no *prestissimo* final. Não espero o *maestoso Tochter aus Elysium! Freude schöner Götterfunken* do exórdio. Corto a transmissão, perguntando-me como pude escutar a partitura quase completa, com momentos de esquecimento de mim mesmo, quando as associações de lembranças não me absorviam demais. Minha mão procura um pepino cuja frieza parece sair-lhe de trás da pele; a outra sopesa o verdor de um pimentão que o polegar rasga para se banhar no sumo que a boca logo recolhe com deleite. Abro o armário das plantas e pego um punhado de folhas secas, que aspiro longamente. Na lareira pulsa ainda, em negro e vermelho, como algo vivo, um último rescaldo. Olho por uma janela: as árvores mais próximas perderam-se na névoa. O ganso do quintal desembainha a cabeça de sob a asa e entreabre o bico, sem despertar por completo. Na noite um fruto caiu.

## 10

*(Terça-feira, 12)*

Quando Mouche saiu do quarto, pouco depois da aurora, parecia mais cansada que na véspera. Bastaram os incômodos de um dia rodando por estradas difíceis, o leito duro, a necessidade de madrugar, de submeter o corpo a uma disciplina, para provocar uma espécie de descoloração de sua pessoa. Quem se mostrava tão altiva e vivaz na desordem de nossas noites *de lá*, era aqui a imagem do tédio. Parecia que se tinha embaçado o brilho de sua cútis, e um lenço mal guardava seus cabelos que apareciam em mechas de um loiro meio esverdeado. Sua expressão de desagrado a envelhecia de modo surpreendente, adelgaçando, com feia caída das comissuras, uns lábios que os maus espelhos e a luz escassa não lhe permitiam pintar devidamente. Durante o café da manhã, para distraí-la, falei-lhe da viajante que eu conhecera na noite anterior. Nisso chegou a aludida, toda trêmula, rindo de seu tremor, pois havia ido banhar-se numa fonte próxima com as mulheres da casa. Sua cabeleira, torcida em tranças em torno da cabeça, gotejava ainda sobre seu rosto mate. Dirigiu-se a Mouche com familiaridade, tuteando-a como se a conhecesse de muito tempo, em perguntas que eu ia traduzindo. Quando subimos no ônibus, as duas mulheres haviam acertado uma linguagem de gestos e palavras soltas que lhes bastava para se entenderem. Minha companheira, novamente fatigada, descansou a cabeça sobre o ombro da que – sabíamos agora – se chamava Rosario, e escutava suas queixas pelos quebrantos de tão incômoda viagem com uma solicitude maternal em que eu vislumbrava, no entanto, um tom de ironia. Contente por me ver um pouco desincumbido de Mouche, empreendi alegremente a jornada, sozinho num amplo assento. Nessa mesma tarde chegaríamos ao porto fluvial de onde saíam embarcações para os limites da Selva do Sul, e de curva em curva, seguindo encostas, descendo sempre, íamos para horas mais ensolaradas. Parávamos às vezes em povoados aprazíveis, de poucas janelas abertas, rodeados por uma vegetação cada vez mais tropical. Aqui apareciam trepadeiras florescidas, cactos, bambus; lá uma palmeira brotava de um pátio, abrindo-se sobre o telhado de uma casa onde as cerzideiras trabalhavam à sombra. Tão densa e contínua foi a chuva que caiu sobre nós ao meio-dia que, até o final da tarde, não consegui ver coisa alguma através dos vidros turvos pela água. Mouche tirou um livro de sua maleta. Rosario, para imitá-la, procurou um tomo em sua trouxa. Era um volume impresso em papel ruim, cheio de escórias, cuja capa em tricromia mostrava uma mulher coberta de peles de urso ou algo parecido, que era abraçada por um magnífico cavalheiro na entrada de uma gruta, sob o olhar complacente de uma cerva de pescoço longo: *História de Genoveva de Brabante*. Em minha mente se fez de imediato um divertido contraste entre tal leitura e certa famosa novela moderna que estava nas mãos de Mouche, e que eu abandonara no terceiro capítulo, deprimido por uma espécie de vergonha triste ante seu caudal de obscenidade. Inimigo de toda continência sexual, de toda hipocrisia no que tange ao jogo dos corpos, irritava-me, entretanto, qualquer literatura ou vocabulário que aviltasse o amor físico, por meio da galhofa, do sarcasmo ou da grosseria. Parecia-me que o homem devia guardar, em suas cópulas, a simples impulsividade, o espírito de brincadeira que eram próprios do cio dos animais, dando-se alegremente à sua prazenteira atividade, consciente de que o isolamento atrás de ferrolhos, a ausência de testemunhas, a cumplicidade na busca do deleite, excluíam tudo o que pudesse promover a ironia ou o escárnio – pelo desajuste dos corpos, pela animalidade de certos acoplamentos – nas conexões de um casal que não podia contemplar-se a si mesmo com olhos alheios. Por isso mesmo a pornografia era tão intolerável, para mim, como certos contos obscenos, certas desinências sujas, certos verbos metaforicamente aplicados à atividade sexual, e não podia considerar sem repulsa uma determinada literatura, muito apreciada atualmente, que parecia empenhada em degradar e enfear tudo o que podia fazer com que o homem, em momentos de tropeços e desalentos, achasse uma compensação para seus fracassos na mais forte afirmação de sua virilidade, sentindo na carne por ele dividida sua presença mais completa. Eu lia por sobre os ombros das duas mulheres, tratando de contrapontear a prosa negra e a prosa rosa; mas logo o jogo se tornou impossível, pela rapidez com que Mouche virava as páginas, e a lentidão de leitura de Rosario, que levava os olhos, pausadamente, do começo ao extremo das linhas, com o movimento de lábios de quem soletra, encontrando aventuras apaixonantes na sucessão de palavras que nem sempre se ordenavam como ela quereria. Às vezes detinha-se ante uma infâmia feita à desventurada Genoveva, com um pequeno gesto de indignação; recomeçava o parágrafo, duvidando de que tanta maldade fosse possível. E passava novamente pelo penoso episódio, como que consternada por sua impotência ante os fatos. Seu rosto refletia uma profunda ansiedade, agora que se definiam os sombrios intuitos de Golo. "São contos de outros tempos", disse-lhe, para fazê-la falar. Sobressaltada, virou-se para mim ao saber que estivera lendo por cima de seu ombro. "O que os livros dizem é verdade", respondeu. Olhei para o tomo de Mouche, pensando que se era verdade o que ali se contava, numa prosa que o editor, apavorado, teve de amputar várias vezes, nem por isso se alcançara – com laboriosos alardes – uma obscenidade que os escultores hindus ou os simples oleiros incas haviam situado em um plano de autêntica grandeza. Agora Rosario fechava os olhos. "O que dizem os livros é verdade." É provável que, para ela, a história de Genoveva fosse algo atual: algo que transcorria, ao ritmo de sua leitura, num país do presente. O passado não é imaginável para quem ignora o guarda-roupa, a decoração e o cenário da história. Assim, devia imaginar os castelos de Brabante como as ricas fazendas daqui, que costumavam ter paredes ameadas. Os hábitos da caça e da montaria se perpetuavam nestas terras, onde o veado e o caititu eram entregues à perseguição das matilhas. E quanto ao traje, Rosario devia ver sua novela como certos pintores do primeiro Renascimento viam o Evangelho, vestindo os personagens da Paixão à maneira dos notáveis da época, atirando ao inferno, de cabeça para baixo, algum Pilatos com traje de magistrado florentino... Caiu a noite e a luz se fez tão escassa que cada qual se fechou em si mesmo. Houve um prolongado rodar na escuridão e, de súbito, à volta de um penhasco, deparamos com a vastidão acesa do Vale das Chamas.

Já me haviam falado alguns, durante a viagem, da povoação nascida lá embaixo, em poucas semanas, ao brotar o petróleo sobre uma terra enlameada. Mas essa referência não me havia sugerido a possibilidade do espetáculo prodigioso que agora se ampliava a cada volta do caminho. Sobre uma planície pelada, era um vasto bailar de labaredas que estalavam ao vento como as bandeiras de algum assolamento divino. Atadas ao escape de gases dos poços, mexiam-se, tremulavam, envolvendo-se em si mesmas, girando, ao mesmo tempo livres e sujeitas, a curta distância das mechas – hastes desse fogo enxame, desse fogo árvore, ereto sobre o chão, que voava sem poder voar, todo sibilante de púrpuras exasperadas. O ar transformava-as, de súbito, em luzes de extermínio, em archotes enfurecidos, para em seguida reuni-las num feixe de tochas, num só tronco rubro-negro que tinha fugazes ondulações de torso humano; mas logo a massa se partia, e o ardente corpo, sacudido por convulsões amarelas, enroscava-se em sarça ardente, cravada de chispas, sonora de bramidos, antes de se estirar até a cidade, em mil chibatadas zumbidoras, como para castigo de uma população ímpia. Junto a essas piras encadeadas prosseguiam seu trabalho de extração, incansáveis, regulares, obsessivas, umas máquinas cujo volante tinha o perfil de uma grande ave negra, com bico que se fincava isocronamente na terra, em movimentos de pássaro perfurando um tronco. Havia algo impassível, obstinado, maléfico, nessas silhuetas que se mexiam sem se queimar, como salamandras nascidas do fluxo e refluxo das labaredas que o vento encrespava, em marulhadas, até o horizonte. Dava vontade de lhes dar nomes que fossem bons para demônios e me divertia em chamá-las Magrocorvo, Abutreferro ou Mautridente, quando terminou nosso caminho num pátio onde uns porcos negros, avermelhados pelo resplendor das chamas, chapinhavam em charcos cujas águas tinham crostas jaspeadas e olhos de azeite. A sala de jantar da hospedaria estava cheia de homens que falavam aos gritos, como que enevoados pela fumaça dos grelhados. Com as máscaras antigases penduradas debaixo do queixo, sem terem tirado ainda as roupas do trabalho, parecia que sobre eles se fixaram, em colagens, borrões e gorduras, as mais negras exsudações da terra. Todos bebiam desenfreadamente com as garrafas empunhadas pelo gargalo, entre cartas e fichas revoltas sobre as mesas. Mas de repente, as biscas ficaram suspensas e os jogadores voltaram-se para o pátio numa jubilosa gritaria. Ali se produzia uma ação de teatro: trazidas por não sei que veículo, haviam aparecido mulheres em traje de baile, com sapato de salto e muitas luzes no cabelo e no pescoço, cuja presença naquele curral lamacento, orlado de pesebres, pareceu-me alucinante. Além disso, a escumilha, as contas, as miçangas que adornavam os vestidos, refletiam ao mesmo tempo as labaredas que a cada mudança de vento davam novo rumo à sua ronda de resplendores. Essas mulheres vermelhas corriam e se agitavam entre os homens escuros, levando fardos e malas, em uma algaravia que acabava aturdindo, com o espanto dos burros e o despertar das galinhas adormecidas nas vigas dos alpendres. Soube então que amanhã seria a festa do patrono do povoado, e que aquelas mulheres eram prostitutas que viajavam assim todo o ano, de um lugar a outro, de feiras a procissões, de minas a romarias, para aproveitar os dias em que os homens se mostravam liberais. Assim, seguiam o itinerário dos campanários, fornicando por São Cristóvão ou Santa Luzia, pelos fiéis Defuntos ou pelos Santos Inocentes, à beira dos caminhos, junto aos muros dos cemitérios, sobre as praias dos grandes rios ou nos quartos estreitos, de bacia no chão, que alugavam nos fundos das tabernas. O que mais me assombrava era o bom humor com que as recém-chegadas eram acolhidas pelas pessoas de princípios, sem que as mulheres honestas da casa, a esposa, a jovem filha do hospedeiro, fizessem o menor gesto de menosprezo. Parecia-me que eram vistas um pouco como os bobos, ciganos ou loucos engraçados, e as criadas da cozinha riam ao vê-las saltar, com seus vestidos de baile, por sobre os porcos e os charcos, carregando suas trouxas com ajuda de alguns mineiros já resolvidos a desfrutar de suas primícias. Eu pensava que essas prostitutas errantes, que vinham ao nosso encontro, introduzindo-se em nosso tempo, eram primas das libertinas da Idade Média, das que iam de Bremen a Hamburgo, de Anvers a Gand, em tempos de feira, para eliminar os maus humores de professores e aprendizes, aliviando de passagem algum romeiro de Compostela, pela permissão de beijar a venera trazida de tão longe. Depois de recolher suas coisas, as mulheres entraram na sala de jantar da hospedaria com grande alvoroço. Mouche, maravilhada, convidou-me a segui-las, para observar melhor seus vestidos e penteados. Ela, que até agora havia permanecido indiferente e sonolenta, estava como que transfigurada. Há seres cujos olhos se acendem quando sentem a proximidade do sexo. Insensível, queixosa desde a véspera, minha amiga parecia reviver na primeira atmosfera turva que aparecia em seu caminho. Declarando agora que essas prostitutas eram *formidáveis*, únicas, de um estilo que se perdera, começou a aproximar-se delas. Ao ver que se sentava num dos bancos do fundo, junto a uma mesa que ocupavam as recém-chegadas, procurando conversar por gestos com uma das mais vistosas, Rosario me olhou com estranheza, como querendo me dizer algo. Para evitar uma explicação que provavelmente não entenderia, peguei a bagagem e fui em busca de nosso quarto. Sobre a cobertura do pátio dançava o resplendor dos fogos. Estava fazendo as contas dos últimos gastos quando me pareceu que

Mouche me chamava com voz angustiada. No espelho do armário a vi passar, no outro extremo do corredor, parecendo fugir de um homem que a perseguia. Quando cheguei onde estavam, o homem a tinha agarrado pela cintura e a empurrava para dentro de um quarto. Ao receber meu murro virou-se bruscamente e seu golpe me jogou sobre uma mesa coberta de garrafas vazias que se estilhaçaram ao cair. Pendurei-me em meu adversário e rolamos no chão, sentindo as espetadas dos vidros nas mãos e nos braços. Ao cabo de uma rápida luta, em que o outro me deixou sem forças, vi-me preso entre seus joelhos, de costas no chão, sob a largura de dois punhos que se levantavam para cair melhor, como uma maça, sobre meu rosto. Naquele instante, Rosario entrou no quarto, seguida do hospedeiro. "Yannes!" – gritou. "Yannes!" Agarrado pelos pulsos, o homem se levantou lentamente, como que envergonhado de seu ato. O hospedeiro explicava-lhe algo que, devido a minha excitação nervosa, não conseguia ouvir. Meu adversário parecia humilde; agora me falava com tom compungido: "Eu não sabia... Equívoco... Devia dizer tinha marido". Rosario me limpava o rosto com um pano embebido em rum: "A culpa foi dela; estava entre as outras". O pior de tudo era que eu não sentia verdadeira cólera contra quem me batera, mas sim contra Mouche, que, de fato, por uma ostentação muito própria de seu caráter, tinha ido sentar-se com as prostitutas. "Não aconteceu nada... Não aconteceu nada", proclamava o hospedeiro ante os curiosos que enchiam o corredor. E Rosario, como se nada tivesse ocorrido, de fato, fez-me dar a mão a quem agora se desfazia em desculpas. Para acabar de me acalmar, falava-me dele, afirmando que o conhecia de muito tempo, pois não era deste lugar, mas sim de Puerto Anunciación, o povoado próximo à Selva do Sul, onde seu pai doente a esperava com o remédio da estampa milagrosa. O título de Buscador de Diamantes tornou interessante, de repente, aquele que pouco antes me batera. Logo nos vimos na cantina, com meia garrafa de aguardente bebida, esquecidos da briga estúpida. Largo de peito, de cintura esguia, com algo de ave de rapina no olhar, o mineiro movia um semblante sombreado por um talhe de barba que podia ter-se desprendido de um arco de triunfo pelo ar decidido e pela gravidade do perfil. Ao saber que era grego – explicando-se, assim, a tremenda eliminação de artigos que caracterizava sua maneira de falar – estive a ponto de lhe perguntar, por brincadeira, se era um dos Sete contra Tebas. Mas nisso apareceu Mouche, com ar indiferente, como se ignorasse a rixa que nos enchera as mãos de cortes. Fiz-lhe algumas recriminações a meias palavras que expressavam insuficientemente minha irritação. Ela sentou-se do outro lado da mesa, sem fazer caso, e se pôs a examinar o grego – tão respeitoso agora, que havia afastado sua banqueta para não ficar muito perto de minha amiga – com um interesse que me pareceu uma provocação exasperante num momento como aquele. Às desculpas do Buscador de Diamantes, que qualificava a si mesmo como um "tremendo idiota maldito", respondeu que o acontecido não tinha importância. Voltei-me para Rosario. Ela me olhava de soslaio, com certa gravidade irônica que eu não sabia como interpretar. Quis iniciar uma conversa qualquer que nos afastasse do presente, mas as palavras não me vinham à boca. Mouche, enquanto isso, aproximou-se do grego com um sorriso tão incitante e nervoso que a ira incendiou-me as têmporas. Mal tínhamos saído de um percalço que poderia ter consequências lamentáveis, divertia-se em aturdir o mineiro que a tratara meia hora antes como uma prostituta. Essa atitude era tão literária, devia tanto ao espírito que havia exaltado, nesse tempo, a taberna de marinheiros e os cais em brumas, que a achei incrivelmente grotesca, de repente, em sua incapacidade de desprender-se, ante qualquer realidade, dos lugares-comuns de sua geração. Tinha de escolher um hipocampo, por pensar em Rimbaud, onde vendiam toscos relicários de artesanato colonial; tinha de zombar da ópera romântica no teatro que, precisamente, devolvia sua fragrância ao jardim de Lammermoor, e não via que a prostituta dos romances da Evasão se transformara, aqui, numa mistura de feirante oportuna e de Egípcia sem reputação de santidade. Olhei-a de modo tão ambíguo que Rosario, acreditando talvez que fosse brigar de novo, por ciúmes, interpelou-me, em manobra para me acalmar, com uma frase obscura que tinha algo de provérbio e de sentença: "Quando o homem briga, que seja para defender a sua casa". Não sei o que Rosario entendia por "minha casa"; mas tinha razão se pretendia dizer o que eu quis compreender: Mouche não era "a minha casa". Era, pelo contrário, aquela fêmea alvoroçada e desordeira das Escrituras, cujos pés não podiam estar na casa. Com a frase estendia-se uma ponte sobre o espaço da mesa entre Rosario e eu, e senti, naquele momento, o apoio de uma simpatia que se condoera, talvez, ao me ver vencido novamente. Além do mais, a jovem crescia ante meus olhos à medida que transcorriam as horas, ao estabelecer com o ambiente certas relações que me eram cada vez mais perceptíveis. Mouche, ao contrário, tornava-se tremendamente forasteira dentro de um crescente desajuste entre sua pessoa e tudo o que nos circundava. Uma aura de exotismo condensava-se em torno dela, estabelecendo distâncias entre sua figura e as demais figuras; entre suas ações, suas maneiras, e os modos de atuar que aqui eram normais. Transformava-se, pouco a pouco, em algo alheio, mal situado, excêntrico, que chamava a atenção, como chamava a atenção antigamente, nas cortes cristãs, o turbante dos embaixadores da Sublime Porta. Rosario, em compensação, era como a Cecilia ou a Luzia que volta a engastar-se em seus cristais quando se termina de restaurar um vitral. Da manhã à tarde e da tarde à noite fazia-se mais autêntica, mais verdadeira, mais cabalmente desenhada numa paisagem que fixava suas constantes à medida que nos aproximávamos do rio. Entre sua carne e a terra que se pisava estabeleciam-se relações escritas nas peles ensombrecidas pela luz, na semelhança das cabeleiras visíveis, na unidade de formas que dava aos corpos, aos ombros, às coxas que aqui se enalteciam, um feitio comum de obra saída de um mesmo torno. Sentia-me cada vez mais perto de Rosario, que se tornava mais bela de hora em hora, diante da outra que se esfumava em sua atual distância, aprovando tudo o que dizia e expressava. E, no entanto, ao olhar a mulher como mulher, via-me torpe, coibido, consciente de meu próprio exotismo, ante uma dignidade inata que parecia negada de antemão à acometida fácil. Não eram somente garrafas que se elevavam ali, em barreira de vidro que impunha cuidado às mãos: eram os mil livros lidos por mim, ignorados por ela; eram suas crenças, costumes, superstições, noções, que eu desconhecia e que, no entanto, alentavam razões de viver tão válidas quanto as minhas. Minha formação, seus preconceitos, o que lhe tinham ensinado, o que sobre ela pesava, eram outros tantos fatores que, naquele momento, pareciam-me inconciliáveis. Repetia para mim mesmo que nada disso tinha a ver com o sempre possível acoplamento de um corpo de homem e um corpo de mulher, e, não obstante, reconhecia que toda uma cultura, com suas deformações e exigências, separava-me dessa testa atrás da qual não devia haver sequer uma noção muito clara da redondez da terra, nem da disposição dos países sobre o mapa. Isso pensava eu ao recordar suas crenças sobre o espírito unípede dos bosques. E ao ver a pequena cruz de ouro que pendia de seu pescoço, observei que o único terreno de entendimento que podíamos ter em comum, o da fé em Cristo, meus antepassados paternos haviam abandonado muito tempo atrás: desde que huguenotes expulsos da Savoia pela revogação do Édito de Nantes, passados à Enciclopédia por um tataravô meu, amigo do barão de Holbach, conservaram Bíblias na família, já sem crer nas Escrituras, unicamente pelo fato de que não estavam isentas de uma certa poesia... A taberna foi invadida pelos mineiros de outro turno. As mulheres vermelhas retornavam dos quartos do pátio, guardando o dinheiro dos primeiros encontros. Para acabar com a situação falsa que nos mantinha desassossegados em torno da mesa, propus que andássemos até o rio. O Buscador de Diamantes estava como que coibido ante a insinuante deferência de Mouche, que o fazia contar suas andanças na selva, embora sem escutá-lo, num francês de tão poucas palavras que nunca conseguia fechar uma frase. Ante minha proposta de sair, comprou garrafas de cerveja gelada, parecendo aliviado, e nos levou a uma rua reta que se perdia na noite, afastando-se dos fogos do vale. Logo chegamos à margem do rio que corria na sombra, com um ruído vasto, continuado, profundo, de massa de água dividindo as terras. Não era o agitado escorrer das correntes estreitas, nem o chapinhar das torrentes, nem a fresca placidez das ondas de pouco leito que tantas vezes ouvira de noite em outras ribeiras: era o impulso sustentado, o ritmo genésico de uma descida iniciada a centenas e centenas de léguas mais acima, nas reuniões de outros rios vindos de mais longe ainda, com todo seu peso de cataratas e mananciais. Na escuridão parecia que a água, que empurrava a água desde sempre, não tinha outra margem e que seu rumor cobria tudo, à frente, até os confins do mundo. Andando em silêncio chegamos a uma enseada – um remanso, na verdade – que era cemitério de velhos barcos abandonados, com seus timões deixados à deriva e os porões cheios de rãs. No meio, encalhado no limo, havia um antigo veleiro, de aspecto muito nobre, com proa de carranca que era uma Anfitrite de madeira esculpida, cujos seios nus surgiam de véus alongados até os escovéns, em movimento de asas. Paramos perto do casco, quase ao pé da figura que parecia voar sobre nós quando se avermelhava de súbito pela labareda tornadiça de uma mecha. Lânguidos pelo frescor da noite e pelo ruído perene do rio em movimento, acabamos por nos recostar no cascalho da margem. Rosario soltou o cabelo e começou a penteá-lo lentamente, com gesto tão íntimo, tão sabedor da proximidade do sonho, que não me atrevi a falar-lhe. Mouche, por sua vez, contava insignificâncias, interrogava o grego, celebrava suas respostas com risadas em diapasão agudo, sem perceber, aparentemente, que estávamos num lugar cujos elementos compunham uma dessas cenografias inesquecíveis que o homem encontra muito poucas vezes em seu caminho. A carranca, as chamas, o rio, os navios abandonados, as constelações: nada do visível parecia emocioná-la. Creio que foi esse o momento em que sua presença começou a pesar sobre mim como um fardo que cada jornada carregaria com novos lastros.

# 11

*(Quarta-feira, 13)*

*Silêncio* é palavra de meu vocabulário. Tendo trabalhado a música, usei-a mais que os homens de outros ofícios. Sei como se pode especular com o silêncio; como se pode medi-lo e enquadrá-lo. Mas agora, sentado nesta pedra, vivo o silêncio; um silêncio vindo de tão longe, espesso de tantos silêncios, que nele a palavra cobraria um fragor de criação. Se eu dissesse algo, se eu falasse sozinho, como frequentemente faço, assustaria a mim mesmo. Os marinheiros ficaram embaixo, na margem, cortando pasto para os touros sementais que viajavam conosco. Suas vozes não me alcançam. Sem pensar neles contemplo esta planície imensa, cujos limites se dissolvem num leve escurecimento circular do céu. Do meu ponto de vista de seixo, de grama, abarco, em sua quase totalidade, uma circunferência que é parte cabal, inteira, do planeta em que vivo. Já não tenho de elevar os olhos para achar uma nuvem: aqueles cirros imóveis, que parecem parados lá desde sempre, estão à altura da mão que dá sombra a minhas pálpebras. De longe em longe se ergue uma árvore copada e solitária, sempre acompanhada de um cacto, que é como um extenso candelabro de pedra verde, sobre o qual descansam os gaviões, impassíveis, pesados, como pássaros de heráldica. Nada faz ruído, nada se choca com nada, nada roda nem vibra. Quando uma mosca em voo dá com uma teia de aranha, o zumbido de seu horror adquire o valor de um estrondo. Logo o ar volta a ficar calmo, de confim a confim, sem um único som. Permaneço mais de uma hora aqui, sem me mover, sabendo quão inútil é andar onde sempre se estará no centro do contemplado. Muito ao longe surge um veado entre os juncos de um olho-d'água. E se detém, com a cabeça nobremente erguida, tão imóvel sobre a planície que sua figura tem um pouco de monumento e algo, também, de emblema totêmico. É como o antepassado mítico de homens por nascer; como o fundador de um clã que fará de sua galhadura cravada num pau, brasão, hino e bandeira. Ao me perceber na brisa, afasta-se a passos medidos, sem pressa, deixando-me só com o mundo. Viro-me para o rio. Seu caudal é tão vasto que as torrentes, os torvelinhos, ressaibos, que agitam sua perene descida fundem-se na unidade de um pulso que lateja de estios a chuvas, com os mesmos descansos e paroxismos, desde antes que o homem fosse inventado. Embarcamos hoje, ao amanhecer, e passei longas horas olhando as ribeiras, sem afastar muito a vista do relato de frei Servando de Castillejos, que trouxe para cá suas sandálias há três séculos. A antiga prosa continua válida. Onde o autor assinalava uma pedra com perfil de sáurio, erguida na margem direita, vi a pedra com perfil de sáurio, erguida na margem direita. Onde o cronista se assombrava ante a presença de árvores gigantescas, vi árvores gigantes, filhas daquelas, nascidas no mesmo lugar, habitadas pelos mesmos pássaros, fulminadas pelos mesmos raios. O rio entra, no espaço que meus olhos abarcam, por uma espécie de talho, de rasgo feito no horizonte do poente; alarga-se diante de mim até esfumar sua margem oposta em uma névoa enverdecida pelas árvores, e sai da paisagem como entrou, abrindo o horizonte da aurora para se derramar na outra vertente, lá onde começa a proliferação de suas incontáveis ilhas, a cem léguas do Oceano. Junto a ele, que é celeiro, manancial e caminho, não valem agitações humanas, nem se levam em conta as pressas particulares. Os trilhos e a estrada ficaram para trás. Navega-se contra a corrente ou com ela. Em ambos os casos é preciso ajustar-se a tempos imutáveis. Aqui, as viagens do homem se regem pelo Código das Chuvas. Observo agora que eu, maníaco medidor do tempo, atento ao metrônomo por vocação e ao cronógrafo por ofício, deixei, há dias, de pensar na hora, relacionando a altura do sol com o apetite ou o sonho. A descoberta de que meu relógio está sem corda me faz rir sozinho, estrondosamente, nesta planície sem tempo. Há um revoo de codornas ao meu redor: o dono do *Manatí* me chama a bordo, com gritos que parecem celeumas, levantando grasnidos em toda parte. Volto a me deitar sobre os fardos de forragem, sob o amplo toldo de lona, com os sementais de um lado e as cozinheiras negras do outro. Por causa das negras suarentas que socam pimentões cantando, dos touros no cio e do acre perfume da alfafa, reina, onde me encontro, um odor que me deixa ébrio. Nada há nesse odor que se possa qualificar de agradável. E, no entanto, tonifica-me, como se sua verdade respondesse a uma oculta necessidade de meu organismo. O que me acontece é algo parecido ao do camponês que regressa à granja paterna, depois de passar alguns anos na cidade, e põe-se a chorar de emoção ao sentir a brisa que cheira a esterco. Havia algo disso – percebo agora – nos rincões de minha infância: também ali uma negra suarenta socava pimentões cantando, e havia reses que pastavam ao longe. E havia sobretudo – sobretudo! – aquela cesta de esparto, barco de minhas viagens com María del Carmen, que cheirava como esta alfafa em que afundo o rosto com um desassossego quase doloroso. Mouche, cuja rede está pendurada onde mais bate a brisa, proseia com o mineiro grego, sem tomar conhecimento deste lugar que considera desvão e esconderijo. Rosario, em contrapartida, sobe amiúde no monte de fardos, sem se incomodar com o pé-d'água que transuda da lona, trazendo frescor ao pasto recém-aparado. Deita-se a alguma distância de mim e sorri mordendo uma fruta. Assombra-me o valor dessa mulher, que realiza sozinha, sem vacilações nem medos, uma viagem que os diretores do Museu para quem trabalho consideram uma empresa muito arriscada. Esta sólida têmpera das fêmeas parece coisa muito corrente aqui. Na popa está se banhando, com baldes de água derramados sobre o vestido florido, uma mulata de corpo adolescente que vai se encontrar com seu amante, buscador de ouro, nas cabeceiras de um afluente quase inexplorado. Outra, vestida de luto, vai tentar a sorte, como prostituta – com a esperança de passar de prostituta a "comprometida" – em um lugarejo próximo à selva, onde ainda se conhece a fome nos meses de cheias e inundações. Pesa-me cada vez mais ter trazido Mouche nesta viagem. Gostaria de me misturar melhor com a tripulação, comendo da matalotagem que consideram tosca demais para paladares refinados; conviver mais estreitamente com essas mulheres sólidas e resolvidas, fazendo com que contassem suas histórias. Mas, sobretudo, queria me aproximar mais livremente de Rosario, cuja essência profunda escapa a meus meios de indagação aguçados pelo trato com mulheres, bastante semelhantes entre si, que até agora me fora dado conhecer. A cada passo temo ofendê-la, incomodá-la, ir longe demais na familiaridade ou fazê-la objeto de atenções que possam lhe parecer tolas ou pouco viris. Às vezes penso que um instante de isolamento entre os estreitos currais dos animais, ali onde ninguém pode nos ver, exige uma acometida brutal de minha parte; tudo parece me convidar a isso, e, no entanto, não me atrevo. Observo, contudo, que a bordo os homens tratam as mulheres com uma espécie de rudeza irônica e descontraída que parece agradar a elas. Mas essa gente tem regras, santos e senhas, maneira de falar, que ignoro. Ontem, ao ver uma camisa de alta costura, que eu tinha comprado numa das lojas mais famosas do mundo, Rosario começou a rir, afirmando que tais objetos eram mais próprios de fêmeas. Ao lado dela me inquieta continuamente o temor do ridículo, ridículo ante o qual não vale pensar que os outros "não sabem", posto que são eles, aqui, os que sabem. Mouche ignora que se ainda pareço cuidar dela, se finjo que me importam suas conversas com o grego, é porque imagino que Rosario crê que eu tenha o dever de vigiar um pouco quem compartilha comigo os acasos da viagem. Às vezes chego a crer que um olhar, um gesto, uma palavra cujo sentido não me parece claro, fixam um encontro. Subo ao alto dos fardos e espero. Mas é precisamente quando terei de esperar em vão. Bramam os touros no cio, cantam as negras para desafiar e excitar aos marinheiros; o odor da alfafa me embriaga. Com as têmporas e o sexo latejantes, fecho os olhos para cair no exasperador absurdo dos sonhos eróticos.

Ao pôr-do-sol atracamos junto a um tosco molhe de pilares enterrados no barro. Ao entrar num povoado onde muito se falava de *coleadas* e *manganas*[10], percebi que havíamos chegado às Terras do Cavalo. Era, acima de tudo, esse odor de picadeiro de circo, de suor de ilhargas, que por tanto tempo andou pelo mundo, apregoando a cultura com o relincho. Era esse martelar de som surdo que me anunciou a proximidade do ferreiro, ainda atarefado sobre suas bigornas e foles, pintado em sombra, com seu avental de couro, diante das chamas da forja. Era o fervor da ferradura em brasa apagada na água fria, e a canção que rimava o fincar dos cravos no casco. E depois era o trotar nervoso do corcel com sapatos novos, ainda temeroso de escorregar sobre as pedras, e os empinamentos e ressaibos, obtidos com as rédeas, diante da jovem surgida em sua janela, exibindo uma fita no cabelo. Com o cavalo havia reaparecido a selaria, perfumada de couros, fresca de cordovões, com seus operários atarefados sob colgaduras de cilhas, estribos vaqueiros, arções de guadameci e cabeçadas para domingos com tachinhas de prata na testeira. Nas Terras do Cavalo parecia que o homem era mais homem. Voltava a ser dono de técnicas milenares que punham suas mãos em contato direto com o ferro e o couro, ensinavam-lhe as artes da doma e da montaria, desenvolvendo destrezas físicas para ostentar em dias de festa, diante das mulheres admiradas com quem tanto sabia apertar com as pernas, com quem tanto sabia fazer com os braços. Renasciam os jogos machos de amansar o garanhão relinchante e rabejar e derrubar o touro, o animal solar, fazendo rodar sua arrogância no pó. Uma misteriosa solidarieda-

---

10. *Coleada*: ato de derrubar uma rês, puxando-a pela cauda. *Mangana*: laço com que se derruba e se prende um touro ou cavalo, pelas patas. (N. T.)

de se estabelecia entre o animal de testículos bem pendurados, que penetrava suas fêmeas mais profundamente que nenhum outro, e o homem, que tinha por símbolo de coragem universal aquilo que os escultores de estátuas equestres tinham de modelar e fundir em bronze, ou esculpir em mármore, para que o corcel formoso respondesse pelo Herói sobre ele montado, dando boa sombra aos namorados que se encontravam nos parques municipais. Grande reunião de homens havia nas casas de muitos cavalos cabeceando nos pátios; mas onde um só cavalo aguardava na noite, meio oculto entre moitas, devia o amo ter tirado as esporas para entrar mais silencioso na casa onde lhe aguardava uma sombra. Parecia-me interessante observar agora que, depois de ter sido a máxima fortuna do homem da Europa, sua máquina de guerra, seu veículo, seu mensageiro, o pedestal de seus próceres, o adorno de suas métopas e arcos de triunfo, o cavalo ampliava na América sua grande história, pois só no Novo Mundo continuava desempenhando cabalmente e em tão enorme escala seus ofícios seculares. Se fossem deixadas em branco nos mapas, como as terras ignotas da Idade Média, as Terras do Cavalo branqueariam a quarta parte do hemisfério, evidenciando-se a magna presença da Ferradura num âmbito onde a Cruz de Cristo fizera sua entrada a cavalo, não arrastada, mas ereta, levada no alto por homens que foram tomados por centauros.

# 12

*(Quinta-feira, 14)*

Reiniciamos a navegação com a lua cheia, pois o comandante tinha de recolher um capuchinho no porto de Santiago de los Aguinaldos, na margem oposta do rio, e queria atravessar durante a manhã uma área de corredeiras particularmente impetuosas, aproveitando a tarde para fazer algum alijamento. Completo o propósito, com magistral manejo do leme e uma ou outra rocha evitada com a vara, encontrei-me ao meio-dia numa prodigiosa cidade em ruínas. Eram longas ruas, desertas, de casas desabitadas, com as portas podres, reduzidas às jambas ou ao suporte, cujos telhados musgosos desmoronavam às vezes bem pelo centro, seguindo a ruptura de uma viga mestra, roída pelos carunchos, enegrecida pelos fungos. Restava a colunata de um átrio suportando os restos de uma cornija partida pelas raízes de uma figueira. Havia escadas sem princípio nem fim, como que suspensas no vazio, e balcões aximezados, pendentes de uma moldura de janela aberta sobre o céu. As matas de daturas brancas punham ligeireza de cortinas na vastidão dos salões que ainda conservavam seus ladrilhos rachados, e eram ouros velhos de acácias, encarnado de flores-de--papagaio nos cantos escuros, e cactos de braços em candelabro que tremiam nos corredores, no eixo das correntes de ar, como que elevados por mãos de servidores invisíveis. Havia cogumelos nos umbrais e cardos nas lareiras. As árvores subiam ao longo dos paredões, fincando raízes nas fendas da alvenaria, e de uma igreja queimada restavam alguns contrafortes e arquivoltas e um arco monumental, prestes a desabar, em cujo tímpano distinguiam-se ainda, em indefinido relevo, as figuras de um concerto celestial, com anjos que tocavam o fagote, a teorba, o órgão de tecla, a viola e as maracas. Isto me deixou tão admirado que quis retornar ao navio em busca de lápis e papel, para revelar ao Curador, por meio de alguns croquis, essa rara referência organográfica. Mas nesse instante soaram tambores e agudas flautas e vários diabos[11] apareceram numa esquina da praça, dirigindo-se a uma mísera igre-

---

11. No original, *diablos*. *Diablo* ou *diablito*, em Cuba, designa o negro mascarado que, no Dia de Reis, anda pelas ruas fazendo piruetas, acompanhado por outros, produzindo intensa algazarra. (N. T.)

ja, de gesso e tijolo, situada em frente à catedral incendiada. Os dançarinos tinham as faces ocultas por panos negros, como os penitentes de confrarias cristãs; avançavam lentamente, em saltos curtos, atrás de uma espécie de chefe e baliza que teria podido oficiar como Belzebu do Mistério da Paixão, da Tarasca e do Rei dos Loucos, por sua máscara de demônio com três cornos e focinho de porco. Uma sensação de medo desfigurou-me ante aqueles homens sem rosto, como que cobertos pelo véu dos parricidas; ante aquelas máscaras, saídas do mistério dos tempos, para perpetuar a eterna afeição do homem pelo Falso Semblante, o disfarce, o fingir-se animal, monstro ou espírito nefando. Os estranhos dançarinos chegaram à porta da igreja e bateram repetidas vezes com a aldrava. Longo tempo permaneceram em pé ante a porta fechada, chorando e lamentando-se. Mas, de súbito, os batentes abriram-se com estrépito e numa nuvem de incenso apareceu o Apóstolo Santiago, filho de Zebedeu e Salomé, montado num cavalo branco que os fiéis levavam sobre os ombros. Ante sua coroa de ouro os diabos retrocederam espavoridos, como que atacados de convulsões, tropeçando uns nos outros, caindo, rolando na terra. Atrás da imagem brotara um hino, apoiado, em velha sonoridade de sacabuxa e charamela, por um clarinete e um trombone:

> *Primus ex apostolis*
> *Martir Jerosolimis*
> *Jacobus egregio*
> *Sacer est martirio.*

Um sino era virado para cima, até onde desse, por vários meninos montados sobre a corda do campanário, que impulsionavam com os pés. A procissão deu lentamente a volta à igreja, sempre levada pelo falsete nasal do pároco, enquanto os diabos, arremedando tormentos de exorcizados, retrocediam em grupo gemente sob as aspersões do hissope. Por fim, a figura de Santiago Apóstolo, o de *Campus Stellae*, sombreado por um pálio de veludo puído, voltou a engolfar-se no templo, cujas portas se fecharam com rude choque dos batentes sobre um trêmulo escarcéu de luminárias e círios. Então os diabos, deixados para fora, começaram a correr, rindo e brincando, passando de demônios a bufões, e se perderam entre as ruínas da cidade perguntando pelas janelas, com gritos grosseiros, se ali as mulheres continuavam parindo. Os fiéis se dispersaram. E fiquei sozinho no meio da praça triste, cujo ladrilhado estava levantado e quebrado por raízes de árvores. Rosario, que havia ido acender uma vela pelo restabelecimento de seu pai, apareceu pouco depois em companhia do capuchinho barbudo que ia embarcar conosco, e apresentou-o a mim como frei Pedro de Henestrosa. Usando de muito poucas palavras, num falar sentencioso e lento, o frade me explicou que era costume singular aqui tirar o Santiago na festividade do Corpus, porque numa tarde de Corpus chegara a esta vila, fundada havia pouco, a imagem do santo tutelar, e desde então a tradição era observada. Logo se juntaram a nós dois tocadores negros, de bandolas a tiracolo, queixosos de que este ano a festa se reduziu a meras salvas e procissões, prometendo não retornarem mais. Soube então que isto fora antigamente uma cidade de arcas repletas, próspera em enxovais, em armários cheios de lençóis da Holanda; mas os contínuos saques de uma longa guerra local haviam arruinado seus palácios e herdades, pendurando a hera dos brasões. Quem pôde emigrou, desfazendo-se das casas solarengas a qualquer preço. Depois fora o açoite das pragas surgidas de arrozais que, por abandono, se tornaram pântanos. Dessa vez, a morte acabou por entregar os palácios às gramas e rosetas, iniciando-se a ruína dos arcos, tetos e dintéis. Hoje não era senão um lugarejo de sombras, na sombra do que fora, um dia, a rica vila de Santiago de los Aguinaldos. Muito interessado pelo relato do missionário, estava pensando em cidades arruinadas por guerras de Barões, assoladas pela peste, quando os tocadores, convidados por Rosario a nos distrair com alguma música de sua preferência, preludiaram nas bandolas. E, de súbito, seu canto me levou muito além de minhas evocações. Aqueles dois histriões de faces negras cantavam décimas que falavam de Carlos Magno, de Rolando, do bispo Turpín, da felonia de Ganelón e da espada que golpeara mouros em Roncesvalles. Quando chegamos ao atracadouro começaram a evocar a história de uns Infantes de Lara, que me era desconhecida, mas cujo tom antigo tinha algo de surpreendente ao pé de tantos paredões rachados e cobertos de fungos, como os de castelos muito antigos abandonados. Finalmente zarpamos quando o crepúsculo alargou as sombras das ruínas. Debruçada na borda, Mouche logrou dizer que a vista daquela cidade fantasmagórica excedia em mistério, em sugestão do maravilhoso, ao melhor que poderiam imaginar os pintores que mais estimava entre os modernos. Aqui, os temas da arte fantástica eram coisas de três dimensões; era possível apalpá-los, vivê-los. Não eram arquiteturas imaginárias, nem peças de quinquilharia poética: andava-se em seus labirintos reais, subia-se por suas escadas, quebradas no patamar, alongadas por algum corrimão sem balaústres que submergia na noite de uma árvore. Não eram tolas as observações de Mouche; mas eu havia chegado, em relação a ela, ao grau de saturação em que o homem, enfastiado de uma mulher, aborrece-se até por ouvi-la dizer coisas inteligentes. Com sua carga de touros bramantes, galinhas engaioladas, porcos soltos no convés, que corriam sob a rede do capuchinho, enredando-se em seu rosário de sementes; com o canto das cozinheiras negras, a risada do grego dos diamantes, a prostituta de vestido de luto que se banhava na proa, o alvoroço dos tocadores que faziam dançar os marinheiros, este nosso barco me fazia pensar na *Nau dos loucos* de Bosch: nave de loucos que se desprendia, agora, de uma ribeira que eu não podia situar em parte alguma, pois embora as raízes do visto se fincassem em estilos, razões, mitos, que me eram facilmente identificáveis, o resultado de tudo isso, a árvore crescida neste solo, parecia-me desconcertante e novo como as árvores enormes que começavam a fechar as margens, e que, reunidas em grupos nas entradas dos canais, desenhavam-se sobre o poente – com redondez de lombo nas ramagens e algo de focinho canino nas copas – como concílios de gigantescos cinocéfalos. Eu identificava os elementos da cenografia, certamente. Mas na umidade deste mundo, as ruínas eram mais ruínas, as trepadeiras deslocavam as pedras de maneira diferente, os insetos tinham outras manhas e os diabos eram mais diabos quando sob seus cornos gemiam dançarinos negros. Um anjo e uma maraca não eram coisas novas em si. Mas um anjo maraqueiro, esculpido no tímpano de uma igreja, incendiada, era algo que não tinha visto em outros lugares. Perguntava-me já se o papel destas terras na história humana não seria o de tornar possíveis, pela primeira vez, certas simbioses de culturas, quando fui distraído de minhas reflexões por algo que soava como coisa ao mesmo tempo muito próxima e muito longínqua. A meu lado, para me refrescar a memória em dia de Corpus Christi, frei Pedro de Henestrosa salmodiava a meia-voz um canto gregoriano que se imprimia em neumas sobre as páginas amarelas, picadas por insetos, de um *Liber usualis* de muito longa história:

> *Sumite psalmum, et date tympanum:*
> *Psalterium jocundum cum cithara.*
> *Buccinate in Neomenia tuba*
> *In insigni Dei solemnitatis vestrae.*

# 13

*(Sexta-feira, 15 de junho)*

Quando chegamos a Puerto Anunciación – à cidade úmida, sempre assediada por vegetações com as quais se travava, havia centenas de anos, uma guerra sem vantagens – compreendi que havíamos deixado para trás as Terras do Cavalo para entrar nas Terras do Cão. Ali, atrás dos últimos telhados, erguiam-se as primeiras árvores da selva ainda distante, sua linha de frente, suas sentinelas soberbas, mais obeliscos que árvores, ainda esparsas, afastadas umas das outras, sobre a vastidão fragosa do matagal enredado de ervas daninhas, cuja rasteira feracidade encobria as trilhas em uma noite. Nada tinha de fazer o cavalo num mundo já sem caminhos. E além da verde massa que fechava os rumos do sul, as veredas e picadas escondiam-se sob um tal peso de ramos que não admitiam o passo de um ginete. O Cão, em contrapartida, cujos olhos estavam à altura dos joelhos do homem, via o que se ocultava ao pé das taiobas enganosas, no vazio dos troncos caídos, entre as folhas podres; o Cão de focinho tenso, de olfato agudo, em cujo lombo se escrevia o perigo em sinais de pelo eriçado, mantivera, através do tempo, os termos de sua primeira aliança com o Homem. Porque era já um pacto o que ligava aqui o Cão ao Homem: um mútuo complemento de poderes, que os fazia trabalhar em irmandade. O Cão contribuía com os sentidos que seu companheiro de caça tinha atrofiados, os olhos de seu nariz, seu andar em quatro patas, seu socorredor aspecto de animal ante os outros animais, em troca do espírito de empreendimento, das armas, do remo, da verticalidade, que o outro manobrava. O Cão era o único ser que compartilhava com o Homem os benefícios do fogo, arrogando-se, nesta aproximação a Prometeu, o direito de tomar o partido do Homem em qualquer guerra travada com o Animal. Por isso, aquela cidade era a Cidade do Latido. Nos saguões, atrás das grades, debaixo das mesas, os cães estiravam as patas, farejavam, escavavam, avisavam. Sentavam-se na proa das barcas, corriam pelos telhados, vigiavam o ponto dos assados, assistiam a todas as reuniões e atos coletivos, iam à igreja: e tanto iam que um velho regulamento colonial, nunca observado porque a ninguém interessava, erigia um cargo de perreiro para quem enxotasse os cães do templo "em todos os sábados e nas vigílias de festas que houvesse". Em noites de lua, os cães se entregavam a sua adoração num vasto coro de uivos que já não se interpretava, por costume, como lúgubre presságio, aceitando-se a consequente insônia com a tolerância resignada que se deve ter diante dos ritos um tanto embaraçosos de parentes que praticam uma religião distinta da nossa.

 O lugar que chamavam de pousada, em Puerto Anunciación, era um antigo quartel de paredes rachadas, cujos quartos davam para um pátio cheio de lodo onde se arrastavam grandes tartarugas, presas ali como prevenção a dias de penúria. Dois catres de lona e um banco de madeira constituíam toda a mobília, com um pedaço de espelho preso atrás da porta com três pregos mofados. Como a lua acabava de aparecer sobre o rio, tornara a levantar-se, depois de um descanso, a ululante antífona dos cães – das gigantescas árvores prateadas da missão franciscana até as ilhas pintadas de negro –, com inesperados responsos na outra margem. Mouche, de péssimo humor, não se decidia a admitir que havíamos deixado a eletricidade para trás, que aqui se estava ainda em época do lampião e da vela, e que não havia sequer uma farmácia onde comprar coisas úteis ao cuidado de sua pessoa. Minha amiga tinha a astúcia de ocultar as atenções que prodigalizava constantemente a seu semblante e a seu corpo, para que os estranhos a considerassem acima de tais vaidades femininas, indignas de uma intelectual, com o que dava a entender, de passagem, que sua juventude e natural beleza bastavam-lhe para ser atraente. Conhecendo essa sua estratégia, divertira-me em observá-la muitas vezes do alto dos fardos de esparto, notando com maligna ironia quão amiúde se examinava num espelho, franzindo o cenho com despeito. Agora me assombrava de como a matéria mesma de sua figura, a carne de que era feita, parecia ter murchado desde o despertar daquela última jornada de navegação. A cútis, maltratada por águas duras, avermelhara-se, descobrindo zonas de poros demasiadamente abertos no nariz e nas têmporas. O cabelo se tornara como de estopa, de um loiro verde, desigualmente matizado, revelando-me o muito que devia seu acobreado brilho habitual ao manejo de inteligentes colorações. Sob uma blusa manchada por resinas estranhas, caídas das lonas, seu busto parecia menos firme, e mal conservavam o esmalte umas unhas partidas pelo constante agarrar-se a algo que a vida nos impusera num convés lotado de baldes e barris, do galpão flutuante que havia sido nosso barco. Seus olhos de um castanho lindamente jaspeado em verde e amarelo, refletiam um sentimento que era mescla de aborrecimento, cansaço, asco a tudo, latente cólera por não poder gritar até que ponto se tornara insuportável para ela esta viagem que havia empreendido, no entanto, com frases de alto júbilo literário. Porque na véspera de nossa partida – recordava eu agora – invocara o conhecido *desejo de evasão*, dotando a grande palavra *Aventura* de todas as suas implicações de "convite à viagem", fuga do cotidiano, encontros fortuitos, visão de Incríveis Floridos de poeta alucinado. E até agora – para ela, que permanecia alheia às emoções que tanto me deleitavam a cada dia, devolvendo-me sensações esquecidas desde a infância –, a palavra *Aventura* só significara um enclausuramento forçado no hotel da cidade, a visão de panoramas de uma grandeza monótona e reiterada, um trasladar-se sem peripécias, arrastando-se a fadiga de noites sem abajur de cabeceira, interrompidas no primeiro sono pelo canto dos galos. Agora, abraçada a seus próprios joelhos, sem se incomodar com o que a desordem de suas saias deixava em desalinho, movia-se suavemente no meio da cama, tomando pequenos goles de aguardente num jarro de lata. Falava das pirâmides do México e das fortalezas incas – que só conhecia por imagens –, das escadarias de Monte Albán e das aldeias de barro cozido dos Hopi, lamentando que, neste país, os índios não tivessem levantado semelhantes maravilhas. Depois, adotando a linguagem "inteirada", categórica, povoada de termos técnicos, tão usada pelas pessoas de nossa geração – e que eu qualificava, para mim, de "tom economista" –, começou a fazer um inventário da maneira de viver da gente daqui, de seus preconceitos e crenças, do atraso de sua agricultura, das falácias da mineração, que a levou, por certo, a falar da mais-valia e da exploração do homem pelo homem. Para contrariá-la, disse-lhe que, precisamente, se algo me estava maravilhando nesta viagem era a descoberta de que ainda restavam imensos territórios no mundo cujos habitantes viviam alheios às febres do dia, e que aqui, embora muitíssimos indivíduos se contentassem com um teto de fibra, uma moringa, um *budare*[12], uma rede e um violão, subsiste neles um certo animismo, uma consciência de tradições muito velhas, uma

---

12. Prato ou travessa usados, na Venezuela, para o cozimento do pão de milho. (N. T.)

lembrança viva de certos mitos que eram, em suma, presença de uma cultura mais honrada e válida, provavelmente, que a que deixáramos *lá*. Para um povo era mais interessante conservar a memória da *Canção de Rolando* que ter água quente nos domicílios. Agradava-me que ainda restassem homens pouco dispostos a trocar sua alma profunda por algum dispositivo automático que, ao abolir o gesto da lavadeira, levava também suas canções, acabando, de repente, com um folclore milenar. Fingindo que não me ouvira, ou que minhas palavras não tinham o menor interesse, Mouche afirmou que aqui não havia algo de mérito a se ver ou estudar; que este país não tinha história nem caráter, e, afirmando sua decisão como sentença, falou de partir amanhã à aurora, já que nosso barco, navegando desta vez a favor da corrente, podia cobrir a jornada de regresso em pouco mais de um dia. Mas agora me importavam pouco seus desejos. E como isto era muito novo em mim, quando lhe declarei secamente que pensava em cumprir o acordo com a Universidade, chegando até onde pudesse encontrar os instrumentos musicais cuja busca me fora encomendada, minha amiga, de súbito, encolerizou-se, chamando-me de *burguês*. Esse insulto – eu o conhecia bem! – era uma lembrança da época em que muitas mulheres de sua formação se proclamaram revolucionárias para gozar as intimidades de uma militância que arrastava não poucos intelectuais interessantes, e entregar-se aos excessos do sexo com o respaldo de ideias filosóficas e sociais, depois de tê-lo feito ao amparo das ideias estéticas de certas igrejinhas literárias. Sempre atenta a seu bem-estar, colocando acima de tudo seus prazeres e pequenas paixões, Mouche me parecia o arquétipo da burguesa. No entanto, qualificava de *burguês*, como supremo ultraje, todo aquele que tentasse opor a seu critério algo que pudesse vincular-se a certos deveres ou princípios incômodos, não transigisse com certas licenças físicas, encerrasse preocupações de tipo religioso ou reclamasse uma ordem. Já que meu empenho de ficar bem com o Curador e, portanto, com minha consciência, atravessava seu caminho, tal propósito tinha, por força, de ser qualificado por ela de *burguês*. E levantava-se agora da cama, com as grenhas na cara, elevando seus pequenos punhos à altura de minhas têmporas numa gesticulação raivosa que eu via pela primeira vez. Gritava que queria estar em Los Altos o quanto antes; que necessitava do frio dos cumes para se recompor; que ali é onde passaríamos o tempo que me restasse de férias. De súbito, o nome de Los Altos me enfureceu, recordando-me a turva solicitude com que a pintora canadense rodeara minha amiga. E embora evitasse, já por costume, proferir palavras excessivas nas discussões com ela, esta noite, regozijando-me por vê-la feia à luz do *quinqué*, sentia uma nervosa necessidade de feri-la, de açoitá-la, para soltar um lastro de velhos rancores acumulados no mais fundo de mim mesmo. À guisa de começo, insultei a canadense, qualificando-a de algo que teve o efeito de atuar sobre Mouche como uma picada de alfinete em brasa. Deu um passo para trás e me atirou o jarro de aguardente à cabeça, errando por pouco. Assustada com o que fizera, dirigia-se já para mim com as mãos arrependidas, mas minhas palavras, autorizadas por sua violência, haviam rompido as amarras: gritei-lhe que deixara de amá-la, que sua presença me era intolerável, que até seu corpo me enojava. E tão tremenda deve ter-lhe soado essa voz desconhecida, assombrosa para mim mesmo, que fugiu ao pátio correndo, como se algum castigo fosse suceder às palavras. Mas, esquecida da lama, escorregou brutalmente, e caiu no charco cheio de tartarugas. Ao sentir-se sobre as carapaças molhadas, que começaram a se mover como as armaduras de guerreiros sorvidos por um lodaçal, deu um uivo de terror que despertou as matilhas por algum tempo caladas. Em meio ao mais universal concerto de latidos meti Mouche no quarto, tirei-lhe as roupas fedendo a lama e lavei-a dos pés à cabeça com um grosso pano rasgado. E depois de fazê-la beber um grande trago de aguardente, cobri-a em seu catre e fui para a rua sem ligar para seus chamados e soluços. Queria – precisava – esquecer-me dela por algumas horas.

Numa taberna próxima encontrei o grego bebendo desmesuradamente em companhia de um homenzinho de sobrancelhas emaranhadas, a quem me apresentou como o Adelantado[13], advertindo-me de que o cão amarelo que ao seu lado lambia cerveja numa xícara era um notável sujeito que atendia pelo nome de Gavilán[14]. Agora, o mineiro celebrava a sorte que me punha em relação, tão facilmente, com um indivíduo que se via muito pouco em Puerto Anunciación. Cobrindo territórios imensos – explicava-me –, encerrando montanhas, abismos, tesouros, povos errantes, vestígios de civilizações desaparecidas, a selva era, no entanto, um mundo compacto inteiro, que alimentava sua fauna e seus homens, modelava suas próprias nuvens, armava seus meteoros, elaborava suas chuvas: nação escondida, mapa em código, vasto país vegetal de muito poucas portas. "Algo assim como a Arca de Noé, onde couberam todos os animais da terra, mas só tinha uma porta pequena", observou o homenzinho. Para penetrar nesse mundo, o Adelantado tivera de conseguir as chaves de secretas entradas; só ele conhecia certa passagem entre dois troncos, única em cinquenta léguas, que conduzia a uma estreita escadaria de pedras pela qual se podia descer ao vasto mistério dos grandes barroquismos telúricos. Só ele sabia onde estava a passa-

---

13. O Adiantado, em português. (N. T.)
14. Gavião, em português. (N. T.)

rela de cipós que permitia andar por debaixo da cascata, a poterna de folhagem, a passagem pela caverna dos petróglifos, a enseada oculta, que conduziam aos corredores praticáveis. Ele decifrava o código dos ramos dobrados, das incisões nas cascas, do ramo não caído mas colocado. Desaparecia durante muitos meses, e quando menos se recordava dele, surgia por uma brecha aberta na muralha vegetal, trazendo coisas. Era, uma vez, um carregamento de mariposas, ou peles de lagartos, sacos cheios de penas de garça, pássaros vivos que silvavam de maneira estranha, ou peças de olaria antropomorfa, apetrechos líricos, cestarias raras, que podiam interessar a algum forasteiro. Certa vez havia reaparecido, depois de uma longa ausência, seguido por vinte índios que traziam orquídeas. O nome de Gavilán devia-se à habilidade do cão em pegar aves que levava ao amo sem arrancar-lhes uma pena, a fim de ver se apresentavam algum interesse para o negócio comum. Aproveitando que o Adelantado, chamado da rua, separara-se de nós para saudar o Pescador de Toninhas, que andava de diligências com alguns de seus quarenta e dois filhos naturais, o grego, falando ligeiro, disse-me que, segundo a opinião geral, o extraordinário personagem havia deparado, em suas andanças, com uma prodigiosa jazida de ouro cuja localização, certamente, mantinha em grande segredo. Ninguém sabia explicar por que, quando aparecia com carregadores, estes regressavam em seguida com mais provisões que o requerido para sustento de poucos homens, levando, além disso, algum porco de cria, tecidos, pentes, açúcar e outras coisas de escassa utilidade para quem navega por canais remotos. Esquivava-se às perguntas de quantos o interrogavam a respeito e voltava a pôr seus índios na mata, aos gritos, sem deixá-los vagar pela povoação. Dizia-se que devia estar explorando um veio com ajuda de gente perseguida pela justiça, ou que se valia de cativos comprados de uma tribo guerreira, ou que se fizera o rei de uma estacada de negros fugidos para o monte fazia trezentos anos, e que, conforme afirmavam alguns, tinham um povoado defendido por paliçadas onde sempre retumbava um trovão de tambores. Mas já regressava o Adelantado, e o mineiro, para mudar rapidamente de conversa, falou do objeto de minha viagem. Acostumado a lidar com pessoas animadas por propósitos singulares, amigo de um estranho herborista chamado Montsalvatje, a quem fazia grandes elogios, o Adelantado me disse que poderia achar os instrumentos requeridos nas primeiras aldeolas de uma tribo que vivia, a três jornadas do rio, nas margens de um canal chamado El Pintado, pela sempre mutável cor de suas águas revoltas. Como o interrogava agora a respeito de certos ritos primitivos, enumerou-me todos os objetos para fazer música que trazia na memória, fazendo soar, com onomatopeias afinadas pela aguardente e gestos de quem os tocasse, uma série de tambores de tronco, flautas de osso, trompas de corno e crânio, jarras-para--bramar-em-funerais e pandeiros de medicina. Estávamos nisso, quando apareceu frei Pedro de Henestrosa com a notícia de que o pai de Rosario acabava de morrer. Um tanto afetado pela brusquidão da notícia, embora esporeado, ao mesmo tempo, pelo desejo de ver a jovem, de quem nada sabia desde nossa chegada, encaminhei-me até a esquina do falecimento, por ruas em cujo centro corriam riachos turvos, em companhia do grego, do capuchinho e do Adelantado, seguidos de Gavilán, que nunca faltava a um velório quando estava no povoado. Em minha boca perdurava o sabor avelanado da aguardente de agave que acabava de provar com deleite na taberna cuja insígnia floreada ostentava um nome graciosamente absurdo: *Los Recuerdos del Porvenir*[15].

15. "As recordações do porvir". (N. T.)

# 14

*(Noite de sexta-feira)*

Naquele casarão de oito janelas gradeadas a morte continuava trabalhando. Estava em toda parte, diligente, solícita, ordenando suas pompas, agrupando os prantos, acendendo os círios, velando para que coubesse o povo inteiro nas vastas residências de poiais espaçosos e largos umbrais para contemplar melhor sua obra. Já se elevava, sobre um catafalco de veludos velhos corroídos pelos fungos, o ataúde ainda ressonante de marteladas, fincado de grandes pregos prateados, recém-trazido pelo Carpinteiro, que nunca falhava em dar-lhe a exata medida de um defunto, pois sua memória precavida conservava a mensuração humana de todos os vivos que moravam na vila. Da noite surgiam flores perfumadas demais, que eram flores de pátios, de parapeitos, de jardins recobrados pela selva – nardos e jasmins de pétalas pesadas, lírios silvestres, cerosas magnólias – apertados em ramos, com fitas que ontem adornavam penteados de baile. No saguão, no vestíbulo, os homens, de pé, falavam gravemente, enquanto as mulheres rezavam em antífona nos dormitórios, com a obsessiva repetição por todas de uma *Ave, Maria, cheia de graça; o Senhor é convosco, bendita sois vós entre as mulheres*, cujo rumor levantava-se nos cantos escuros, entre imagens de santos e rosários pendentes de mísulas, inflando-se e diminuindo, com o tempo invariável de ondas mansas que fizessem rolar os seixos de um recife. Os espelhos todos, em cujas profundezas o morto vivera, estavam velados com crepes e linhos. Vários notáveis: o Prático de Corredeiras, o Prefeito e o Professor, o Pescador de Toninhas, o Curtidor de Peles, acabavam de se inclinar sobre o cadáver, logo depois de jogar a ponta de cigarro no chapéu. Naquele momento, uma moça magrela, vestida de negro, deu um grito agudo e caiu no chão, como que sacudida por convulsões. Foi retirada do quarto nos braços. Mas era Rosario quem agora se aproximava do catafalco. Toda enlutada, com o cabelo lustroso apertado à cabeça, os lábios pálidos, pareceu-me de uma surpreendente beleza. Olhou para todos com os olhos dilatados pelo pranto, e, de súbito, como se tivesse sido ferida nas vísceras, crispou suas mãos junto à boca, lançou um uivo longo, desumano, de animal flechado, de parturiente, de endemoninhada, e abraçou o ataúde. Dizia agora com voz rouca, entrecortada de estertores, que ia rasgar seus vestidos, que ia arrancar os próprios olhos, que não queria viver mais, que se jogaria à tumba para ser coberta de terra. Quando quiseram afastá-la resistiu enraivecida, ameaçando os que tratavam de desprender seus dedos do veludo negro, numa linguagem misteriosa, arrepiante, como surto das profundezas da vidência e da profecia. Com a garganta rachada pelos soluços falava de grandes desgraças, do fim do mundo, do Juízo Final, de pragas e expiações. Por fim a retiraram do aposento, como que desmaiada, com as pernas inertes, a cabeleira desfeita. Suas meias negras, rasgadas na crise; seus sapatos de salto gasto, recém-tintos, arrastados pelo piso com as pontas para dentro, causaram-me um dilaceramento atroz. Mas agora outra das irmãs abraçava o ataúde... Impressionado pela violência dessa dor, pensei, de repente, na tragédia antiga. Nessas famílias tão numerosas, onde cada qual tinha suas roupas de luto dobradas nas arcas, a morte era coisa bem comum. As Mães que pariam muito sabiam frequentemente de sua presença. Mas essas mulheres que repartiam tarefas consabidas em torno de uma agonia, que desde a infância sabiam vestir defuntos, velar espelhos, rezar o que era apropriado, *protestavam* ante a morte, com um rito advindo de tempo muito remoto. Porque isto era, acima de tudo, uma espécie de protesto desesperado, cominatório, quase mágico, ante a presença da Morte na casa. Diante do cadáver, essas camponesas clamavam em diapasão de coéforas, soltando suas cabeleiras espessas, como véus negros, sobre rostos terríveis de filhas de reis; cadelas sublimes, uivantes troianas, expulsas de seus palácios incendiados. A persistência desse desespero, o admirável sentido dramático com que as nove irmãs – pois eram nove – foram aparecendo pela porta direita e pela porta esquerda, preparando a entrada de uma Mãe que foi Hécuba prodigiosa, amaldiçoando sua solidão, soluçando sobre as ruínas de sua casa, gritando que não tinha Deus, fizeram-me suspeitar que havia bastante teatro em tudo isso. Um parente, realmente admirado, observou – perto de mim – que essas mulheres choravam seu morto de um jeito que era de dar gosto. E, no entanto, sentia-me envolvido, arrastado, como se tudo isso despertasse em mim sombrias recordações de ritos funerários que os homens que me precederam no reino desse mundo teriam observado. E de algum recanto de minha memória surgia agora o verso de Shelley, que se repetia a si mesmo, como que enovelado em seu próprio sentido:

*... How canst thou hear*
*Who knowest not the language of the dead?*[16]

Os homens das cidades em que eu sempre vivera já não conheciam o sentido dessas vozes, de fato, por terem esquecido a linguagem de quem sabe falar com os mortos. A linguagem daqueles que sabem do horror último de ficarem sós e adivinham a

---

16. "... Como podes escutar / Quem não conhece a linguagem dos mortos?" (N. T.)

angústia dos que imploram que não os deixem sós em tão incerto caminho. Ao gritar que se jogariam na tumba do pai, as nove irmãs cumpriam com uma das mais nobres formas do rito milenar segundo o qual se dão coisas ao morto, fazem-se a ele promessas impossíveis, para burlar sua solidão – põem moedas em sua boca, rodeiam-no de figuras de serviçais, de mulheres, de músicos; dão-se a ele santos e senhas, credenciais, salvo-condutos, para Barqueiros e Senhores da Outra Margem, cujas tarifas e exigências nem sequer se conhecem. Relembrava, ao mesmo tempo, quão mesquinha e medíocre coisa se tornara a morte para os homens de minha Margem – minha gente –, com seus grandes negócios frios, de bronzes, pompas e orações, que mal ocultavam, atrás de suas coroas e leitos de gelo, uma mera agremiação de preparadores enlutados, com solenidades cumpridas por dever, objetos usados por muitos, e algumas mãos estendidas sobre o cadáver, à espera de moedas. Alguns poderiam sorrir ante a tragédia que aqui se representava. Mas, por meio dela, alcançavam-se os primeiros ritos do homem. Eu pensava nisto, quando o Buscador de Diamantes aproximou-se de mim com uma expressão singularmente maliciosa, para me aconselhar que procurasse Rosario, que se achava na cozinha, só, esquentando café para as mulheres. Incomodado com o tom irônico de suas palavras, respondi-lhe que me parecia inoportuno o momento para distraí-la de seu sofrimento. "Vai lá para dentro e não te perturbes – disse então o grego, como recitando uma lição –, que o homem, se é audaz, é mais afortunado no que empreende, ainda que tenha vindo de outra terra." Eu ia replicar-lhe que não necessitava de tão chocante conselho, quando o mineiro, com tom repentinamente declamado, acrescentou: "Entrando na sala encontrarás primeiro a rainha, cujo nome é Arete e procede dos mesmos que engendraram o rei Alcínoo". E para pôr termo à minha estupefação diante de palavras que me pegaram de surpresa, fixou em meu rosto olhos de ave, e concluiu rindo: *Homer Odissevs*, empurrando-me para a cozinha com um sólido tranco. Ali, entre tinas e poiais, panelas de barro e fogões a lenha, estava Rosario, atarefada em verter água fervente num grande cone de pano tingido por anos de borra. Parecia aliviada da dor pela violência de sua crise. Com voz calma explicou-me que a oração aos Catorze Santos Auxiliares chegara tarde para salvar seu pai. Falou-me logo depois de sua enfermidade de modo legendário, que revelava um conceito mitológico da fisiologia humana. A coisa tinha começado por um desgosto com um compadre, complicado por um excesso de sol ao cruzar um rio, que promovera uma ascensão de humores ao cérebro, paralisada a meio caminho por uma corrente de ar, que lhe tinha deixado meio corpo sem sangue, provocando-lhe isto uma inflamação das coxas e das partes que, por fim, transformara-se, depois de quarenta dias de febre, num endurecimento das paredes do coração. Enquanto Rosario falava, ia me aproximando dela, atraído por uma espécie de calor que se desprendia de seu corpo e alcançava minha pele através da roupa. Estava encostada a uma enorme tina posta no chão, com os cotovelos apoiados nas bordas, de tal modo que a curva do barro arqueava sua cintura para mim. O fogo dos fogões dava-lhe de frente, movendo remotas luzes em seus olhos sombrios. Envergonhando-me de mim mesmo, senti que a desejava com uma ânsia esquecida desde a adolescência. Não sei se em mim se tecia o abominável jogo, assunto de tantas fábulas, que nos faz apetecer a carne viva na vizinhança da carne que não voltará a viver, mas tão dedicado deve ter sido o olhar que a despiu de seus lutos, que Rosario pôs a tina no meio de nós, circundando-a com passo enviesado, como quem se comprime à boca de um poço, e apoiou seus cotovelos na borda, novamente, mas de frente para mim, olhando-me da outra borda de um fosso negro, cheio de água, que dava um eco de nave de catedral a nossas vozes. Por momentos me deixava só, ia à sala do velório, e regressava, secando as lágrimas, aonde eu a esperava com impaciência de amante. Pouco nos dizíamos. Ela se deixava contemplar, por sobre a água da tina, com uma passividade fagueira que tinha algo de entrega. Logo os relógios deram a hora do amanhecer, mas não amanheceu. Admirados, saímos todos à rua, aos pátios. O céu estava fechado, onde devia elevar-se o sol, por uma estranha nuvem avermelhada, como de fumaça, como de cinzas candentes, como de um pólen pardo que subisse rapidamente, abrindo-se de horizonte a horizonte. Quando a nuvem esteve sobre nós, começaram a chover borboletas sobre os tetos, nas vasilhas, sobre nossos ombros. Eram borboletas pequenas, de uma profunda cor de amaranto, estriadas de violeta, que se levantaram em miríades e miríades, em algum ignoto lugar do continente, atrás da selva imensa, talvez espantadas, expulsas, logo depois de uma multiplicação vertiginosa, por algum cataclismo, por algum acontecimento tremendo, sem testemunhas nem história. O Adelantado me disse que essas passagens de borboletas não eram uma novidade na região, e que, quando ocorriam, era difícil que durante todo o dia se visse o sol. O enterro do pai se faria, pois, à luz dos círios, numa noite diurna, avermelhada de asas. Neste rincão do mundo sabia-se ainda de grandes migrações semelhantes àquelas, narradas por cronistas de Anos Obscuros, em que se via o Danúbio negro de ratos, ou os lobos, em matilhas, entravam no mercado das cidades. Na semana anterior – contavam-me –, um enorme jaguar fora morto pelos vizinhos, no átrio da igreja.

# 15

*(Sábado, 16 de junho)*

Meio invadido pela mata que venceu seus muros, o cemitério onde deixamos enterrado o pai de Rosario é algo como um prolongamento e dependência da igreja, separado dela, tão somente, por um tosco portão e um ladrilhado que é base de uma cruz espessa, de braços curtos, em cuja pedra cinza aparecem enumerados, a cinzel, os instrumentos da Paixão. A igreja é baixa, de paredes muito espessas, com grandes volumes de pedra revelados pela profundidade dos nichos e pela insistência de contrafortes que mais parecem muralhas de fortaleza. Seus arcos são baixos e toscos; o teto de madeira, com vigas apoiadas em mísulas pouco artesoadas, evoca o das primitivas igrejas românicas. Dentro reina, passada metade da manhã, uma noite avermelhada pelo êxodo de borboletas que ainda passa entre a terra e o sol. Assim, rodeados por suas luminárias e círios, mais se parecem com personagens de retábulo, figuras de aleluia, os velhos Santos que aparecem entregues a seus Ofícios, como se o templo fosse acima de tudo uma oficina: Isidro, a quem puseram enxada na mão para que lavre, de verdade, seu pedestal vestido de grama fresca e pés de milho; Pedro, que carrega um chaveiro enorme, no qual a cada dia penduram uma nova chave; Jorge, lanceando o dragão com tal sanha que parece mais garrocha que arma o que usa voando assim sobre o inimigo; Cristóvão, agarrado a uma palma, tão gigante que o Menino tem apenas o tamanho da distância de seu ombro a seu ouvido; Lázaro, sobre cujos cães grudaram pelos de cão verdadeiro, para que mais verdadeiramente pareçam lamber-lhe as chagas. Ricos em poderes atributivos, oprimidos por exigências, pagos em justa moeda de ex-votos, levados em procissão a qualquer hora, esses santos cobravam, na vida cotidiana da povoação, uma categoria de funcionários divinos, de intercessores por empreitada, de burocratas celestiais, sempre disponíveis numa espécie de Ministério de Rogos e Reclamações. Diariamente recebiam presentes e luzes que costumavam ser outras tantas súplicas pelo perdão de uma blasfêmia das grandes. Faziam-lhes perguntas; submetiam-lhes problemas de reumatismos, granizos, extravios de animais. Os jogadores os invocavam num descarte e a prostituta acendia-lhes uma vela em dia de boa função. Isso – que me contava o Adelantado, rindo – me reconciliava com o mundo divino que, com o desbotamento das lendas áureas em capelas de metal, com os amaneiramentos plásticos do vitral recente, perdera toda vitalidade nas cidades de onde eu vinha. Diante do Cristo de madeira negra que parecia sangrar sobre o altar-mor, encontrava a atmosfera de auto sacramental, de mistério, de hagiografia tremebunda, que me surpreendera, certa vez, numa velhíssima capela de feitura bizantina, diante de imagens de mártires com alfanjes enfiados no crânio de orelha a orelha, de bispos guerreiros cujos cavalos assentavam as ferraduras ensanguentadas sobre cabeças de pagãos. Em outros momentos teria demorado um pouco mais na rústica igreja, mas a penumbra de borboletas que nos envolvia começava a ter, para mim, a ação enervante de um eclipse que se prolongava além do possível. Isto e as fadigas da noite me levaram ao albergue onde Mouche, acreditando que ainda não havia amanhecido, continuava dormindo, abraçada a um travesseiro. Quando despertei ao cabo de algumas horas, já não se encontrava no quarto, e o sol, terminando o grande êxodo pardo, reaparecera. Contente por me ver livre de uma possível disputa, encaminhei-me à casa de Rosario, desejando intensamente que já estivesse acordada. Ali tudo tinha voltado ao ritmo cotidiano. As mulheres, vestidas de luto, estavam placidamente entregues a seus afazeres – com o velho costume de prosseguir vivendo depois do percalço habitual da morte. No pátio cheio de cães adormecidos, o Adelantado combinava com frei Pedro uma muito próxima entrada na selva. Nisso apareceu Mouche, seguida do grego. Parecia que tinha esquecido sua vontade de regressar, tão raivosamente expressa na noite anterior. Pelo contrário: havia em sua expressão uma espécie de alegria maligna e desafiante que Rosario, atarefada em costurar roupas de luto, observou ao mesmo tempo que eu. Minha amiga considerou-se obrigada a explicar que se encontrara com Yannes no embarcadouro, junto à *canoa* a vela de uns seringueiros que se preparavam para seguir rio acima, burlando a corredeira de Piedras Negras pelo atalho de um estreito canal navegável nesta época. Ela havia rogado ao mineiro que a levasse para contemplar essa barreira de granito, limite de toda navegação de importância desde que os primeiros descobridores choraram de despeito, diante de sua pavorosa realidade de caldeirões espumosos, de águas levantadas com violência, de troncos atravessados em redemoinhos cheios de bramidos. Já começava a fazer literatura em torno do grandioso espetáculo, mostrando umas flores raras, espécie de lírios selvagens, que dizia ter recolhido na margem das gargantas fragorosas, quando o Adelantado, que nunca prestava atenção ao que diziam as mulheres, interrompeu o discurso – que, além do mais, não entendia – com gesto impaciente. Era seu parecer que devíamos aproveitar a barca dos seringueiros para adiantar um bom trecho de voga com maior comodidade. Yannes assegurava que poderíamos alcançar a mina de diamantes de seus irmãos naquela mesma noite. Contra tudo o que eu esperava, Mouche, ao ouvir falar de "mina de diamantes" – deslumbrada, imagino, pela visão de uma gruta rutilante de gemas –, aceitou a ideia com alvoroço. Pendurou-se no pescoço de Rosario, rogando-lhe que nos acompanhasse nessa etapa, tão fácil, de nossa viagem. Amanhã descansaríamos no lugar da mina. Ali poderia esperar nosso regresso, quando seguíssemos adiante. Parece-me que Mouche, na realidade, queria inteirar-se do que agora nos esperava, quanto a dificuldades, sem mais risco que uma jornada curta, assegurando-se de uma companhia para a volta a Puerto Anunciación, no caso de abandonar a partida. De todo modo, era-me extremamente gratificante que Rosario viesse conosco. Olhei-a e achei seus olhos em suspenso sobre a caixa de costura, como que à espera de minha vontade. Ao encontrar minha aquiescência, reuniu-se no ato com suas irmãs, que armaram um grande concerto de protestos nos quartos e pias, afirmando que tal propósito era uma loucura. Mas ela, sem fazer caso, apareceu logo depois com uma trouxa de roupas e um manto rústico. Aproveitando que Mouche andasse adiante de nós pelo caminho da hospedaria, disse-me rapidamente, como quem revela um grave segredo, que as flores trazidas por minha amiga não cresciam nos penhascos de Piedras Negras, mas numa ilha frondosa, primitiva sede de uma missão abandonada, que me apontava com a mão. Ia pedir-lhe mais esclarecimentos, mas ela, a partir desse instante, cuidou de não permanecer sozinha comigo, até que nos vimos instalados na canoa dos seringueiros. Depois de ultrapassar o atalho com a vara, a barca avançava agora, rio acima, bordejando um pouco para se esquivar do impulso poderoso da corrente. Sobre a vela triangular, de galera antiga, muito desprendida do mastro, refletiam-se as luzes do poente. Nessa antessala da Selva, a paisagem mostrava-se ao mesmo tempo solene e sombria. Na margem esquerda viam-se colinas negras, xistosas, estriadas de umidade, de uma surpreendente tristeza. Em suas saias jaziam blocos de granito em forma de sáurios, de antas, de animais petrificados. Uma molhe de três corpos erguia-se na quietude de um estuário com aspecto de cenotáfio bárbaro, rematada por uma formação oval que parecia uma gigantesca rã prestes a saltar. Tudo respirava o mistério naquela paisagem mineral, quase órfã de árvores. De trecho em trecho havia amontoamentos basálticos, monólitos quase retangulares, derrubados entre arbustos escassos e esparsos, que pareciam as ruínas de templos muito arcaicos, de menires e dólmens – restos de uma necrópole perdida, onde tudo era silêncio e imobilidade. Era como se uma civilização estranha, de homens distintos dos conhecidos, tivesse florescido ali, deixando, ao perder-se na noite das idades, os vestígios de uma arquitetura criada com fins ignorados. E ocorre que uma cega geometria interviera na dispersão dessas pedras erguidas ou derrubadas que desciam, em séries, até o rio: séries retangulares, séries em disposição plana, séries mistas, unidas entre si por caminhos de ladrilhos balizados de obeliscos partidos. Havia ilhas, em meio à corrente, que eram como amontoamentos de blocos erráticos, como punhados de inconcebíveis calhaus deixados aqui, lá, por um fantástico despedaçador de montanhas. E cada uma dessas ilhas reavivava em mim o latejo de uma ideia fixa – deixada pelo estranho esclarecimento de Rosario. Por fim perguntei, como que distraidamente, pela ilha da missão abandonada. "É Santa Prisca", disse frei Pedro, com ligeiro rubor. "Deviam chamá-la de São Príapo", gargalhou logo o Adelantado, entre as risadas dos seringueiros. Soube assim que, havia anos, as paredes em ruínas da antiga sede franciscana albergavam os casais que no povoado não achavam onde se dar ao prazer. Tantas fornicações aconteceram naquele lugar – afirmava o do leme – que o mero fato de aspirar o odor de umidade, de fungos, de lírios selvagens, que ali reinava, bastava para excitar o homem mais austero, ainda que fosse capuchinho. Fui à proa, junto a Rosario, que parecia ler a história de Genoveva de Brabante. Mouche, deitada sobre um saco de serapilheira, no meio da barca, e que nada havia entendido do dito, ignorava que acabava de ocorrer algo gravíssimo no que se referia à nossa vida em comum. E ocorre que nem sequer me sentia enraivecido nem tinha impulsos – naquele instante, ao menos – de castigá-la pelo fato. Pelo contrário: nesse anoitecer que enchia os juncais de sapos cantores, envolto no zumbido dos insetos que sucediam aos do dia, sentia-me ligeiro, solto, aliviado pela infâmia sabida, como um homem que acaba de se livrar de uma carga que leva há demasiado tempo. Na margem delinearam-se as flores de uma magnólia. Pensei no caminho que minha esposa seguia a cada dia. Mas sua figura não acabou de se desenhar claramente em minha memória, desfazendo-se em formas imprecisas, como que esfumadas. O regaço embalador da barca me lembrava a cesta que, em minha infância, fizera as vezes de barca verdadeira em portentosas viagens. Do braço de Rosario, próximo ao meu, desprendia-se um calor que meu braço aceitava com uma estranha e deleitosa sensação de ardência.

# 16

*(Noite de sábado)*

Na obra de construir a moradia revela o homem sua prosápia. A casa dos gregos está feita com os mesmos materiais que servem aos índios para levantar suas cabanas, e essa fibra, essa folha de palmeira, essa taipa, ditaram suas normas, em função da resistência, como ocorreu com todas as arquiteturas do mundo. Mas bastou uma inclinação menor dos beirais, uma largura maior das vigas de sustentação, para que a empena adquirisse aspecto de fachada e fosse assim inventada a arquitrave. Para servir de pilastras escolheram-se troncos de um maior diâmetro na base, em virtude de uma instintiva vontade de arremedar o fuste dórico. A paisagem de pedras que nos rodeia acrescenta algo, também, a esse inesperado helenismo do ambiente. Quanto aos três irmãos de Yannes, que agora conheço, esses reproduzem, em rostos de idade semelhante, o mesmo perfil de baixo-relevo para um arco de triunfo. Anunciam-me que numa choça próxima, que serve de abrigo às cabras durante a noite, encontra-se o doutor Montsalvatje – de quem já me falara na véspera o Adelantado –, ordenando e refrescando suas coleções de plantas raras. E já vem até nós, gesticulando, falando com enfático sotaque, este cientista aventureiro, coletor de curare, de *yopo*[17], de peiotes e de quantos tóxicos e estupefacientes selvagens, de ação ainda mal conhecida, não pretende estudar e experimentar. Sem se interessar muito por saber quem somos, o herborista nos oprimia com uma terminologia latina que destina à classificação de fungos nunca vistos, dos quais tritura uma amostra com os dedos, explicando-nos por que acredita tê-los batizado acertadamente. De repente repara que não somos botânicos, ri de si mesmo, qualificando-se de Senhor-dos-Venenos, e pede notícias do mundo de onde viemos. Conto algo em resposta, mas é evidente – noto na desatenção das pessoas – que minhas novidades não interessam a ninguém aqui. O doutor Montsalvatje queria saber, na realidade, de fatos relacionados com a própria vida do rio. Agora toma um comprimido de quinina que pede a frei Pedro de Henestrosa. Na segunda-feira descerá a Puerto

---

17. Planta alucinógena (*Anadenanthera Colubrina*) utilizada por indígenas da América, à semelhança de outras, como o peiote (do náuatle *peyotl*). (N. T.)

Anunciación com seus herbários, para retornar muito em breve, pois encontrou uma clavária desconhecida cujo odor basta para produzir alucinações visuais, e uma crucífera cuja proximidade embolora certos metais. Os gregos levam o indicador à têmpora, como se buscassem a pedra da loucura. O Adelantado zomba da sonoridade estranha que adquirem, em sua boca, certos vocábulos indígenas. Os seringueiros, em compensação, dizem que é um grande médico, e contam de uma bolsa de humor aliviada por ele com a ponta de uma faca cega. Rosario o conhece, e considera seu inesgotável desejo de falar, depois de longuíssimos silêncios, como muito próprio do personagem. Mouche, que lhe pôs o apelido de Senhor Macbeth e se entende com ele em francês, acaba por se cansar de suas histórias de plantas e pede a Yannes que pendure sua rede dentro da casa. Frei Pedro me explica que o herborista, nada louco, mas muito dado a fantasias, como forma de descansar de sua solidão de meses na selva densa, forjou uma divertida linhagem de alquimistas e hereges que o faz proclamar-se descendente direto de Raimundo Lulio – a quem chama obstinadamente de Ramón Llull –, afirmando que a obsessão da árvore, nos tratados do Doutor Iluminado, davam-lhe já, nos dias do *Ars Magna*, um ar de família. Mas o alvoroço da chegada e dos primeiros encontros se aplaca em torno das toscas bandejas em que os mineiros trazem o queijo de suas cabras, os rabanetes e tomates de uma diminuta horta, junto ao *casabe*[18], o sal e a aguardente que oferecem primeiro – em relembrança, talvez involuntária, do rito secular do sal, do pão e do vinho. E estamos sentados agora ao redor da fogueira, unidos pela necessidade ancestral de perceber o fogo vivo na noite. Uns apoiados em um cotovelo, outros com o queixo nas mãos, o capuchinho ajoelhado em seu hábito, as mulheres recostadas sobre uma manta, Gavilán com a língua de fora, junto a

---

18. Espécie de pão feito com farinha de mandioca. (N. T.)

Polifemo, o dogue caolho dos gregos: todos olhamos as chamas que crescem aos saltos entre os ramos muito úmidos, morrendo em amarelo aqui, para renascerem azuis sobre uma lasca propícia, enquanto, abaixo, os primeiros galhos vão se tornando brasas. As grandes pedras eretas na ladeira xistosa que ocupamos adquirem uma fantástica postura de estelas, de cipos, de monólitos, erguidos numa escadaria cujos degraus cimeiros perdem-se nas trevas. A jornada foi fatigante. E, no entanto, ninguém se decide a dormir. Estamos ali, como que ensalmados pelo fogo, um pouco ébrios de seu calor, cada qual encerrado em si mesmo, pensando sem pensar, solidário aos demais por uma sensação de bem-estar, de sossego, que compartilhamos e gozamos por uma razão primordial. Logo, sobre o horizonte de blocos erráticos, esboça-se uma claridade fria, e a lua aparece atrás de uma árvore copada, de muitas lianas, que começa a cantar por todos os seus grilos. Passam, grasnando, dois pássaros brancos, de um voar em queda. Acesa a fogueira, desatam-se as palavras: um dos gregos queixa-se de que a mina parece esgotada. Mas Montsalvatje encolhe os ombros, afirmando que mais adiante, em direção às Grandes Mesetas, há diamantes em todos os leitos fluviais. Com seus óculos de aros grandes, sua calva queimada pelo sol, suas mãos curtas, cobertas de sardas, de dedos carnudos que têm um pouco de estrelas-do-mar, o Herborista se faz um pouco espírito da terra, gnomo guardião de cavernas, em minha imaginação acesa por suas palavras. Fala do Ouro, e então todos calam, porque agrada ao homem falar de Tesouros. O narrador – narrador junto ao fogo, como deve ser – estudou em longínquas bibliotecas tudo o que se refere ao ouro deste mundo. E logo aparece, remota, tingida de lua, a miragem do Eldorado. Frei Pedro sorri com ironia. O Adelantado escuta com máscara casmurra, jogando gravetos no lume. Para o coletor de plantas, o mito é apenas reflexo de uma realidade. Onde se buscou a cidade de Manoa, mais acima, mais abaixo, em tudo o que sua vasta e fantasmagórica província abarca, há diamantes nos lodos das margens e ouro no fundo das águas. "Aluviões", objeta Yannes. "Logo" – argui Montsalvatje –, "há um maciço central que desconhecemos, um laboratório de alquimia telúrica, no imenso escalonamento de montanhas de formas estranhas, todas enfeitadas com cascatas, que cobrem esta zona – a menos explorada do planeta –, em cujos umbrais nos encontramos. Há o que Walter Raleigh chamou de 'o veio mãe', mãe dos veios, paridora dos intermináveis cascalhos de material precioso jogados em centenas de rios." O nome daquele a quem os espanhóis chamavam Serguaterale leva o Herborista, de imediato, a invocar os testemunhos de prodigiosos aventureiros que surgem das sombras, chamados por seus nomes, para esquentar suas cotas e saios nas chamas de nosso fogo. São os Federmann, os Belalcázar, os Espira, os Orellana, seguidos de seus capelães, timbaleiros e sacabuxas; escoltados pela nigromante companhia dos algebristas, herbanários e guardadores de defuntos. São os alemães loiros e de barbas encaracoladas, e os estremenhos enxutos de barbas de cabrito, envoltos no voo de seus estandartes, cavalgando corcéis que, como os de Gonzalo Pizarro, calçaram ferraduras de ouro maciço pouco depois de assentar o casco no movediço âmbito do Eldorado. E é sobretudo Felipe de Hutten, o Urre dos castelhanos, quem, numa tarde memorável, do alto de um monte, contemplou alucinado a grande cidade de Manoa e seus portentosos alcáceres, mudo de espanto, em meio a seus homens. Desde então correra a notícia, e durante um século fora uma tremebunda sondagem da selva, um trágico fracasso de expedições, um extraviar-se, girar em círculo, comer as montarias, sorver o sangue dos cavalos, um reiterado morrer de Sebastião trespassado por dardos. Isto, quanto às entradas conhecidas; pois as crônicas haviam esquecido os nomes daqueles que, por pequenas disputas, foram queimados no fogo do mito, deixando-se o esqueleto dentro da armadura, ao pé de alguma inacessível muralha de rochas. Erguendo-se em sombra diante das chamas, o Adelantado aproximou do fogo um machado que chamara minha atenção, naquela tarde, pela estranheza de seu perfil: era uma segure de forja castelhana, com um cabo de oliveira que havia enegrecido sem desprender-se do metal. Nessa madeira estampava-se uma data escrita a ponta de faca por algum camponês soldado – data que era do tempo dos Conquistadores. Enquanto passávamos a arma de mão em mão, calados por uma emoção misteriosa, o Adelantado narrou-nos como a encontrara na área mais fechada da selva, em meio a ossaturas humanas, junto a uma lúgubre desordem de morriões, espadas, arcabuzes, que as raízes de uma árvore mantinham agarrados, elevando uma alabarda a tão humana estatura que mãos ausentes ainda pareciam sustentá-la. A frieza da segure punha o prodígio na polpa de nossos dedos. E deixávamo-nos envolver pelo maravilhoso, anelantes de maiores portentos. Já apareciam junto ao fogo, chamados por Montsalvatje, os curandeiros que fechavam feridas recitando o Ensalmo de Bogotá, a rainha gigante Cicañocohora, os homens-anfíbios que dormiam no fundo dos lagos, e os que se alimentavam apenas com o aroma das flores. Já aceitávamos os Cãezinhos Vaga-Lumes[19] que levavam uma pedra resplandecente entre os olhos, a Hidra vista pela gente de Federmann, a Pedra Bezoar, de prodigiosas virtudes, encontrada nas vísceras dos veados, os *tatunachas*, sob cujas orelhas podiam abrigar-

---

19. *Carbunclos*, no original: a palavra é sinônima de *carbúnculo*, rubi, e, em países americanos, de *cocuyo*, pirilampo; assim, associada a *perrillos* (cãezinhos), tanto pode referir-se à pedra cristalina que estes tinham entre os olhos, como a seu brilho. (N. T.)

-se até cinco pessoas, ou aqueles outros selvagens que tinham as pernas rematadas por patas de avestruz – segundo fidedigno relato de um santo prior. Durante dois séculos os cegos do Caminho de Santiago haviam cantado os portentos de uma Harpia Americana exibida em Constantinopla, onde morreu espumando e rugindo... Frei Pedro de Henescrosa considerou-se obrigado a atribuir tais fábulas à obra do Maligno, quando os relatos, por serem de frades, tinham algum tom de seriedade, e ao afã de difundir embustes, quando se tratava de contos de soldados. Mas Montsalvatje fez-se então o Advogado dos Prodígios, afirmando que a realidade do Reino de Manoa havia sido aceita por missionários que foram à sua procura em pleno Século das Luzes. Setenta anos antes, em narração científica, um reputado geógrafo afirmava ter divisado, no âmbito das Grandes Mesetas, algo como a cidade fantasmagórica contemplada um dia pelo Urre. As Amazonas haviam existido: eram as mulheres dos varões mortos pelos caribes, em sua misteriosa migração até o Império do Milho. Da selva dos Maias surgiam escadarias, atracadouros, monumentos, templos cheios de pinturas portentosas, que representavam ritos de sacerdotes-peixes e de sacerdotes-lagostas. Umas cabeças enormes apareciam de repente, atrás das árvores derrubadas, olhando os que acabavam de achá-las com olhos de pálpebras caídas, mais terríveis ainda que duas pupilas fixas, por sua contemplação interior da Morte. Em outro lugar havia largas Avenidas de Deuses, erguidos frente a frente, lado a lado, cujos nomes ficariam para sempre ignorados – deuses caídos, fenecidos, depois de, por séculos e séculos, terem sido a imagem de uma imortalidade negada aos homens. Descobriam-se nas costas do Pacífico uns desenhos gigantescos, tão vastos que desde sempre se transitara sobre eles sem saber de sua presença sob os passos, traçados como que para serem vistos de outro planeta pelos povos que tivessem escrito com nós, castigando toda invenção de alfabetos com a pena máxima. A cada dia apareciam novas pedras esculpidas na selva; imagens da Serpente Emplumada surgiam em remotos locais alcantilados, e ninguém havia conseguido decifrar os milhares de petróglifos que falavam por formas de animais, representações astrais, signos misteriosos, nas margens dos Grandes Rios. O doutor Montsalvatje, em pé junto à fogueira, apontava as mesetas longínquas que se pintavam de azul profundo até onde ia a lua: "Ninguém sabe o que há por trás dessas Formas", dizia, com um tom que nos devolveu uma emoção esquecida desde a infância. Todos tivemos vontade de levantar, de começar a andar, de chegar antes da aurora à porta dos prodígios. Uma vez mais rebrilhavam as águas da Laguna de Parima. Uma vez mais se edificavam, em nós, as fortalezas de Manoa. A possibilidade de sua existência era novamente considerada, já que seu mito vivia na imaginação de todos que moravam nas cercanias da selva – quer dizer: do Desconhecido. E não pude deixar de pensar que o Adelantado, os mineiros gregos, os dois seringueiros e todos os que, a cada ano, tomavam os rumos da Selva densa, após o fim das chuvas, não eram senão buscadores de Eldorado, como os primeiros que marcharam sob o conjuro de seu nome. O doutor destapou um tubo de cristal, cheio de pedrinhas escuras que logo amarelaram em nossas mãos, à claridade do fogo. Apalpávamos o Ouro. Então o aproximávamos dos olhos, para fazê-lo crescer. Depois o sopesávamos com gesto alquimista. Mouche tocou-o com a língua, para conhecer seu sabor. E quando suas pepitas voltaram ao cristal, pareceu que o fogo iluminava menos e que a noite se tornava mais fria. No rio mugiam enormes rãs. De súbito, frei Pedro lançou seu bastão ao fogo, e o bastão se fez vara de Moisés ao levantar-se a serpente que acabava de matar.

# 17

*(Domingo, 17 de junho)*

Regresso agora da mina e me regozijo de antemão ao pensar na decepção de Mouche quando vir que a caverna maravilhosa, rutilante de gemas, o tesouro de Agamenon que ela certamente esperava, é um leito de torrente, cavado, escavado, revolto; um lodaçal que as pás interrogaram lateralmente, em profundidade, de cima a baixo, retornando vinte vezes ao lugar do primeiro achado, com a esperança de ter deixado no barro, por um mero desvio da mão, por uma margem de milímetros, a prodigiosa Pedra da Riqueza. O mais jovem dos caçadores de diamantes me fala, pelo caminho, das grandes misérias do ofício, das desesperanças de cada dia e da estranha fatalidade que sempre faz com que o descobridor de uma grande gema, pobre e endividado, regresse ao lugar onde a encontrou. No entanto, a ilusão se reaviva toda vez que surge da terra o diamante singular, e seu fulgor futuro, adivinhado antes da lapidação, salta por cima de selvas e cordilheiras, descompassando o pulso daqueles que, ao cabo de uma jornada infrutífera, desprendem de seu corpo a crosta de lama que o cobre. Pergunto pelas mulheres, e me dizem que estão se banhando num canal próximo, cujas poças não albergam animálias perigosas. No entanto, eis que se ouvem suas vozes. Vozes que, ao se aproximarem, fazem-me sair da moradia, espantado com a violência do tom e o inexplicável dos gritos. Logo pensamos que alguém tivesse surpreendido sua nudez na margem ou as afrontara com propósitos vis. Mas Mouche aparece agora, com a roupa empapada, pedindo ajuda, como que fugindo de algo terrível. Antes que eu pudesse dar um passo, vejo Rosario, mal coberta por um grosso saiote, que alcança minha amiga, joga-a no chão com um empurrão e a golpeia barbaramente com uma estaca. Com a cabeleira solta sobre os ombros, cuspindo insultos, batendo ao mesmo tempo com os pés, a madeira e a mão livre, oferece-nos uma tal imagem de ferocidade que todos corremos para agarrá-la. Ainda se retorce, chuta, morde os que a sujeitam, com um furor que se traduz em grunhidos roucos, em bufidos, por não encontrar a palavra. Quando levanto Mouche, ela mal consegue manter-se em pé. Um golpe quebrou-lhe dois dentes. Seu nariz sangra. Está coberta de arranhões e esfoladuras. O doutor Montsalvatje leva-a à choça dos herbários, para curá-la. Enquanto isso, rodeando Rosario, tratamos de saber o que ocorrera. Mas agora se afunda num mutismo obstinado, negando-se a responder. Está sentada numa pedra, de cabeça baixa, repetindo, com exasperante teimosia, um gesto de denegação que joga sua cabeleira negra de um lado a outro, fechando-lhe cada vez mais o semblante ainda enfurecido. Vou à cabana. Fedendo a farmácia, rubricada de esparadrapos, Mouche geme na rede do Herborista. A minhas perguntas responde que ignora o motivo da agressão; que a outra ficara como louca, e sem insistir mais nisso, desata a chorar, dizendo que quer regressar imediatamente, que não suporta mais, que esta viagem a esgota, que se sente à beira da demência. Agora suplica e sei que, até bem pouco tempo atrás, a súplica, por ser inabitual em sua boca, teria obtido tudo de mim. Mas neste momento, junto a ela, vendo seu corpo sacudido pelos soluços de um desespero que parece sentido, permaneço frio, encouraçado por uma dureza que me surpreende e louvo, como se poderia louvar, por ser oportuna e firme, uma vontade alheia. Nunca havia pensado que Mouche, ao cabo de uma tão prolongada convivência, chegasse um dia a ser tão estranha para mim. Apagado o amor que talvez lhe tivesse – até mesmo dúvidas a respeito da realidade desse sentimento me assaltavam agora –, poderia ter subsistido, ao menos, o vínculo de uma amistosa ternura. Mas os retornos, mudanças, recordações que se sucederam em mim, em menos de duas semanas, somados à descoberta da véspera, tornavam-me insensível a seus rogos. Deixando-a gemer seu desamparo, regressei à casa dos gregos, onde Rosario, um pouco mais calma, encolhera-se, silenciosa, com os braços atravessados sobre o rosto, num *chinchorro*[20]. Uma espécie de mal-estar franzia o cenho dos homens, embora parecessem pensar em outra coisa. Os gregos temperavam com muito nervosismo uma sopa de pescados que fervia numa enorme panela de barro, entregando-se a discussões sobre o azeite, o pimentão e o alho, que soavam em falsete. Os seringueiros remendavam suas alpargatas em silêncio. O Adelantado dava banho em Gavilán, que se deleitara com uma carniça, e como o cão sentia-se ofendido pelas xícaras de água que lhe caíam em cima, mostrava os dentes a quem o olhava. Frei Pedro debulhava as contas de seu rosário de sementes. E eu sentia, em todos eles, uma tácita solidariedade com Rosario. Aqui, o fator de distúrbios, que todos repeliam por instinto, era Mouche. Todos adivinhavam que a violenta reação da outra se devia a algo que lhe conferia o direito de ter agredido com tal fúria – algo que os seringueiros, por exemplo, podiam atribuir ao despeito de Rosario, talvez apaixonada por Yannes e instigada pelo insinuante comportamento de minha amiga. Transcorreram várias horas de sufocante calor, durante as quais cada um encerrou-se em si mesmo. À medida que nos aproximávamos da selva, eu percebia, nos homens, uma maior aptidão para o silêncio. A isso se devia, talvez, o tom sentencioso, quase bíblico, de certas reflexões formuladas com muito poucas palavras. Quando se falava era em tempo pausado, cada qual escutando e concluindo antes de responder. Quando a sombra das pedras começou a espessar-se, o doutor Montsalvatje nos trouxe da

---

20. Um tipo de rede de cordéis usada como leito pelos indígenas da Venezuela. (N. T.)

choça dos herbários a mais inesperada notícia: Mouche tiritava de febre. Ao sair de um sono profundo, sentou-se, delirando, para em seguida imergir numa inconsciência estremecida por tremores. Frei Pedro, autorizado pela larga experiência de suas andanças, diagnosticou a crise de paludismo – enfermidade à qual, de todo modo, não se concedia grande importância nestas regiões. Fizeram deslizar comprimidos de quinina pela boca da doente, e fiquei a seu lado resmungando de raiva. A duas jornadas do término de minha tarefa, quando pisávamos as fronteiras do desconhecido e o ambiente se embelezava com a proximidade de possíveis maravilhas, Mouche tinha de ter caído assim, estupidamente, picada por um inseto que escolhera a ela, a menos apta para suportar a enfermidade. Em poucos dias, uma natureza forte, profunda e dura divertira-se em desarmá-la, cansá-la, enfeá-la, quebrá-la, desferindo, de repente, o golpe de misericórdia. Assombrava-me ante a rapidez da derrota, que era como uma exemplar desforra do justo e autêntico. Mouche, aqui, era uma personagem absurda, tirada de um futuro em que o matagal fora substituído pela alameda. Seu tempo, sua época eram outros. Para os que conosco conviviam agora, a fidelidade ao varão, o respeito aos pais, a retidão do proceder, a palavra dada, a honra que obrigava e as obrigações que honravam eram valores constantes, eternos, ineludíveis, que excluíam toda possibilidade de discussão. Faltar a certas leis era perder o direito à estima alheia, embora matar por hombridade não fosse culpa maior. Como nos teatros mais clássicos, os personagens eram, neste grande cenário presente e real, os talhados numa peça do Bom e do Mau, da Esposa Exemplar ou da Amante Fiel, do Vilão e do Amigo Leal, da Mãe digna ou indigna. As canções ribeirinhas cantavam, em décimas de romance, a trágica história de uma esposa violada e morta de vergonha, e a fidelidade da cafuza que durante dez anos esperou o regresso de um marido a quem todos davam por comido pelas formigas no mais remoto da selva. Era evidente que Mouche estava demais em tal cenário, e eu devia reconhecer isso, a menos que renunciasse a toda dignidade, desde que fora avisado de sua ida à ilha da Santa Prisca, em companhia do grego. No entanto, agora que havia sido derrubada pela crise palúdica, seu regresso implicava o meu; o que equivalia a renunciar a minha única obra, a voltar endividado, com as mãos vazias, envergonhado ante a única pessoa cuja estimativa me fora preciosa – e tudo para cumprir uma tola função de escolta junto a um ser que agora me aborrecia. Adivinhando talvez a causa da tortura que devia se refletir em meu semblante, Montsalvatje trouxe-me o mais providencial alívio, dizendo que não lhe seria inconveniente levar Mouche, amanhã. Ele a conduziria até onde pudesse me aguardar com toda comodidade: forçá-la a seguir mais adiante, débil como ficaria depois do primeiro acesso, era pouco menos que impossível. Ela não era mulher para tais andanças. *Anima, vagula, blandula* – concluiu ironicamente. Respondi-lhe com um abraço.

A lua voltou a se elevar. Lá, ao pé de uma pedra grande morre o fogo que reuniu os homens nas primeiras horas da noite. Mouche suspira mais que respira e seu sono febril povoa-se de palavras que mais parecem estertores e pigarros. Uma mão pousa em meu ombro: Rosario senta-se a meu lado na esteira, sem falar. Compreendo, no entanto, que uma explicação se aproxima, e espero em silêncio. O grasnido de um pássaro que voa para o rio, despertando as cigarras do teto, parece decidi-la. Começando com voz tão baixa que mal a ouço, conta-me o que muito suspeito. O banho na beira do rio. Mouche, que se vangloria da beleza de seu corpo e nunca perde oportunidade de prová-lo, que a incita, com fingidas dúvidas sobre a dureza de sua carne, a despojar-se do saiote conservado por pudor aldeão. Depois, é a insistência, o hábil desafio, a nudez que se mostra, os elogios à firmeza de seus seios, à lisura de seu ventre, o gesto de carinho, e o gesto a mais que revela a Rosario, repentinamente, uma intenção que subleva seus instintos mais profundos. Mouche, sem imaginar, produziu uma ofensa que é, para as mulheres daqui, pior que o pior epíteto, pior que o insulto à mãe, pior que expulsar da casa, pior que cuspir as vísceras que pariram, pior que duvidar da fidelidade ao marido, pior que o nome de cadela, pior que o nome de puta. Tanto se acendem seus olhos na sombra ao lembrar a rixa daquela manhã, que chego a temer nova irrupção de violências. Agarro Rosario pelos pulsos para mantê-la quieta, e, com a brutalidade do gesto, meu pé derruba uma das cestas em que o Herborista guarda suas plantas secas, entre camadas de folhas de taioba. Um feno espesso e rangente cai sobre nós, envolvendo-nos em perfumes que lembram, ao mesmo tempo, a cânfora, o sândalo e o açafrão. Uma repentina emoção deixa meu fôlego em suspenso: assim – quase assim – cheirava a cesta das viagens mágicas, aquela em que eu apertava María del Carmen, quando éramos crianças, junto aos canteiros onde seu pai semeava a alfavaca e a hortelã. Olho Rosario de muito perto, sentindo nas mãos o palpitar de suas veias, e, de súbito, vejo algo tão ansioso, tão entregue, tão impaciente, em seu sorriso – mais que sorriso, riso tolhido, crispação de espera –, que o desejo me joga sobre ela, com uma vontade alheia a tudo o que não seja o gesto da posse. É um abraço rápido e brutal, sem ternura, que mais parece uma luta para quebrar e vencer do que uma união deleitosa. Mas quando voltamos a estar lado a lado, ofegantes ainda, e tomamos consciência cabal do fato, invade-nos um grande contentamento, como se os corpos tivessem selado um pacto que fora o começo de um novo modo de viver. Jazemos sobre as ervas espalhadas, sem mais consciência que a de nosso deleite. A claridade da lua que entra na cabana pela porta sem batente sobe lentamente por nossas pernas: esteve em nossos tornozelos, e agora alcança as curvas de Rosario, que já me acaricia com mão impaciente. É ela, desta vez, quem se lança sobre mim, arqueando o corpo com ansiosa premência. Mas ainda procuramos a melhor posição, quando uma voz rouca, quebrada, cospe insultos junto a nossos ouvidos, separando-nos bruscamente. Havíamos rolado sob a rede, esquecidos daquela que gemia tão perto. E a cabeça de Mouche aparecia sobre nós, crispada, sardônica, babando, com algo de cabeça de Górgona na desordem das grenhas caídas sobre a testa. "Porcos!" – grita. "Porcos!" Do chão, Rosario dispara golpes na rede com os pés, para fazê-la calar. Logo a voz de cima se extravia em divagações de delírio. Os corpos desunidos voltam a se encontrar, e, entre minha cara e o rosto mortiço de Mouche, que pende do *chinchorro* com um braço inerte, atravessa-se, em espessa queda, a cabeleira de Rosario, que finca os cotovelos no chão para me impor seu ritmo. Quando voltamos a ter ouvidos para o que nos rodeia, já não nos importa em nada a mulher que estertora na escuridão. Poderia morrer agora mesmo, uivando de dor, sem que sua agonia nos comovesse. Somos dois, em um mundo distinto. Semeei-me sob o velo que acaricio com mão de amo, e meu gesto encerra uma gozosa confluência de sangues que se encontraram.

# 18

*(Segunda-feira, 18 de junho)*

Despachamos Mouche com a pactuada ferocidade de amantes que acabam de se descobrir, inseguros ainda da maravilha, insaciados de si mesmos, e procedem de forma a eliminar tudo o que possa opor-se à sua próxima cópula. Com cuidado a colocamos na canoa de Montsalvatje, envolta numa manta, chorosa, quase inconsciente, fazendo-a acreditar que a sigo em outra embarcação. Dei ao Herborista muito mais dinheiro do que o necessário para que a atenda, pague seus traslados, instale-a, custeie os tratamentos necessários, ficando eu apenas com umas notas sujas e umas moedas – que de nada servem, ademais, na Selva, onde todo comércio se reduz a trocas de objetos simples e úteis, como agulhas, facas, sovelas. Na liberalidade de minha doação há, também, um secreto ritual de adormecimento do último crepúsculo de consciência: de todo modo, Mouche não pode nos seguir, e assim, no nível material, cumpro com meu último dever. É muito provável, por outro lado, que na solicitude de Montsalvatje para levar a doente haja uma maligna esperança de aliviar-se de vários meses de continência com uma mulher nada feia. Não só me deixa indiferente tal ideia, como também, cá com meus botões, deploro que a pouca prestança física do botânico vá humilhá-lo com um fracasso. A barca desapareceu agora na distância de um estuário, encerrando com sua partida uma etapa de minha existência. Jamais me senti tão leve, tão bem instalado em meu corpo, como esta manhã. A palmada irônica que dou em Yannes, que me parece melancólico, faz com que ele me interrogue com expressão questionadora e aflita, que é uma nova desculpa para meu rigor. Além disso, todo mundo se dá conta de que Rosario – como se diz aqui – *comprometeu-se comigo*. Rodeia-me de cuidados, trazendo-me de comer, ordenhando as cabras para mim, secando-me o suor com panos frescos, atenta a minha palavra, minha sede, meu silêncio ou meu repouso, com uma solicitude que me faz orgulhar-me de minha condição de homem: aqui, pois, a fêmea "serve" o varão no mais nobre sentido do termo, criando a casa com cada gesto. Porque, embora Rosario e eu não tenhamos um teto próprio, suas mãos já são a minha mesa e a xícara de água que aproxima de minha boca, após limpá-la de uma folha caída nela, é vasilha marcada com minhas iniciais de amo. "Vejamos quando se une seriamente a uma só mulher", murmura frei Pedro atrás de mim, dando-me a entender que com ele não valem dissimulações pueris. Desvio a conversa para não confessar que já estou casado e por rito herege, e me aproximo do grego, que recolhe suas coisas para seguir conosco rio acima. Certo de que a jazida daqui está esgotada, vendo-se traído pela sorte uma vez mais, quer empreender uma viagem de prospecção, mais adiante do Canal Pintado, numa zona de montanhas da qual muito pouco se sabe. Reserva o melhor lugar de sua trouxa para o único livro que leva consigo a toda parte: uma modesta edição bilíngue da *Odisseia*, forrada de oleado negro, cujas páginas ficaram salpicadas de verde pela umidade. Antes de separar-se novamente do tomo, seus irmãos, que sabem longos trechos do texto de cor, procuram sua versão castelhana na página em frente, lendo fragmentos com um sotaque anguloso e duro, em que muito se substitui o *u* pelo *v*. Numa escolinha da Kalamata ensinaram-lhes os nomes dos trágicos e o sentido dos mitos, mas uma obscura afinidade de caracteres os aproximou do aventureiro Ulisses, visitador de países portentosos, nada inimigo do ouro, capaz de ignorar as sereias para não perder sua propriedade de Ítaca. Ao ter um olho furado por um vaqueiro, o cão dos mineiros foi chamado de Polifemo, em memória do ciclope cuja lamentável história leram cem vezes, em voz alta, junto à fogueira de seus acampamentos. Pergunto a Yannes por que abandonou a terra à qual o liga um sangue cujos remotos mananciais conhece. O mineiro suspira, e faz do mundo mediterrâneo uma paisagem de ruínas. Fala do que deixou para trás, como poderia falar das muralhas de Micenas, das tumbas vazias, dos peristilos habitados pelas cabras. O mar sem peixes, os múrices inúteis, a confusão dos mitos, e uma grande esperança perdida. Depois, o mar, secular remédio dos seus: um mar mais vasto, que levava mais longe. Conta-me que quando divisou a primeira montanha, deste lado do Oceano, começou a chorar, pois era uma montanha vermelha e dura, parecida com suas duras montanhas de cardos e abrolhos. Mas aqui o arrebatou a afeição pelos metais preciosos, o chamado dos negócios e dos rumos, que fizera seus antepassados carregarem tantos remos. No dia em que encontrar a gema que sonha, construirá, à beira do mar e onde haja montanhas de flancos abruptos, uma casa cujo átrio tenha colunas – afirma – como um templo de Poseidon. Volta a lamentar-se sobre o destino de seu povo, abre o tomo em seu começo e clama: "Ah, miséria! Escutem como os mortais julgam os deuses. Dizem que de nós vêm seus males, quando são eles que, por sua tolice, agravam as desditas que o destino lhes atribui". *Zevs fala*, conclui o mineiro por sua conta, e logo deixa o livro, pois os seringueiros trazem, pendurado num galho, um estranho animal ungulado, que acabam de matar. Creio, por um instante, que se trata de um porco selvagem de grande tamanho. "Uma anta! Uma anta!", grita frei Pedro, unindo as mãos em assombrado gesto, antes de se pôr a correr para os caçadores, com um júbilo que revela seu fastio da tapioca diluído em água com que se alimenta habitualmente na selva. Depois, é a festa de acender a fogueira; a escaldadura do animal e seu esquartejamento; a vista dos pernis, miúdos e lombos, que atiça em nós o desenfreado apetite que se costuma atribuir aos selvagens. Com o torso nu, pondo toda sua seriedade na tarefa, o mineiro me parece, de repente, tremendamente arcaico. Seu gesto de jogar no fogo alguns pelos da cabeça do animal tem um sentido propiciatório que talvez pudesse me explicar uma estrofe da *Odis-*

*seia*. O modo de trespassar as carnes, depois de untá-las com gordura; o modo de servi-las numa tábua, depois de borrifá-las com aguardente, responde a tão velhas tradições mediterrâneas que, quando me é oferecida a melhor fatia, vejo Yannes, por um segundo, transfigurado no porqueiro Eumeu... Ainda nem terminamos o festim quando o Adelantado se levanta e desce para o rio com passos largos, seguido de Gavilán, que ladra alvoroçadamente. Duas canoas muito primitivas – dois troncos escavados – descem a corrente, conduzidas por remadores índios. Aproxima-se o momento da partida, e cada qual começa a juntar suas trouxas aos fardos. Levo Rosario à cabana, onde nos amamos uma vez mais sobre o chão de terra, que Montsalvatje, ao ordenar suas coleções, deixou coberto de plantas secas que exalam o acre e enervante perfume que conhecemos ontem. Desta vez corrigimos a estupidez e a premência dos primeiros encontros, fazendo-nos mais donos da sintaxe de nossos corpos. Os membros vão achando um melhor ajuste; os braços encontram acomodação mais precisa. Estamos escolhendo e fixando, com maravilhosas tentativas, as atitudes que haverão de determinar, para o futuro, o ritmo e a maneira de nossas cópulas. Com a mútua aprendizagem que implica o forjamento de um casal, nasce sua linguagem secreta. Já vão surgindo do deleite aquelas palavras íntimas, proibidas a outros, que serão o idioma de nossas noites. É invenção a duas vozes, que inclui termos de posse, de ação de graça, desinências dos sexos, vocábulos imaginados pela pele, ignorados apelidos – ontem imprevisíveis – que nos daremos agora, quando ninguém puder ouvir-nos. Hoje, pela primeira vez, Rosario me chamou por meu nome, repetindo-o muito, como se suas sílabas tivessem de voltar a ser modeladas – e meu nome, em sua boca, adquiriu uma sonoridade tão singular, tão inesperada, que me sinto como que ensalmado pela palavra que mais conheço, ao ouvi-la tão nova como se acabasse de ser criada. Vivemos o júbilo ímpar da sede compartilhada e saciada, e quando nos voltamos para o que nos rodeia, cremos recordar um país de sabores novos. Jogo-me na água para soltar as ervas secas que o suor grudou em minhas costas, e rio ao pensar que certa tradição é contrariada pelo que agora ocorre, posto que, para nós, o tempo do cio caiu no meio do verão. Mas minha amante já desce para as embarcações. Despedimo-nos dos seringueiros, e é hora da partida. Na primeira canoa, encolhidos entre as bordas, saímos o Adelantado, Rosario e eu. Na outra, frei Pedro, com Yannes e os fardos. "Vamos com Deus!", diz o Adelantado ao sentar-se ao lado de Gavilán, que fareja o ar com focinho de carranca de proa. De agora em diante ignoraremos a navegação a vela. O sol, a lua, a fogueira – e às vezes o raio – serão as únicas luzes que iluminarão nossas faces.

# Quarto capítulo

*Não haverá mais que silêncio, imobilidade, ao pé das árvores, dos cipós? Bom é, pois, que haja guardiães.*

POPOL-VUH

## 19

*(Tarde de segunda-feira)*

Ao cabo de duas horas de navegação entre pedras, ilhas de pedras, promontórios de pedras, montes de pedras, que conjugam suas geometrias com uma diversidade de invenção que já deixou de nos assombrar, uma vegetação mediana, tremendamente cerrada – rigidez de gramíneas, dominada pela constante, em ondulação e dança, do maciço de bambus – substitui a presença da pedra pela interminável monotonia do verde fechado. Divirto-me com um jogo pueril tirado das maravilhosas histórias narradas, junto ao fogo, por Montsalvatje: somos Conquistadores que vamos em busca do Reino de Manoa. Frei Pedro é nosso capelão, a quem pediremos confissão se ficarmos malferidos na entrada. O Adelantado bem pode ser Felipe de Utre. O grego é Micer Codro, o astrólogo. Gavilán passa a ser Leoncico, o cão de Balboa. E eu me outorgo, na empresa, os encargos do trompetista Juan de San Pedro, cuja mulher foi tomada com cordas, no saque de um povoado. Os índios são índios, e ainda que pareça estranho, habituei-me à rara distinção de condições feita pelo Adelantado, sem pôr nisso, por certo, a menor malícia, quando, ao narrar alguma de suas andanças, diz muito naturalmente: "Éramos três *homens* e doze *índios*". Imagino que uma questão de batismo rege essa observação, e isto dá reflexos de realidade ao romance que, pela autenticidade do cenário, estou forjando. Agora os bambuzais cederam a margem esquerda, que estamos bordejando, a uma espécie de selva baixa, sem manchas de cor, que afunda suas raízes na água, erguendo um valado inabordável, absolutamente reto, reto como uma paliçada, como uma interminável muralha de árvores erguidas, tronco a tronco, até o lindeiro da corrente, sem uma passagem aparente, sem uma fenda, sem uma greta. Sob a luz do sol que se esfuma em vapores sobre as folhas úmidas, essa parede vegetal se prolonga até o absurdo, acabando por parecer obra de homens, feita com teodolito e prumo. A canoa vai se aproximando cada vez mais dessa ribeira fechada e áspera, que o Adelantado parece examinar palmo a palmo, com diligente atenção. Parece-me impossível que estejamos procurando algo naquele lugar, e, no entanto, os índios remam cada vez mais devagar, e o cão, com o lombo eriçado, dirige os olhos para onde os fixa o amo. Adormecido pela espera e pelo balanço da barca, fecho as pálpebras. De repente, desperto com um grito do Adelantado: "Aí está a porta!"... Havia, a dois metros de nós, um tronco igual a todos os outros: nem mais largo, nem mais escamoso. Mas em sua casca estampava-se um sinal semelhante a três letras *V* sobrepostas verticalmente, de tal modo que uma penetrava na outra, uma servindo de vaso à segunda, num desenho que poderia se repetir até o infinito, mas que só se multiplicava aqui ao refletir-se nas águas. Junto a essa árvore abria-se um passadiço abobadado, tão estreito, tão baixo, que me pareceu impossível meter a canoa por ali. E, no entanto, nossa embarcação introduziu-se nesse estreito túnel, com tão pouco espaço para deslizar que suas bordas rasparam duramente algumas raízes retorcidas. Com os remos, com as mãos, era preciso afastar obstáculos e barreiras para levar adiante essa navegação incrível, em meio à mata alagada. Um galho pontiagudo caiu sobre meu ombro com a violência de uma paulada, tirando sangue do meu pescoço. Das ramagens chovia sobre nós uma intolerável fuligem vegetal, impalpável às vezes, como um plâncton errante no espaço – pesado, por momentos, como punhados de limalha que alguém tivesse jogado do alto. Com isto, era uma perene queda de fios que queimavam a pele, de frutos mortos, de sementes felpudas que faziam chorar, de sedimentos, de pós cuja fetidez contraía as faces. Um encontrão da proa promoveu o súbito desabamento de um ninho de cupins, desfeito em avalanche de areia parda. Mas o que estava embaixo era talvez pior que as coisas que faziam sombra. Entre duas águas moviam-se grandes folhas esburacadas, semelhantes a máscaras de veludo ocre, que eram plantas de armadilha e encobrimento. Flutuavam cachos de borbulhas sujas, endurecidas por um verniz de pólen avermelhado, que uma queda próxima fazia se afastarem, de repente, pela vala de um estancamento, com indecisa navegação de holotúria. Mais adiante eram como gazes, opalescentes, espessas, detidas nas socavas de uma pedra larvada. Uma guerra surda desenleava-se nos fundos eriçados de raízes barbudas – ali, lugar que parecia um imundo enredamento de cobras. Estalidos inesperados, súbitas ondulações, tapas na água denunciavam uma fuga de seres invisíveis que deixavam atrás de si uma esteira de turvas podridões – redemoinhos cinzentos, levantados ao pé das cascas negras salpicadas de lêndeas. Adivinhava-se a proximidade de toda uma fauna rampante, do lodo eterno, da glauca fermentação, debaixo daquelas águas escuras que cheiravam acremente, como uma lama que tivesse sido amassada com vinagre e carniça, e sobre cuja oleosa superfície caminhavam insetos criados para andar sobre o líquido: percevejos quase transparentes, pulgas brancas, moscas de patas quebradas, diminutos mosquitos que eram apenas um ponto vibrátil na luz verde – pois era tanto o verdor atravessado por uns poucos raios de sol, que a claridade se tingia, ao descer das folhagens, de uma cor de musgo que se tornava cor de fundo de pântanos ao procurar as raízes das plantas. Ao cabo de algum tempo de navegação naquele canal secreto, produzia-se um fenômeno parecido ao que conhecem os montanheses extraviados nas neves: perdia-se a noção da verticalidade, dentro de uma espécie de desorientação, de mareio dos olhos. Já não se sabia o que era da árvore e o que era do reflexo. Já não se sabia se a claridade vinha de baixo ou de cima, se o teto era de água, ou a água, solo; se as frestas abertas na ramagem não eram poços luminosos conseguidos no alagado. Como os troncos, os paus, as lianas refletiam-se em ângulos abertos ou fechados, acabava-se por acreditar em passagens ilusórias, em saídas, corredores, margens, inexistentes. Com o transtorno das aparências, nessa sucessão de pequenas miragens ao alcance da mão, crescia em mim uma sensação de desconcerto, de total extravio, que resultava indizivelmente angustiosa. Era como se me fizessem dar voltas sobre mim mesmo, para me entontecer, antes de me situar nas soleiras de uma morada secreta. Já me perguntava se os remadores conservavam uma noção cabal das dimensões do barco. Começava a ter medo. Nada me ameaçava. Todos pareciam tranquilos ao meu redor; mas um medo indefinível, tirado das profundezas do instinto, fazia-me respirar fundo, sem encontrar nunca o ar suficiente. Além disso, agravava-se o desagrado da umidade aderida às roupas, à pele, aos cabelos; uma umidade morna, pegajosa, que penetrava tudo, como um unto, fazendo mais exasperante ainda a contínua picada de pernilongos, mosquitos, insetos sem nome, donos do ar à espera dos anófeles que chegariam com o crepúsculo. Um sapo que caiu à minha frente deixou-me, depois do sobressalto, uma quase deleitosa sensação de frescor. Se não soubesse que se tratava de um sapo, eu o manteria preso no oco da mão, para aliviar minhas têmporas com sua frieza. Agora eram pequenas aranhas vermelhas que se desprendiam do alto sobre a canoa. E eram milhares de teias de aranha que se abriam em toda parte, rentes à água, entre os galhos mais baixos. A cada choque da canoa, as bordas se enchiam daqueles favos cinzentos, enredados de vespas secas, restos de élitros, antenas, carapaças meio chupadas. Os homens estavam sujos, engordurados; as camisas, escurecidas a partir de dentro pelo suor, haviam recebido cuspadas de barro, resinas, seivas; as faces tinham já a cor cerosa, de pouco sol, dos semblantes da selva. Quando desembocamos num pequeno tanque interno, que morria ao pé de uma rocha amarela, senti-me como que preso, apertado por todos os lados. O Adelantado me chamou a pouca distância de onde tinham atracado as canoas, para me fazer olhar uma coisa horrenda: um jacaré morto, de carnes putrefatas, debaixo de cujo couro se metiam, em enxames, as moscas verdes. Era tal o zumbido que ressoava dentro da carniça que, por momentos, alcançava uma afinação de queixa adocicada, como se alguém – uma mulher chorosa, talvez – gemesse pelas goelas do sáurio. Fugi do atroz, procurando o calor de minha amante. Tinha medo. As sombras já se fechavam num crepúsculo prematuro, e tão logo organizamos um acampamento ligeiro, caiu a noite. Cada qual se isolou no âmbito embalado de sua rede. E o coaxar de enormes rãs invadiu a selva. As trevas se estremeciam de sustos e deslizamentos. Alguém, não se sabia onde, começou a experimentar a embocadura de um oboé. Um cobre grotesco desatou a rir no fundo de um canal. Mil flautas de duas notas, distintamente afinadas, responderam-se através das folhagens. E foram pentes de metal, serras que mordiam troncos, linguetas de harmônicas, tremulantes e cricrilar de grilos, que pareciam cobrir a terra inteira. Houve como que gritos de pavão real, borborigmos errantes, silvos que subiam e desciam, *coisas* que passavam debaixo de nós, pegadas no solo; *coisas* que mergulhavam, martelavam, rangiam, uivavam como crianças, relinchavam no alto das árvores, agitavam chocalhos no fundo de uma cova. Estava aturdido, assustado, febril. As fadigas da jornada, a expectativa nervosa, tinham me extenuado. Quando o sono venceu o temor pelas ameaças que me rodeavam, estava a ponto de capitular – de clamar meu medo –, para ouvir vozes de homens.

## 20

*(Terça-feira, 19 de junho)*

Quando veio a luz outra vez, compreendi que ultrapassara a Primeira Prova. As sombras tinham levado os temores da véspera. Ao lavar o peito e o rosto num remanso do canal, junto a Rosario, que limpava com areia os utensílios de meu desjejum, pareceu-me que compartilhava, nesta hora, com os milhares de homens que viviam nas inexploradas cabeceiras dos Grandes Rios, a primitiva sensação de beleza, de beleza fisicamente percebida, gozada igualmente pelo corpo e pelo entendimento, que nasce de cada renascer de sol – beleza cuja consciência, em tais lonjuras, transforma-se para o homem em orgulho de se proclamar dono do mundo, supremo usufrutuário da criação. O amanhecer da selva é muito menos belo, se pensamos em cores, que o crepúsculo. Sobre um solo que exala uma umidade milenar, sobre a água que divide as terras, sobre uma vegetação que se envolve em neblinas, o amanhecer insinua-se com grisalhas de chuva, numa claridade indecisa que nunca parece augurar um dia luminoso. Será preciso esperar várias horas antes que o sol, já alto, liberado pelas copas, possa lançar um raio de franca luz por sobre os infinitos arvoredos. E, no entanto, o amanhecer da selva renova sempre o júbilo entranhado, atávico, levado em veias próprias, de ancestrais que, durante milênios, viram em cada madrugada o término de seus espantos noturnos, o retrocesso dos rugidos, o clareamento das sombras, a confusão dos espectros, o deslinde do malévolo. Com o início da jornada, sinto como que uma necessidade de me desculpar ante Rosario pelas poucas oportunidades de estarmos sós que nos oferece esta fase da viagem. Ela se põe a rir, cantarolando algo que deve ser um romancilho: *Eu sou a recém casada – que chorava sem cessar – por me ver tão malcasada – sem o poder remediar*[1]. E ainda soavam suas *coplas* maliciosas, cheias de alusões à continência que a viagem nos impunha, quando já, remando outra vez, desembocamos num canal largo que adentrava no que o Adelantado me anunciou como a selva verdadeira. Como a água, saída de seu leito, alagava imensas porções de terra, certas árvores retorcidas, de lianas afundadas no lodo, tinham algo de naus ancoradas, enquanto outros troncos, de um vermelho dourado, alongavam-se em miragens de profundidade, e os de antiquíssimas selvas mortas, esbranquiçados, mais mármore que madeira, emergiam como os obeliscos cimeiros de uma cidade abismada. Atrás dos sujeitos identificáveis, das palmeiras, dos bambus, dos anônimos sarmentos margeadores, era a vegeta-

---

1. "Yo soy la recién casada – que lloraba sin cesar – de verme tan mal casada – sin poderlo remediar." (N. T.)

ção feraz, entretecida, travada em tramas de cipós, de matas, de trepadeiras, de raízes enganchadas, de mata-paus, que, às vezes, o couro pardo de uma anta rompia aos empurrões, em busca de um canal onde refrescar a tromba. Centenas de garças, empinadas em suas patas, afundando o pescoço entre as asas, estiravam o bico à beira dos charcos, quando não arredondava a giba algum acará mal-humorado, caído do céu. De repente, uma ramalhada empinada fazia-se furta-cor no alvoroço de um grasnante voo de araras, que lançavam pinceladas violentas sobre a acre sombra de baixo, onde as espécies estavam empenhadas numa luta milenar para subir umas sobre as outras, ascender, sair à luz, alcançar o sol. O desmedido estiramento de certas palmeiras esquálidas, o despontar de certas madeiras que só conseguiam exibir uma folha, em cima, logo depois de ter sorvido a seiva de vários troncos, eram fases diversas de uma batalha vertical de cada instante, dominada solitariamente pelas maiores árvores que eu jamais vira. Árvores que deixavam muito abaixo, como gente rastejante, as plantas mais espigadas pelas penumbras, e se abriam ao céu claro, por cima de toda luta, armando com seus ramos alguns bosques aéreos, irreais, como que suspensos no espaço, dos quais pendiam musgos transparentes, semelhantes a rendas laceradas. Às vezes, após vários séculos de vida, uma dessas árvores perdia as folhas, secava seus liquens, apagava suas orquídeas. As madeiras a encaneciam, adquirindo consistência de granito rosa, e permanecia erguida, com sua ramagem monumental em silenciosa nudez, revelando as leis de uma arquitetura quase mineral, que tinha simetrias, ritmos, equilíbrios, de cristalizações. Manchada pelas chuvas, imóvel nas tempestades, permanecia ali, durante alguns séculos mais, até que, um belo dia, o raio acabava por derrubá-la sobre o instável mundo de baixo. Então, o colosso, nunca saído da Pré-história, acabava por se desmantelar, uivando por todas as lascas, lançando paus aos quatro ventos, rachado em dois, cheio de carvão e de fogo celestial, para melhor romper e queimar tudo o que estava a seus pés. Cem árvores pereciam em sua queda, esmagadas, derrubadas, desgalhadas, esticando lianas que, ao rebentarem, se atiravam ao céu como cordas de arcos. E acabava por jazer sobre o húmus milenar da selva, retirando da terra umas raízes tão intrincadas e vastas que dois canais, sempre separados, viam-se unidos, de repente, pela extração daqueles arados profundos que saíam de suas trevas destroçando ninhos de cupins, abrindo crateras a que acudiam correndo, com a língua melosa e os ferrões de fora, os lambedores de formigas.

    O que mais me assombrava era o interminável mimetismo da natureza virgem. Aqui tudo parecia outra coisa, criando-se um mundo de aparências que ocultava a realidade, pondo muitas verdades em interdição. Os jacarés que espreitavam nos baixos fundos da selva alagada, imóveis, com as goelas à espera, pareciam troncos podres, vestidos de caramujos; os cipós pareciam répteis e as serpentes pareciam lianas, quando suas peles não tinham nervuras de madeiras preciosas, olhos de asa de falena, escamas de ananás ou anéis de coral; as plantas aquáticas se apertavam num tapete denso, escondendo a água que lhes corria por baixo, fingindo-se vegetação de terra muito firme: as cascas caídas rapidamente adquiriam uma consistência de louro em salmoura, e os cogumelos eram como trilhas de cobre, como polvilhamentos de enxofre, junto à falsidade de um camaleão demasiado ramo, demasiado lápis-lazúli, demasiado chumbo estriado de um amarelo intenso, simulação, agora, de salpicos de sol caídos através de folhas que nunca deixavam passar o sol inteiro. A selva era o mundo da mentira, da armadilha e do falso semblante; ali tudo era disfarce, estratagema, jogo de aparências, metamorfose. Mundo do lagarto-pepino, da castanha-ouriço, da crisálida-centopeia, da larva com carne de cenoura e do peixe-elétrico que fulminava desde o remanso das linhaças. Ao passar perto das margens, as penumbras obtidas por vários tetos vegetais lançavam baforadas de frescor até as canoas. Bastava parar alguns segundos para que este alívio se transformasse num intolerável fervor de insetos. Em toda parte parecia haver flores; mas as cores das flores eram mentidas, quase sempre, pela vida de folhas em distinto grau de madurez ou decrepitude. Parecia haver frutos; mas a redondez, a madurez das frutas, eram mentidas por bulbos suados, veludos hediondos, vulvas de plantas insetívoras que eram como amores--perfeitos orvalhados de calda, cactáceas salpicadas que elevavam, a um palmo da terra, uma tulipa de esperma açafranado. E quando aparecia uma orquídea, lá, muito alto, mais acima do bambuzal, mais acima dos *yopos*, fazia-se algo tão irreal, tão inalcançável, como o mais vertiginoso *edelweiss* alpestre. Mas também existiam as árvores que não eram verdes, e balizavam as margens de maciços de amaranto ou se acendiam com amarelos de sarça ardente. Até o céu mentia às vezes, quando, invertendo sua altura no azougue dos charcos, afundava-se em profundidades celestemente abissais. Só as aves estavam em hora de verdade, dentro da clara identidade de suas plumagens. Não mentiam as garças quando inventavam a interrogação com o arco do pescoço, nem quando, ao grito do acará vigilante, levantavam seu espanto de plumas brancas. Não mentia o martim-pescador de gorro encarnado, tão frágil e pequeno naquele universo terrível, que só sua presença, junto à prodigiosa vibração do colibri, era coisa de milagre. Tampouco mentiam, no eterno baralhar-se das aparências e dos simulacros, nessa barroca proliferação de lianas, os alegres macacos leonados que, de repente, escandalizavam as folhagens com suas travessuras, indecências e bajulações de grandes crianças de cinco mãos. E acima de tudo, como se o assombroso de baixo fosse pouco, eu descobria um novo mundo de nuvens: essas nuvens tão diversas, tão próprias, tão esquecidas pelos homens, que ainda se amassam sobre a umidade das imensas selvas, ricas em água como os primeiros capítulos do Gênese; nuvens feitas como que de um mármore desgastado, retas em sua base, e que se desenhavam até tremendas alturas, imóveis, monumentais, com formas que eram as da matéria em que começa a se arredondar a forma de uma ânfora após girar um pouco o torno do oleiro. Essas nuvens, raramente enlaçadas entre si, estavam detidas no espaço, como que edificadas no céu, semelhantes a si mesmas, desde os tempos imemoriais em que presidiram a separação das águas e o mistério das primeiras confluências.

# 21

*(Tarde de terça-feira)*

Aproveitando-se de que paramos ao meio-dia, numa enseada frondosa, para dar algum descanso aos remadores e desintumescer as pernas, Yannes afastou-se de nós com a intenção de reconhecer o leito de uma torrente que, segundo ele, deve ser provida de diamantes. Mas já faz duas horas que o chamamos aos gritos, sem obter mais resposta que o eco de nossas vozes nas curvas do caudal lodoso. Na crescente irritação da espera, frei Pedro repreende os que se deixam cegar pela febre das pedras e do metal precioso. Ouço suas palavras com certo mal-estar, pensando que o Adelantado – a quem se atribui o achado de uma jazida fabulosa – acabará se ofendendo. Mas o homem sorri sob suas sobrancelhas emaranhadas, e pergunta ironicamente ao missionário por que reluzem tanto o ouro e a pedraria nas custódias de Roma. "Porque é justo" – responde frei Pedro – "que as mais formosas matérias da Criação sirvam para honrar a quem as criou." Depois, para me demonstrar que, se pede pompas para o altar, exige humildade do oficiante, investe duramente contra os párocos mundanos, a quem qualifica de novos vendedores de indulgências, ruminantes de nunciaturas e tenores do púlpito. "A eterna rivalidade entre a infantaria e a cavalaria", exclama o Adelantado, rindo. É evidente – penso eu – que certo clero urbano deve parecer singularmente ocioso, para não dizer tarado, a um ermitão com quarenta anos de apostolado na selva; e querendo lhe ser grato, passo a apoiar seus dizeres com exemplos de sacerdotes indignos e mercadores do templo. Mas frei Pedro corta-me a palavra com tom abrupto: "Para falar dos maus, terá de saber dos outros". E começa a me contar de gente para mim desconhecida; de padres despedaçados pelos índios do *Marañón*[2]; de um beato Diego barbaramente torturado pelo último Inca; de um Juan de Lizardi, trespassado pelas flechas paraguaias, e de quarenta frades degolados por um pirata herege, a quem a Doutora de Ávila, em estática visão, vira chegar ao céu, com passos pesados, assustando os anjos com suas terríveis caras de santos. Refere-se a tudo isto como se tivesse acontecido ontem; como se tivesse o poder de viajar pelo tempo para adiante e para trás. "Talvez porque sua missão se cumpre numa paisagem sem datas", digo para mim mesmo. Mas agora frei Pedro se dá conta de que o sol se oculta atrás das árvores, e interrompe sua hagiografia missionária para chamar Yannes, novamente, numa gritaria cominatória que não exclui o

---

2. *Marañon* tanto designa uma árvore sul-americana como é o nome do rio que, nascido no Peru, se junta ao *Ucayali* para formar o Amazonas – o texto provavelmente se refere a uma região banhada por aquele rio. (N. T.)

epíteto de arreeiros procurando um animal fugido. E quando reaparece o grego, são tais as bengaladas que dá o frade numa pedra que, no ato, nos vemos acocorados nas canoas. Ao reiniciar-se a navegação, compreendo a causa da irritação de frei Pedro ante a demora do mineiro. Agora o canal se estreita cada vez mais entre ribeiras inabordáveis que são como escarpados negros, anunciadores de paisagens distintas. E, de repente, a correnteza nos lança a toda a amplitude de um rio amarelo que desce, atormentado por corredeiras e redemoinhos, para o Rio Mayor, em cujo flanco se prenderá, levando-lhe o caudal de torrentes de toda uma vertente das Grandes Mesetas. O empuxo da água cresce hoje, perigosamente, com o peso de chuvas caídas em alguma parte. Adotando o ofício de guia, frei Pedro, com um pé apoiado em cada borda, vai conduzindo as canoas com o bastão. Mas a resistência é tremenda e a noite cai sobre nós sem que tenhamos saído do mais árduo da luta. De repente, há turbamulta no céu: baixa um vento frio que levanta tremendas ondas, as árvores soltam torvelinhos de folhas mortas, surge uma rajada de vento, e, sobre a selva bramante, estala a tormenta. Tudo se acende em verde. O raio martela com tal frequência que uma centelha mal termina de iluminar o horizonte quando outra já se desprende diante dela, abrindo-se em ramificações que imergem atrás dos montes novamente reaparecidos. A pestanejante claridade que vem de trás, da frente, dos lados, marcada às vezes pela tenebrosa silhueta de ilhas cujos emaranhados de árvores se erguem sobre as águas agitadas – essa luz de cataclismo, de chuva de aerólitos, produz em mim um repentino espanto, ao mostrar-me a proximidade dos obstáculos, a fúria das correntes, a pluralidade dos perigos. Não há salvação possível para quem caia no tumulto que golpeia, levanta, sacode nossa barca. Perdida toda a razão, incapaz de me sobrepor ao medo, abraço Rosario, buscando o calor de seu corpo, já não com gesto de amante, mas de menino que se pendura no pescoço de sua mãe, e permaneço deitado no piso da canoa, colocando o rosto em sua cabeleira, para não ver o que ocorre e escapar, nela, ao furor que nos circunda. Mas é difícil esquecê-lo, com o meio palmo de água morna que começa a chapinhar, dentro da própria canoa, de proa a popa. Mal dominando o equilíbrio das embarcações, vamos de caudal em caudal, embicando de proa nos barrancos, subindo em rochedos redondos, saltando adiante, enviesando-nos de modo vertiginoso para pegar uma corredeira de lado, sempre a ponto de virar, rodeados de espuma, sobre estas madeiras torturadas que chiam por toda a quilha. E para cúmulo começa a chover. Aumenta meu horror, agora, a visão do capuchinho, de barbas desenhadas em negro sobre os relâmpagos, que já não dirige a embarcação, mas reza. Com os dentes apertados, resguardando minha cabeça como se resguarda o crânio do filho recém-nascido numa ocasião perigosa, Rosario parece de uma surpreendente integridade. De bruços no chão, o Adelantado agarra nossos índios por seus cinturões, para impedir que um choque os arremesse à água, e possam continuar nos defendendo com seus remos. Prossegue a terrível luta durante um tempo que minha angústia torna interminável. Compreendo que o perigo passou quando frei Pedro volta a ficar na proa, apoiando os pés nas bordas. A tormenta leva seus últimos raios, tão rapidamente quanto os trouxe, fechando a horripilante sinfonia de suas iras com o acorde de um trovão muito fluente e prolongado, e a noite se enche de rãs que cantam seu júbilo em todas as margens. Desenrugando o lombo, o rio segue seu caminho para o Oceano remoto. Esgotado pela tensão nervosa, durmo sobre o peito de Rosario. Mas em seguida a canoa descansa num varadouro de areia, e ao me ver novamente sobre a terra firme, para a qual salta frei Pedro com um: "Graças a Deus!", compreendo que passou a Segunda Prova.

# 22

*(Quarta-feira, 20 de junho)*

Depois de um sono de muitas horas, peguei um cântaro e bebi longamente de sua água. Ao deixá-lo de lado, vendo que ficava no nível de minha cara, compreendi, ainda mal acordado, que me encontrava no chão, deitado sobre uma esteira de palha muito fina. Cheirava a fumaça de lenha. Havia um teto sobre mim. Recordei então o desembarque numa enseada; a caminhada para a aldeia dos índios; a sensação de esgotamento e de resfriado que levara Adelantado a me fazer tragar vários goles de uma aguardente tremendamente forte – a que aqui chamam de *estômago de fogo* –, que só provava como remédio. Atrás de mim, amassando o *casabe*, havia várias índias de peito nu, com o sexo apenas oculto por uma tanga branca, presa à cintura com um cordão passado entre as nádegas. Das paredes de folhas de palmeira pendiam arcos e flechas de pesca e de caça, zarabatanas, aljavas de dardos envenenados, cabaças de curare, e umas paletas em forma de espelho de mão que serviam – saberia depois – para a maceração de uma semente propiciadora de embriaguez, cujos pós se aspiravam por canudos feitos com esternos de pássaros. Diante da entrada, entre ramos enredados, três grandes peixes rubro-violáceos tostavam sobre um leito de brasas. Nossas redes, postas para secar, lembraram-me por que tínhamos dormido no chão. Com o corpo um tanto dolorido saí da *churuata*[3], olhei, e me detive estupefato,

---

3. Moradia indígena feita de palha, de forma cônica e grandes dimensões, onde se vive em comunidade. (N. T.)

com a boca cheia de exclamações que em nada podiam me livrar de meu assombro. Lá, atrás das árvores gigantescas, elevavam-se alguns blocos de rocha negra, enormes, maciços, de flancos verticais, como que talhados a prumo, que eram presença e verdade de monumentos fabulosos. Minha memória tinha de ir ao mundo de Bosch, às Babéis imaginárias dos pintores do fantástico, dos mais alucinados ilustradores de tentações de santos, para encontrar algo semelhante ao que estava contemplando. E mesmo quando encontrava uma analogia, tinha de renunciar a ela, de imediato, por uma questão de proporções. Isto que eu olhava era algo como uma titânica cidade – cidade de edificações múltiplas e espaçadas, com escadas ciclópicas, mausoléus metidos nas nuvens, esplanadas imensas dominadas por estranhas fortalezas de obsidiana, sem ameias nem frestas, que pareciam estar aí para defender a entrada de algum reino proibido ao homem. E lá, sobre aquele fundo de cirros, firmava-se a Capital das Formas: uma incrível catedral gótica, de uma milha de altura, com suas duas torres, sua nave, seu abside e seus arcobotantes, montada sobre um rochedo cônico feito de uma matéria estranha, com sombrias irisações de hulha. Os campanários eram varridos por névoas espessas que torvelinhavam ao serem rompidas pelos gumes do granito. Nas proporções dessas Formas rematadas por vertiginosos terraços, flanqueadas por tubulações de órgão, havia algo tão fora do real – morada de deuses, tronos e escadarias destinados à celebração de algum Julgamento Final – que o ânimo, pasmado, não procurava a menor interpretação daquela desconcertante arquitetura telúrica, aceitando sem raciocinar sua beleza vertical e inexorável. O sol, agora, punha reflexos de mercúrio sobre o impossível templo mais pendente do céu que encaixado na terra. Em planos de evanescências, que se definiam pelo maior ou menor ensombrecimento de seus valores, divisavam-se outras Formas, da mesma família geológica, de cujas bordas se desprendiam cascatas de cem rebotes, que acabavam por se desfazer em chuva antes de chegar às copas das árvores. Quase agoniado por tal grandeza, resignei-me, ao cabo de um momento, a baixar os olhos ao nível de minha estatura. Várias choças margeavam um remanso de águas negras. Uma criança aproximou-se de mim, mal sustentada por suas pernas inseguras, mostrando-me uma diminuta pulseira de peônias. Lá, onde corriam grandes aves negras, de bico alaranjado, apareceram vários índios, trazendo pescados trespassados num pau pelas guelras. Mais longe, com as crianças de peito penduradas nos mamilos, algumas mães teciam. Ao pé de uma árvore grande, Rosario, rodeada de anciãs que amassavam tubérculos leitosos, lavava roupas minhas. Em sua maneira de ajoelhar-se junto à água, com o cabelo solto e o osso de esfregar na mão, recobrava uma silhueta ancestral que a punha muito mais perto das mulheres daqui que daquelas que contribuíram com seu sangue, em gerações passadas, para clarear sua tez. Compreendi por que a que era agora minha amante havia me dado uma tal impressão de *raça*, no dia em que a vira regressar da morte à beira de um alto caminho. Seu mistério era emanação de um mundo remoto, cuja luz e cujo tempo não me eram conhecidos. Em torno de mim cada qual estava entregue às ocupações que lhe eram próprias, num aprazível concerto de tarefas que eram as de uma vida submetida aos ritmos primordiais. Aqueles índios que eu sempre vira através de relatos mais ou menos fantasiosos, considerando-os como seres situados à margem da existência real do homem, pareciam-me, em seu âmbito, em seu meio, absolutamente donos de sua cultura. Nada era mais alheio à sua realidade que o absurdo conceito do *selvagem*. A evidência de que desconheciam coisas que eram para mim essenciais e necessárias estava muito longe de vesti-los de primitivismo. A soberana precisão com que este flechava peixes no remanso, a excelência de coreógrafo com que o outro embocava a zarabatana, a harmoniosa técnica daquele grupo que ia recobrindo de fibras o madeiramento de uma casa comum, revelavam-me a presença de um ser humano que se tornou mestre na totalidade de ofícios propiciados pelo teatro de sua existência. Sob a autoridade de um velho tão enrugado que já não lhe restava carne lisa, os moços se exercitavam com severa disciplina no manejo do arco. Os varões moviam potentes dorsais, esculpidos pelos remos; as mulheres tinham ventres feitos para a maternidade, com fortes ancas que emolduravam um púbis largo e elevado. Havia perfis de uma singular nobreza, devido ao aquilino dos narizes e à espessura das cabeleiras. Além do mais, o desenvolvimento dos corpos estava realizado em função de sua utilidade. Os dedos, instrumentos para agarrar, eram fortes e ásperos; as pernas, instrumentos para andar, tinham sólidos tornozelos. Cada qual levava dentro seu esqueleto, envolto em carnes eficientes. Pelo menos, aqui não havia ofícios inúteis, como os que eu desempenhara durante tantos anos. Pensando nisto me dirigia para onde estava Rosario, quando o Adelantado apareceu na porta de uma choça, chamando-me com jubilosas exclamações. Acabava de dar com o que eu buscava nesta viagem: com o objeto e término de minha missão. Ali, no chão, junto a uma espécie de fogareiro, estavam os instrumentos musicais cuja coleção me havia sido encomendada no começo do mês. Com a emoção do peregrino que alcança a relíquia pela qual tivesse percorrido a pé vinte países estranhos, pus a mão sobre o cilindro ornamentado a fogo, com empunhadura em forma de cruz, que assinalava a passagem do bastão de ritmo ao mais primitivo dos tambores. Vi logo a maraca ritual, atravessada por um ramo emplumado, as trompas de corno de veado, os chocalhos de adornos e a trombeta de barro para chamar os pescadores perdidos nos pântanos. Aí estavam os jogos de charamelas, em sua condição primordial de antepassados do órgão. E aí estava, sobretudo, dotada da certa gravidade desagradável que reveste tudo aquilo que toca a morte de perto, a jarra de som rouco e sinistro, já com algo de ressonância de sepultura, com suas duas canas encaixadas nas costas, tal qual estava representada no livro que a descrevera pela primeira vez. Ao concluir as trocas que me deram a posse daquele arsenal de coisas criadas pelo mais nobre instinto do homem, pareceu-me que entrava em um novo ciclo de minha existência. A missão estava cumprida. Em justos quinze dias havia alcançado meu objetivo de modo realmente louvável, e, orgulhoso disso, apalpava deleitosamente os troféus do dever cumprido. O resgate da jarra sonora – peça magnífica – era o primeiro ato excepcional, memorável, que se inscrevera até agora em minha existência. O objeto crescia em minha própria estima, ligado a meu destino, abolindo, naquele instante, a distância que me separava de quem me havia confiado esta tarefa, e talvez pensasse em mim agora, sopesando algum instrumento primitivo com gesto parecido ao meu. Permaneci em silêncio durante um tempo que o contentamento interior liberou de toda medida. Quando retornei à ideia em transcurso, com espreguiçar-se de adormecido que abre os olhos, pareceu-me que algo, dentro de mim, amadurecera enormemente, manifestando-se sob a forma singular de um grande contraponto de Palestrina, que ressonava em minha cabeça com a presente majestade de todas suas vozes.

Ao sair da choça em busca de lianas para atar, observei que um alvoroço inabitual havia quebrado o ritmo das tarefas da aldeia. Frei Pedro movia-se com ligeireza de dançarino, entrando e saindo da *churuata*, seguido de Rosario, em meio a um círculo de índias que gorjeavam. Em frente à entrada ele havia disposto, sobre uma mesa de ramos entrelaçados, um mantel de renda, muito roto, remendado com fios de espessuras diversas, entre duas xícaras transbordantes de flores amarelas. No meio, pôs a cruz de madeira negra que pendia de seu pescoço. Depois, de uma maleta de couro pardo, muito puído, que sempre levava consigo, tirou os ornamentos e objetos litúrgicos – alguns muito danificados –, mordidos por negras ferrugens, que esfregava com a borda das mangas antes de dispô-los sobre o altar. Eu via com crescente surpresa como o Cálice e a Hóstia se desenhavam sobre a Pedra de Ara; como o Purificador se abria sobre o Cálice, e o Corporal se situava entre as duas luminárias rituais. Tudo aquilo, em semelhante lugar, parecia-me ao mesmo tempo absurdo e surpreendente. Sabendo que o Adelantado participava disso com espírito forte, interroguei-o com o olhar. Como se se tratasse de uma coisa diversa, que pouco tivesse a ver com a religião, falou-me de uma missa prometida em ação de graças durante a tempestade da noite anterior. Aproximou-se do altar, diante do qual se encontrava Rosario. Yannes, que devia ser homem de ícones, passou a meu lado resmungando algo a respeito de Cristo ser um só. Os índios, a certa distância, olhavam. O chefe da Aldeia, a meio caminho, adotava uma atitude respeitosa – todo enrugado em meio a seus colares de dentes caninos. As mães acalmavam os choros de suas crianças. Frei Pedro voltou-se para mim: "Filho, estes índios recusam o batismo; não queria que o vissem indiferente. Se não quiser fazê-lo por Deus, faça-o por mim". E apelando à mais universal das dúvidas, acrescentou, em tom mais áspero: "Lembre-se de que você estava nas mesmas barcas e também teve medo". Houve um longo silêncio. E então: *In nomi-*

*ne Patris, et Filii et Spiritus Sancti. Amen.* Uma dolorosa secura surgiu em minha garganta. Aquelas palavras imutáveis, seculares, cobravam uma prodigiosa solenidade em meio à selva – como que brotadas dos subterrâneos da primeira cristandade, das irmandades do começo –, encontrando novamente, sob estas árvores jamais abatidas, uma função heróica anterior aos hinos entoados nas naves das catedrais triunfantes, anterior aos campanários erguidos à luz do dia. *Sanctus, Sanctus, Sanctus, Dominus Deus Sabaoth...* Os troncos eram as colunas que aqui faziam sombra. Sobre nossas cabeças pesavam folhagens cheias de perigos. E ao nosso redor estavam os gentis, os adoradores de ídolos, contemplando o mistério desde seu nártex de lianas. Eu me divertira, ontem, em fingir que éramos Conquistadores em busca de Manoa. Mas de súbito me deslumbra a revelação de que nenhuma diferença há entre esta missa e as missas que ouviram os Conquistadores do Eldorado em semelhantes lonjuras. O tempo retrocedeu quatro séculos. Esta é uma missa de Descobridores, recém-atracados a margens sem nome, que plantam os sinais de sua migração solar para o Oeste, ante o assombro dos Homens do Milho. Aqueles dois – o Adelantado e Yannes – que estão ajoelhados em ambos os lados do altar, magros, enegrecidos, um com cara de labrego estremenho, outro com perfil de algebrista recém-assentado nos Livros da Casa da Contratação, são soldados da Conquista, feitos de carne-seca e de ranço, curtidos pelas febres, mordidos por animálias, orando com estampa de doadores, junto ao morrião deixado entre as ervas de seivas acres. *Miserere nostri, Domine, miserere nostri. Fiat misericordia* – salmodia o capelão da Entrada, num tom que detém o tempo. Acaso transcorre o ano 1540. Nossas naus foram açoitadas por uma tempestade e o monge nos narra agora, no estilo da sagrada escritura, como foi feito no mar tão grande movimento que o barco era coberto pelas ondas; mas Ele dormia, e, acercando-se, seus discípulos o despertaram dizendo: *Senhor, salvai-nos porque perecemos;* e Ele lhes diz: *por que temeis, homens de pouca fé?*, e então, levantando-se, repreendeu os ventos e o mar e foi uma grande bonança. Acaso transcorre o ano 1540. Mas não é certo. Os anos subtraem-se, diluem-se, esfumam-se, em vertiginoso retrocesso do tempo. Não entramos ainda no século XVI. Vivemos muito antes. Estamos na Idade Média. Porque não é o homem renascentista quem realiza o Descobrimento e a Conquista, mas o homem medieval. Os alistados na magna empresa não saem do Velho Mundo por portas de colunas tomadas do Palladio, mas passando sob o arco românico, cuja memória levaram consigo ao edificar seus primeiros templos do outro lado do Mar Oceano, sobre a sangrenta base de uma coluna dos teocales. A cruz românica, vestida de tenazes, cravos e lanças, foi escolhida para lutar com os que usavam semelhantes equipamentos de holocausto em seus sacrifícios. Medievais são os jogos de diabos, passeios de tarascas, danças de Pares da França, romances de Carlos Magno, que tão fielmente perduram em tantas cidades que atravessamos recentemente. E agora me dou conta desta verdade assombrosa: da tarde do Corpus em Santiago de los Aguinaldos, vivo na prematura Idade Média. Pode pertencer a outro calendário um objeto, uma peça de vestir, um remédio. Mas o ritmo de vida, os modos de navegação, a candeia e a panela, o alongamento das horas, as funções transcendentais do Cavalo e do Cão, o modo de reverenciar os Santos, são medievais – medievais como as prostitutas que viajam de paróquia a paróquia em dias de feira, como os patriarcas enérgicos, orgulhosos em reconhecer quarenta filhos de diversas mães que lhes pedem a bênção à sua passagem. Compreendo agora que convivi com os burgueses de bom trago, sempre dispostos a provar a carne de alguma moça do serviço, cuja vida jocunda me fizera sonhar tantas vezes nos museus; trinchei os leitõezinhos de tetas chamuscadas, de suas mesas, e compartilhei a desmedida afeição pelas especiarias que lhes fizeram procurar os novos caminhos das Índias. Em cem quadros eu conhecera suas casas de toscos ladrilhos vermelhos, suas cozinhas enormes, seus portões cravejados. Conhecia esses hábitos de levar o dinheiro preso no cinturão, de dançar danças de par solto, de preferir os instrumentos de plectro, de pôr os galos para brigar, de armar grandes bebedeiras em torno de um assado. Conhecia os cegos e paralíticos de suas ruas; os emplastros, solimões e bálsamos curativos com que aliviavam suas dores. Mas os conhecia através do verniz das pinacotecas, como testemunho de um passado morto, sem recuperação possível. E eis que aqui, de súbito, esse passado se faz presente. Que o apalpo e aspiro. Que vislumbro agora a estupefaciente possibilidade de viajar no tempo, como outros viajam no espaço... *Ite misa est. Benedicamus Domino. Deo Gratias.* A missa havia terminado, e com ela o Medievo. Mas as datas continuavam perdendo algarismos. Em fuga desmedida, os anos se esvaziavam, destranscorriam, apagavam-se, preenchendo calendários, devolvendo luas. Passando dos séculos de três cifras ao século dos números. Perdeu o Graal seu esplendor, caíram os cravos da cruz, os mercadores voltaram para o templo, apagou-se a estrela do Natal, e foi o Ano Zero, em que retornou ao céu o Anjo da Anunciação. E voltaram a crescer as datas do outro lado do Ano Zero – datas de dois, de três, de cinco números –, até que alcançamos o tempo em que o homem, cansado de errar sobre a terra, inventou a agricultura ao fixar suas primeiras aldeias nas margens dos rios, e, necessitado de maior música, passou do bastão de ritmo ao tambor que era um cilindro de madeira ornamentado ao fogo, inventou o órgão ao soprar numa cana oca, e chorou seus mortos fazendo bramar uma ânfora de barro. Estamos na era Paleolítica. Quem dita leis aqui, quem tem direito de vida e morte sobre nós, quem tem o segredo dos alimentos e peçonhas, quem inventa as técnicas, são homens que usam a faca de pedra e o raspador de pedra, o anzol de espinho e o dardo de osso. Somos intrusos, forasteiros ignorantes – metecos de breve estada –, numa cidade que nasce na aurora da História. Se o fogo que agora as mulheres abanam se apagasse de repente, seríamos incapazes de acendê-lo novamente apenas com a diligência de nossas mãos.

# 23

*(Quinta-feira, 21 de junho)*

Conheço o segredo do Adelantado. Confiou-o a mim ontem, junto ao fogo, cuidando de que Yannes não pudesse nos ouvir. Falam de seus achados de ouro; consideram-no rei de antigos quilombeiros, atribuem-lhe escravos; outros imaginam que tem várias mulheres num gineceu selvático, e que suas solitárias viagens se devem à vontade de que suas amantes não vejam outros homens. A verdade é muito mais bela. Quando foi revelada em poucas palavras, fiquei maravilhado pelo vislumbre de uma possibilidade jamais imaginada – estou certo disso – por homem algum de minha geração. Antes de dormir na noite do alpendre, onde o leve balanço de nossas redes arranca um compassado rangido das cordas, digo a Rosario, através dos estambres, que prosseguiremos a viagem durante alguns dias. E quando temo encontrar alguma fadiga, algum desalento, ou uma pueril preocupação de retornar, responde-me com um corajoso consentimento.

A ela não importa aonde vamos, nem parece inquietar-se por haver comarcas próximas ou remotas. Para Rosario não existe a noção de *estar longe* de algum lugar prestigioso, particularmente propício à plenitude da existência. Para ela, que cruzou fronteiras sem deixar de falar o mesmo idioma e que jamais pensou em atravessar o Oceano, o centro do mundo está onde o sol a ilumina, de cima, ao meio-dia. É mulher de terra, e enquanto se ande sobre a terra e se coma, e haja saúde, e haja homens a quem servir de molde e medida com a recompensa daquilo que chama "o prazer do corpo", cumpre-se um destino que mais vale não andar analisando muito, porque é regido por "coisas grandes", cujo mecanismo é obscuro, e que, em todo caso, ultrapassam a capacidade de interpretação do ser humano. Por isso mesmo, costuma dizer que "é mau pensar em certas coisas". Ela chama a si mesma de *Sua mulher*, referindo-se a ela na terceira pessoa: "*Sua mulher* estava dormindo; *Sua mulher* o procurava"... E nessa constante reiteração do possessivo encontro como que uma solidez de conceito, uma cabal definição de situações, que a palavra esposa nunca me dera. *Sua mulher* é afirmação anterior a todo contrato, a todo sacramento. Tem a verdade primeira desse *útero* que os tradutores dissimulados da Bíblia substituem por *entranhas*, subtraindo fragor a certos gritos proféticos. Além disso, esta definidora simplificação do texto é habitual em Rosario. Quando alude a certas intimidades de sua natureza que não devo ignorar como amante, emprega expressões ao mesmo tempo inequívocas e pudicas que lembram os "costumes de mulheres" invocados por Raquel diante de Labão. Tudo o que pede *Sua mulher* esta noite é que eu a leve comigo aonde vá. Agarra sua roupa e segue o varão sem perguntar mais. Sei muito pouco dela. Não compreendo bem se é desmemoriada ou não quer falar de seu passado. Não esconde que viveu com outros homens. Mas estes marcaram etapas de sua vida cujo segredo defende com dignidade – ou talvez porque considere pouco delicado deixar-me supor que algo ocorrido antes de nosso encontro possa ter alguma importância. Esse viver no presente, sem possuir nada, sem arrastar o ontem, sem pensar no amanhã, parece-me assombroso. E, no entanto, é evidente que essa disposição de ânimo deve prolongar consideravelmente as horas de seus trânsitos de sol a sol. Fala de dias que foram muito longos e de dias que foram muito breves, como se os dias se sucedessem em tempos distintos – tempos de uma sinfonia telúrica que também tivesse seus andantes e adágios, entre jornadas levadas em movimento presto. O surpreendente é que – agora que a hora nunca me preocupa – percebo por minha vez os distintos valores dos lapsos, a dilatação de algumas manhãs, a parcimoniosa elaboração de um crepúsculo, atônito ante tudo o que cabe em certos tempos dessa sinfonia que estamos lendo ao revés, da direita para a esquerda, contra a clave de *sol*, retrocedendo para os compassos do Gênese. Porque, ao entardecer, caímos no habitat de um povo de cultura muito anterior aos homens com os quais convivemos ontem. Saímos do Paleolítico – das indústrias paralelas às magdalenenses e aurignacenses, que tantas vezes me detiveram à beira de certas coleções de utensílios líticos com um "não vá mais" que me situava no começo da noite das idades –, para entrar num âmbito que fazia retroceder os limites da vida humana ao mais tenebroso da noite das idades. Esses indivíduos com pernas e braços que vejo agora, tão semelhantes a mim; essas mulheres cujos seios são úberes flácidos que pendem sobre ventres inchados; esses meninos que se estiram e encolhem com gestos felinos; essas pessoas que ainda não adquiriram o pudor primordial de ocultar os órgãos da reprodução, que *estão nuas sem o saber*, como Adão e Eva antes do pecado, são, no entanto, homens. Não pensaram ainda em valer-se da energia da semente; não se assentaram, nem imaginam o ato de semear; seguem em frente, sem rumo, comendo corações de palmeiras, que vão disputar com os símios, lá em cima, pendurando-se nos tetos da selva. Quando as águas em cheia os isolam durante meses em alguma região entre rios, e pelaram as árvores como cupins, devoram larvas de vespa, triscam formigas e lêndeas, escavam a terra e devoram os vermes e as minhocas que lhes caem sob as unhas, antes de amassar a terra com os dedos e comer a própria terra. Apenas se conhecem os recursos do fogo. Seus cães fugidios, com olhos de raposas e de lobos, são cães anteriores aos cães. Contemplo os semblantes sem sentido para mim, compreendendo a inutilidade de toda palavra, admitindo de antemão que nem sequer poderíamos nos encontrar na coincidência de uma gesticulação. O Adelantado me agarra por um braço e me faz observar um oco lamacento, espécie de pocilga hedionda, cheia de ossos roídos, onde vejo se erguerem as mais horríveis coisas que meus olhos haviam conhecido: são como dois fetos viventes, com barbas brancas, de cujas bocas belfudas soa um gemido semelhante ao choro de um recém-nascido; anões enrugados, de ventres enormes, cobertos de veias azuis como figuras de pranchas anatômicas, que sorriem estupidamente, com algo temeroso e servil no olhar, metendo os dedos entre os colmilhos. Tal é o horror que me produzem esses seres, que me viro de costas para eles, movido, ao mesmo tempo, pela repulsa e pelo espanto. "Cativos" – diz o Adelantado, sarcástico –, "cativos dos outros que se consideram a raça superior, única dona legítima da selva." Sinto uma espécie de vertigem ante a possibilidade de outros escalões de retrocesso, ao pensar que essas larvas humanas, de cujas virilhas pende um sexo erétil como o meu, não sejam ainda *o último*. Que possam existir, em alguma parte, cativos desses cativos, erigidos por sua vez em espécie superior, predileta e autorizada, que já não saibam roer nem os ossos deixados por seus cães, que disputem carniças com os abutres, que uivem o seu cio, nas noites do cio, com uivos de fera. Não há nada em comum entre mim e esses entes. Nada. Tampouco tenho a ver com seus amos, os comedores de vermes, os lambedores de terra, que me rodeiam... E, no entanto, em meio às redes que não são bem redes – são, mais, berços de lianas –, onde se deitam e fornicam e procriam, há uma forma de barro endurecida ao sol: uma espécie de jarra sem asas, com dois buracos abertos lado a lado, na borda superior, e um umbigo desenhado na parte convexa com a pressão de um dedo apoiado na matéria, quando ainda estivesse mole. Isto é Deus. Mais que Deus: é a Mãe de Deus. É a Mãe, primordial de todas as religiões. O princípio fêmea, genésico, matriz, situado no secreto prólogo de todas as teogonias. A Mãe, de ventre volumoso, ventre que é de uma vez úberes, vaso e sexo, primeira figura que os homens modelaram, quando das mãos nascera a possibilidade do Objeto. Tinha diante de mim a Mãe dos Deuses Crianças, dos totens dados aos homens para que fossem adquirindo o hábito de tratar com a divindade, preparando-se para o uso dos Deuses Maiores. A Mãe, "solitária, fora do espaço e mais ainda do tempo", de quem Fausto pronunciara apenas o enunciado de *Mãe*, por duas vezes, com terror. Vendo agora que as anciãs de púbis enrugado, os trepadores de árvores e as fêmeas prenhes me olham, esboço um torpe gesto de reverência para a vasilha sagrada. Estou em morada de homens e devo respeitar seus Deuses... Mas então todos começam a correr. Atrás de mim, sob uma massa de folhas penduradas nos ramos que servem de teto, acabam de estender o corpo inchado e negro de um caçador mordido por um crótalo. Frei Pedro diz que morreu há várias horas. No entanto, o Feiticeiro começa a sacudir uma cabaça cheia de cascalho – único instrumento que conhece esta gente – para tratar de afugentar os mandatários da Morte. Há um silêncio ritual, preparador do ensalmo, que leva a expectativa dos que esperam por seu apogeu. E na grande selva que se enche de espantos noturnos, surge a Palavra. Uma palavra que já é mais do que palavra. Uma palavra que imita a voz de quem diz, e também a que se atribui ao espírito que possui o cadáver. Uma sai da garganta do ensalmador; a outra, de seu ventre. Uma é grave e confusa como um subterrâneo fervor de lava; a outra, de timbre médio, é colérica e destemperada. Alternam-se. Respondem-se. Uma repreende quando a outra geme; a do ventre torna-se sarcasmo quando a que surge da goela parece coagir. Há como que portamentos guturais, prolongados em uivos; sílabas que de repente se repetem muito, chegando a criar um ritmo; há trinados interrompidos de súbito por quatro notas que são o embrião de uma melodia. Mas vem em seguida o vibrar da língua entre os lábios, o ronco para dentro, o arquejo em contratempo sobre a maraca. É algo situado muito além da linguagem, e que, no entanto, está muito longe ainda do canto. Algo que ignora a vocalização, mas já é algo mais que palavra. A ponto de se prolongar, parece horrível, pavorosa, essa gritaria sobre o cadáver rodeado de cães mudos. Agora, o Feiticeiro o encara, vocifera, golpeia com os calcanhares no chão, no mais desgarrado de um furor imprecatório que já é a verdade profunda de toda tragédia – intento primordial de luta contra as potências de aniquilamento que se atravessam nos cálculos do homem. Trato de me manter fora disso, de guardar distâncias. E, no entanto, não posso furtar-me à horrenda fascinação que esta cerimônia exerce sobre mim... Ante a teimosia da Morte, que se nega a soltar sua presa, a Palavra, de repente, abranda-se e desanima. Na boca do Feiticeiro, do órfico ensalmador, estertora e cai, convulsivamente, o Treno – pois isto e não outra coisa é um *treno* –, deixando-me deslumbrado pela revelação de que acabo de assistir ao Nascimento da Música.

# 24

*(Sábado, 23 de junho)*

Faz dois dias que andamos sobre a armação do planeta, esquecidos da História e até das obscuras migrações das eras sem crônicas. Lentamente, subindo sempre, navegando lances de torrentes entre uma cascata e outra cascata, canais quietos entre um salto e outro salto, obrigados a içar as barcas ao compasso de celeumas de degrau em degrau, alcançamos o solo em que se elevam as Grandes Mesetas. Lavadas de sua vestimenta – quando a tiveram – por milênios de chuvas, são Formas de rocha nua, reduzidas à grandiosa elementaridade de uma geometria telúrica. São os primeiros monumentos que se ergueram sobre a crosta terrestre, quando ainda não havia olhos que pudessem contemplá-los, e sua própria velhice, sua estirpe ímpar, confere-lhes esmagadora majestade. Há os que parecem imensos cilindros de bronze, pirâmides incompletas, longos cristais de quartzo parados entre as águas. Há os mais abertos no topo que na base, todos gretados de alvéolos, como gigantescas madréporas. Há os que têm uma misteriosa solenidade de *Portas de Algo* – de Algo desconhecido e terrível – a que devem conduzir esses túneis que se afundam em seus flancos, a cem palmos sobre nossas cabeças. Cada meseta se apresenta com uma morfologia própria, feita de arestas, de cortes bruscos, de perfis retos ou quebrados. A que não se adorna de um obelisco encarnado, de um farelhão de basalto, tem um terraço flanqueador, recorta-se em biséis, afia seus ângulos, ou se coroa com estranhos cipós que parecem figuras em procissão. De repente, rompendo com essa severidade do criado, algum arabesco da pedra, alguma fantasia geológica, confabula com a água para pôr um pouco de movimento neste país do inalterável. É, lá, uma montanha de granito quase vermelho, que solta sete cascatas amarelas pelas ameias de uma cornija cimeira. É um rio que se lança ao vazio e se desfaz em arco-íris sobre a costa petrificada, balizada por árvores. As espumas de uma torrente agitam-se sob enormes arcos naturais, aumentados por ecos estrondosos, antes de se dividir e cair numa sucessão de tanques que se derramam uns nos outros. Adivinha-se que acima, nos cumes, no escalonamento das últimas planícies lunares, há lagos vizinhos das nuvens que guardam suas águas virgens em solidões nunca pisadas por pés humanos. Há geadas no amanhecer, fundos gelados, margens opalescentes, e profundezas que se enchem de noite antes do crepúsculo. Há monólitos eretos na borda dos cimos, agulhas, sinais, fendas que respiram suas névoas; penhascos rugosos, que são como coágulos de lava – meteoritos, talvez caídos de outro planeta. Não falamos. Ficamos sobressaltados ante o fausto das magnas obras, ante a pluralidade dos perfis, o alcance das sombras, a imensidão das esplanadas. Vemo-nos como intrusos, prestes a serem expulsos de um domínio proibido. O que se abre diante de nossos olhos é o mundo anterior ao homem. Abaixo, nos grandes rios, ficaram os sáurios monstruosos, as anacondas, os peixes com tetas, os laulaus cabeçudos, os esqualos de água doce, os gimnotídeos e lepidossirenes, que ainda carregam sua estampa de animais pré-históricos, legado das dragonadas do

Terciário. Aqui, ainda que algo fuja sob as samambaias arborescentes, ainda que a abelha trabalhe nas cavernas, nada parece saber de seres vivos. Acabam de se apartar as águas, apareceu a Seca, fez-se a erva verde, e, pela primeira vez, experimentam-se os fogaréus que haverão de senhorear no dia e na noite. Estamos no mundo do Gênese, no fim do Quarto Dia da Criação. Se retrocedêssemos um pouco mais, chegaríamos aonde começara a terrível solidão do Criador – a tristeza sideral dos tempos sem incenso e sem louvores, quando a terra era desordenada e vazia, e as trevas estavam sobre a face do abismo.

# Quinto capítulo

*Cânticos foram para mim teus estatutos...*
SALMO 119

## 25

*(Domingo, 24 de junho)*

O Adelantado levantou o braço, sinalizando o rumo do Ouro, e Yannes se despede de nós para procurar o tesouro da terra. Solitário há de ser o mineiro que não quer compartilhar seu achado; avaro em seus manejos, mentiroso em seus dizeres, apagando o caminho atrás de si como o animal que varre seus rastros com a cauda. Há um instante de emoção quando abraçamos esse camponês com perfil de aqueu, conhecedor de Homero, que tanto parecia ter se apegado a nós. Hoje deixa-se guiar pela cobiça do metal precioso que fazia de Micenas uma cidade de ouro, e empreende a rota dos aventureiros. Quer nos dar um presente, e não tendo mais que a roupa que veste, estende-nos, a Rosario e a mim, o tomo da *Odisseia*. Alvoroçada, *Sua mulher* o agarra acreditando que é uma História Sagrada e que nos trará boa sorte. Antes que eu possa esclarecê-la, Yannes se afasta de nós, a caminho de sua barca, de torso nu ao amanhecer, levando seu remo no ombro com surpreendente aspecto de Ulisses. Frei Pedro o benze, e prosseguimos nossa navegação nas águas de um estreito canal que terá de nos conduzir ao mole da Cidade. Porque, agora que o grego partiu, pode-se falar em voz alta do segredo: o Adelantado fundou uma cidade. Não canso de me repetir tal coisa desde que isto de *uma cidade* me fora confiado, faz poucas noites, acendendo mais luminárias em minha imaginação que os nomes das gemas mais cobiçadas. Fundar uma cidade. Eu fundo uma cidade. Ele fundou uma cidade. É possível conjugar semelhante verbo. Pode-se ser Fundador de uma Cidade. Criar e governar uma cidade que não figure nos mapas, que se subtraia aos horrores da Época, que nasça assim, da vontade de um homem, neste mundo do Gênese. A primeira cidade. A cidade de Enoch, edificada quando ainda não haviam nascido Tubalcaim, o ferreiro, nem Jubal, o tangedor da harpa e do órgão... Recosto a cabeça no regaço de Rosario, pensando nos imensos territórios, nas serras inexploradas, nas mesetas sem conta, onde se poderiam fundar cidades neste continente de natureza ainda não vencida pelo homem; embala-me o compassado chape-chape da voga e mergulho numa sonolência feliz, em meio às águas vivas, perto de plantas que já recobram fragrâncias de montanha, respirando um ar fino que ignora as exasperantes pragas da selva. As horas transcorrem calmamente, margeando-se as mesetas, passando-se de um curso a outro por pequenos labirintos de águas mansas que, de súbito, fazem-nos voltar as costas ao sol, para recebê-lo de frente, depois, à volta de um farelhão revestido de heras raras. E cai a tarde quando por fim se amarra a barca e posso subir ao portento de Santa Mónica de los Venados[1]. Mas a verdade é que me detenho, desconcertado. O que vejo ali, no meio do pequeno vale, é um espaço de uns duzen-

---

1. Santa Mônica dos Veados. (N. T.)

tos metros de lado, limpo a machete, em cujo extremo se avista uma casa grande, de paredes de taipa, com uma porta e quatro janelas. Há duas moradias menores, semelhantes à primeira quanto à construção, situadas em ambos os lados de uma espécie de armazém ou estábulo. Também se veem umas dez choças índias, de cujas fogueiras se levanta uma fumaça esbranquiçada. O Adelantado me diz, com um tremor de orgulho na voz: "Esta é a Praça Maior... Essa, a Casa do Governo... Ali vive meu filho Marcos... Lá, minhas três filhas... No paiol temos grãos e equipamento e algumas bestas... Atrás, o bairro dos índios...". E acrescenta, voltando-se para frei Pedro: "Em frente à Casa do Governo ergueremos a Catedral". Não terminou de me indicar a horta, as semeaduras de milho, o cercado em que se inicia uma criação de porcos e de cabras, graças aos varrascos e chibatos trazidos, com incríveis sofrimentos, desde Puerto Anunciación, quando a vizinhança extravasa, arma-se a gritaria de boas-vindas, e as esposas índias, e as filhas mestiças, e o filho alcaide, e todos os índios, acodem para receber seu Governador, acompanhado do primeiro Bispo. "Santa Mónica de los Venados" – adverte-me frei Pedro –, "porque esta é terra do veado vermelho; e Mónica se chamava a mãe do fundador: Mónica, aquela que pariu Santo Agostinho, santa que fora *mulher de um só varão, e que por si mesma criara seus filhos.*" Confesso-lhe, no entanto, que a palavra *cidade* me havia sugerido algo mais imponente ou extraordinário. "Manoa?", pergunta-me o frade com ironia. Não é isso. Nem Manoa, nem Eldorado. Mas eu havia pensado em algo diverso. "Assim eram em seus primeiros anos as cidades que Francisco Pizarro, Diego de Losada ou Pedro de Mendoza fundaram", observa frei Pedro. Meu silêncio aquiescente não exclui, porém, uma série de interrogações novas que os preparativos de um festim de pernis assados num fogo de lenha me impedem de formular imediatamente. Não compreendo como o Adelantado, em oportunidade ímpar de fundar uma vila fora da Época, põe sobre si o estorvo de uma igreja que lhe traz o tremendo fardo de seus cânones, interditos, aspirações e intransigências, tendo-se em conta, sobretudo, que não alenta uma fé muito sólida e aceita as missas, preferentemente, quando são ditas em ação de graças por perigos vencidos. Mas não há muitas oportunidades, agora, para fazer perguntas. Deixo-me invadir pela alegria de ter chegado a alguma parte. Ajudo a assar a carne, busco lenha, interesso-me pelo canto dos que cantam, e relaxo as articulações com uma espécie de pulque borbulhante, com sabor de terra e resina, que todos bebem em xícaras passadas de boca em boca... E mais tarde, quando todos tenham se fartado, quando dormirem os do casario índio e as filhas do Fundador se recolherem em seu gineceu, escutarei, junto à lareira da Casa do Governo, uma história que é história de rumos. "Pois, senhor" – diz o Adelantado, jogando um ramo no fogo –, "meu nome é Pablo, e meu sobrenome é tão corrente como chamar-se Pablo, e se o título de Adelantado soa a grandes feitos, direi a vocês que se trata apenas de um mote que me deram alguns mineiros, ao ver que sempre me adiantava aos outros em fazer passar por minha bateia as areias de um rio..."

Sob o emblema do caduceu, um homem de vinte anos, com o peito lacerado por uma tosse rebelde, olha para a rua através das bolas de cristal, cheias de água colorida, de uma farmácia de velhos. Perto dali é a província das matinas e rosários, das pastas de mel e folhados de monjas; passa o padre com sua proteção, e ainda há o sereno[2] que canta por Marias Santíssimas a hora em noi-

---

2. Guarda-noturno que, além de vigiar as ruas, anuncia em voz alta as horas e o estado do tempo. (N. T.)

te nublada. Mais além estão as Terras do Cavalo, durante jornadas e jornadas; depois, os caminhos que sobem, e a cidade de casas crescidas, onde o adolescente não achou senão ofícios de sombras, de porões, de carvoarias e de fossas. Vencido e doente, ofereceu-se para trabalhar em farmácia, em troca de remédios e albergue. Ensinaram-lhe algo sobre macerações, e confiam-lhe as receitas de prescrição caseira, à base de noz-vômica, raiz de alteia ou tártaro emético. E na hora da sesta, quando ninguém transita à sombra dos beirais, o moço se encontra só no laboratório, de costas para a rua, e ocorre que suas mãos adormecem sobre a linhaça, contemplando, por entre as moletas e almofarizes, o correr lento de um largo rio cujas águas vêm das terras do ouro. Às vezes, trazidos por barcos tão velhos que carregam uma imagem de outros tempos, descem no desembarcadouro próximo uns homens de andar arqueado, que tateiam com bastões as pranchas podres do cais, como se ao chegar ao porto desconfiassem ainda das armadilhas e atoleiros da terra. São mineiros palúdicos, seringueiros que coçam as sarnas, leprosos das missões abandonadas, que vão à farmácia, alguns por quinina, alguns por chalmugra, alguns por enxofre, e ao falarem das comarcas onde creem ter contraído suas pragas, vão descerrando, diante do obscuro praticante, as cortinas de um mundo ignorado. Chegam os vencidos, mas chegam, também, os que arrancaram do barro uma mirífica gema, e, durante oito dias, poderão fartar-se de fêmeas e de música. Passam os que nada encontraram, mas trazem os olhos febris pelo pressentimento de um tesouro possível. Esses não descansam nem perguntam onde há mulheres. Fecham-se a chave em seus aposentos, examinando as amostras que trazem em frascos, e, mal curados de uma chaga ou aliviados de um furúnculo, partem, de noite, à hora em que todos dormem, sem revelar o segredo de seu rumo. O jovem não inveja os de sua idade que, a cada segunda-feira do ano, depois de ouvirem uma última missa na igreja do púlpito carcomido, saem com suas roupas de domingo, para ir à cidade longínqua. Transitando de frascos a receituários, aprende a falar de jazidas novas: conhece os nomes daqueles que encomendam garrafões de água de flor-de-laranjeira para banhar suas índias; repassa os estranhos nomes de rios ignorados pelos livros; obcecado pela percuciente sonoridade do Cataniapo ou do Cunucunuma, sonha diante dos mapas, contemplando incansavelmente as áreas coloridas em verde, nuas, onde não aparecem nomes de povoações. E um dia, à aurora, sai por uma janela de seu laboratório, para o embarcadouro onde os mineiros içam a vela de sua barca, e oferece remédios em troca de ser levado. Durante dez anos compartilha as misérias, desenganos, rancores, insistências mais ou menos afortunadas, dos buscadores. Nunca favorecido, aventura-se mais longe, cada vez mais longe, cada vez mais só, já habituado a falar com sua própria sombra. E uma manhã assoma ao mundo das Grandes Mesetas. Caminha durante noventa dias, perdido entre montanhas sem nome, comendo larvas de vespas, formigas, gafanhotos, como fazem os índios em meses de fome. Quando desemboca neste vale, uma chaga com vermes está deixando uma de suas pernas no osso. Os índios do lugar – gente assentada, de uma cultura semelhante aos fazedores da jarra funerária – curam-no com ervas. Só viram um homem branco antes dele, e pensam, como os de muitas aldeias da selva, que somos os últimos descendentes de uma espécie industriosa mas débil, muito numerosa em outros tempos, mas que está agora em vias de extinção. Sua longa convalescença torna-o solidário com as penúrias e trabalhos desses homens que o rodeiam. Encontra algum ouro ao pé daquela penha que a lua, esta noite, faz de estanho. Ao voltar após trocá-lo em Puerto Anunciación, traz sementes, mudas e alguns instrumentos de lavoura e carpintaria. No regresso da segunda viagem traz um casal de porcos atados pelas patas no fundo da barca. Depois, é a cabra prenhe e o bezerro desmamado, para o qual têm os índios, como Adão, de inventar um nome, pois jamais viram semelhante animal. Pouco a pouco, o Adelantado vai se interessando pela vida que aqui prospera. Quando se banha ao pé de alguma cascata, nas tardes, as moças índias jogam-lhe pequenos seixos brancos, da margem, em sinal de instigação. Um dia toma uma mulher, e há grande folia ao pé das rochas. Pensa, então, que se continuar aparecendo em Porto Anunciação com algum pó de ouro nos bolsos, os mineiros não tardarão em seguir seu rastro, invadindo este vale ignorado para transtorná-lo com seus excessos, rancores e apetências. Com a intenção de burlar as suspicácias, comercializa ostensivamente pássaros embalsamados, orquídeas, ovos de tartarugas. Um dia se dá conta de que fundou uma cidade. Sente, provavelmente, a surpresa que eu mesmo tive ao compreender que era conjugável o verbo "fundar" ao se falar de uma cidade. Posto que todas as cidades nasceram assim, há razão para esperar que Santa Mónica de los Venados, no futuro, chegue a ter monumentos, pontes e arcadas. O Adelantado traça o contorno da Praça Maior. Levanta a Casa do Governo. Assina uma ata, e a enterra sob uma lápide em lugar visível. Assinala o lugar do cemitério para que a própria morte se torne coisa de ordem. Agora sabe onde há ouro. Mas o ouro já não o domina. Abandonou a busca de Manoa, porque já lhe interessa muito mais a terra, e, sobre ela, o poder de legislar por conta própria. Ele não pretende que isto seja algo semelhante ao Paraíso Terrestre dos antigos cartógrafos. Aqui há enfermidades, flagelos, répteis venenosos, insetos, feras que devoram os animais arduamente criados; há dias de inundação e dias de fome, e dias de impotência ante o braço que gangrena. Mas o homem, por um ancestral atavismo, está feito para aguentar tais males. E quando sucumbe, é por travar uma luta primordial que figura entre as mais autênticas leis do jogo de existir. "O ouro" – diz o Adelantado – "é para os que regressam para lá." E esse *lá* soa em sua boca com um timbre de menosprezo – como se as ocupações e empenhos dos de *lá* fossem próprias de gente inferior. É indubitável que a natureza que aqui nos circunda é implacável, terrível, apesar de sua beleza. Mas os que vivem em seu meio a consideram menos má, mais amigável, que os espantos e sobressaltos, as crueldades frias, as ameaças sempre renovadas, do mundo de *lá*. Aqui, as pragas, os padecimentos possíveis, os perigos naturais, são aceitos de antemão: fazem parte de uma Ordem que tem seus rigores. A Criação não é algo divertido, e todos o admitem por instinto, aceitando o papel designado a cada um na vasta tragédia do criado. Mas é tragédia com unidades de tempo, de ação e de lugar, onde a mesma morte opera por ação de mandatários conhecidos, cujos trajes de veneno, de escama, de fogo, de miasmas, são acompanhados do raio e do trovão que continuam usando, em dias de ira, os deuses de mais longa residência entre nós. À luz do sol ou ao calor da fogueira, os homens que aqui vivem seus destinos se contentam com coisas muito simples, achando motivo de júbilo na tepidez de uma manhã, numa pesca abundante, na chuva que cai após a seca, com explosões de alegria coletiva, de cantos e de tambores, promovidos por acontecimentos muito simples como foi o de nossa chegada. "Assim se devia viver na cidade de Enoch", penso eu, e então volta à minha mente uma das interrogações que me assaltaram ao desembarcar. Nesse momento saímos da Casa do Governo para aspirar o ar da noite. O Adelantado mostra-me, então, um paredão de rocha, alguns signos traçados a grande altura por artesãos desconhecidos – artesãos que teriam sido içados até o nível de sua tarefa por um andaime impossível em tal estágio de sua cultura material. À luz da lua desenham-se figuras de escorpiões, serpentes, pássaros, entre outros signos sem sentido para meus olhos, que talvez fossem representações astrais. Uma explicação inesperada vem, de repente, ao encontro de meus escrúpulos: um dia, ao retornar de uma viagem – conta o Fundador –, seu filho Marcos, então adolescente, deixou-o atônito ao lhe contar a história do Dilúvio Universal. Em sua ausência, os índios tinham ensinado ao moço que esses petróglifos que agora contemplávamos foram traçados em dias de gigantesca enchente, quando o rio crescera até ali, por um homem que, ao ver subirem as águas, salvou um casal de cada espécie animal numa grande canoa. E depois choveu durante um tempo que pode ter sido de quarenta dias e quarenta noites, ao cabo do qual, para saber se a grande inundação havia cessado, despachou um rato que voltou com uma espiga de milho entre as patas. O Adelantado não quisera ensinar a história de Noé – por ser patranha – a seus filhos; mas ao ver que a conheciam sem outra variante além de um rato posto em lugar da pomba, e uma espiga de milho em lugar do ramo de oliveira, confiou o segredo desta cidade nascente a frei Pedro, a quem considerava um homem, porque era dos que viajavam sós por regiões desconhecidas e sabia fazer curas e distinguir as ervas. "Já que ao fim e ao cabo lhes contarão os mesmos contos, que os aprendam como os aprendi eu." Pensando nos Noés de tantas religiões, ocorre-me objetar que o Noé índio me parece mais ajustado à realidade destas terras, com sua espiga de milho, que a pomba com seu ramo de oliveira, posto que ninguém nunca viu uma oliveira na selva. Mas o frade me interrompe abruptamente, com tom agressivo, perguntando-me se esquecera o fato da Redenção: "Alguém morreu pelos que aqui nasceram, e era mister que a notícia fosse dada". E atando dois ramos em cruz com uma liana, de modo quase raivoso, finca-a no lugar onde começará a erigir-se, amanhã, a choça redonda que será o primeiro templo da cidade de Enoch. "Além disso, vem semear cebolas", adverte-me o Adelantado, parecendo desculpar-se.

# 26

*(27 de junho)*

Amanhece sobre as Grandes Mesetas. As névoas da noite demoram-se entre as Formas, estendendo véus que se adelgaçam e aclaram quando a luz se reflete num escarpado de granito rosa e desce ao plano das imensas sombras recostadas. Ao pé dos paredões verdes, cinzentos, negros, cujos cimos parecem se diluir entre brumas, as samambaias se agitam ao leve aquilão que as embeleza. Observando uma cavidade em que apenas se poderia esconder uma criança, contemplo uma vida de liquens, de musgos, de pigmentos prateados, de ferrugens vegetais, que é, em escala minúscula, um mundo tão complexo como o da grande selva de baixo. Há tantas vegetações distintas, num palmo de umidade, como espécies que lá disputam o espaço que deveria bastar para uma só árvore. Este plâncton da terra é como uma pátina que se espessa ao pé de uma cascata caída de muito alto, cujo constante fervor de espumas cavou um tanque na rocha. Aqui é onde nos banhamos nus, os do Casal, em água que bole e corre, brotando de cimos já iluminados pelo sol, para cair em branco verde, e derramar-se, mais abaixo, em leitos que as raízes do tanino tingem de ocre. Não há alarde, não há fingimento edênico, nesta limpa nudez, muito distinta da que ofega e é vencida nas noites de nossa choça, e que aqui liberamos com uma espécie de travessura, assombrados de que seja tão gratificante sentir a brisa e a luz em partes do corpo que a gente *de lá* morre sem ter exposto alguma vez ao ar livre. O sol enegrece, em mim, a faixa dos quadris à coxa que os nadadores do meu país conservam branca, embora se banhem em mares de sol. E o sol entra por entre minhas pernas, esquenta-me os testículos, trepa em minha coluna vertebral, arrebenta-me pelos peitorais, escurece minhas axilas, cobre de suor minha nuca, possui-me, invade-me, e sinto que em seu ardor se endurecem meus condutos seminais e volto a ser a tensão e o latejamento que as obscuras pulsações de entranhas caladas no mais fundo buscam, sem achar limite para um desejo de me integrar que se torna saudade do útero. E logo é a água outra vez, em cujo fundo desembocam mananciais gelados que vou procurar com a face, colocando as mãos numa areia grossa, que é como limalha de mármore. Mais tarde virão os índios e se banharão em pelo, sem outro traje além das mãos abertas sobre o pênis. E ao meio-dia será frei Pedro, sem sequer cobrir as cãs de seu sexo, ossudo e enxuto como um San Juan pregando no deserto... Hoje tomei a grande decisão de não regressar *lá*. Tratarei de aprender os simples ofícios que se praticam em Santa Mónica de los Venados e que já se ensinam a quem observar as obras de edificação de sua igreja. Vou subtrair-me ao destino de Sísifo que o mundo de onde venho me impôs, fugindo das profissões vãs, do girar do esquilo preso em gaiola de arame, do tempo medido e dos ofícios de trevas. As segundas-feiras deixarão de ser, para mim, segundas-feiras de cinza, nem haverá por que lembrar que segunda-feira é segunda-feira, e a pedra que eu carregava será de quem queira curvar-se com seu peso inútil. Prefiro empunhar a serra e a enxada a continuar corrompendo a música em ofícios de pregoeiro.

Digo isso a Rosario, que aceita meu propósito com alegre docilidade, como receberá sempre a vontade de quem receba por varão. *Sua mulher* não compreendeu que essa determinação é, para mim, muito mais grave do que parece, posto que implica uma renúncia a tudo o que é de *lá*. Para ela, nascida nos lindes da selva, com irmãs amigadas com mineiros, é normal que um homem prefira a vastidão do remoto ao amontoamento das cidades. Além disso, não creio que para se habituar a mim tenha precisado fazer tantos ajustes intelectuais como eu. Ela não me vê como um homem muito diferente dos outros que tenha conhecido. Eu, para amá-la – pois creio amá-la visceralmente agora –, tive de estabelecer uma nova escala de valores, adequada ao que deve apegar um homem de minha formação a uma mulher que é toda uma mulher, sem ser mais que uma mulher. Fico, pois, com total consciência do que faço. E ao repetir para mim mesmo que fico, que minhas claridades serão agora as do sol e as da fogueira, que a cada manhã mergulharei o corpo na água desta cascata, e que uma fêmea cabal e inteira, sem distorções, estará sempre ao alcance do meu desejo, invade-me uma imensa alegria. Recostado numa pedra, enquanto Rosario, de seios soltos, lava seus cabelos na corrente, tomo a velha *Odisseia* do grego, topando, ao abrir o tomo, com um parágrafo que me faz sorrir: aquele em que se fala dos homens que Ulisses despacha ao país dos lotófagos, e que, ao provar a fruta que dava ali, esquecem-se de retornar à pátria. "Tive de trazê-los à força, soluçantes" – conta o herói – "e acorrentá-los sob os bancos, no fundo de suas naus." Sempre me incomodara, no maravilhoso relato, a crueldade de quem arranca seus companheiros da felicidade encontrada, sem oferecer-lhes outra recompensa além da de servi-lo. Nesse mito vejo como que um reflexo da irritação que causam sempre à sociedade os atos de quem encontra, no amor, no desfrute de um privilégio físico, num dom inesperado, o modo de subtrair-se às fealdades, proibições e vigilâncias padecidas pelos demais. Dou meia-volta sobre a pedra cálida, e isto me faz olhar para onde vários índios, sentados em torno de Marcos, o primogênito do Adelantado, trabalham em obras de cestaria. Penso agora que minha velha teoria acerca das origens da música era absurda. Vejo quanto são vãs as especulações de quem pretende situar-se nos alvores de certas artes ou instituições do homem, sem conhecer, em sua vida cotidiana, em suas práticas curativas e religiosas, o homem pré-histórico, contemporâneo nosso. Muito engenhosa era minha ideia de irmanar o propósito mágico da plástica primitiva – a representação do animal, que outorga poderes sobre esse animal – com a primeira fixação do ritmo musical, devida ao afã de arremedar o galope, trote, passo, dos animais. Mas eu assisti, há dias, ao nascimento da música. Pude ver mais além do treno com que Ésquilo ressuscita o imperador dos persas; mais além da ode com que os filhos do Autólico detêm o sangue negro que emana das feridas de Ulisses; mais além do canto destinado a preservar o faraó. Uma das mordeduras de serpentes, em sua viagem ultratumular. O que vi confirma, certamente, a tese de quem disse que a música tem uma origem mágica. Mas esses chegaram a tal raciocínio por meio dos livros, dos tratados de psicologia, construindo hipóteses arriscadas acerca da sobrevivência, na tragédia antiga, de práticas derivadas de uma feitiçaria já remota. Eu, em contrapartida, *vi* como a palavra empreendia seu caminho para o canto, sem chegar a ele; vi como a repetição de um mesmo monossílabo originava um ritmo certo; vi, no jogo da voz real e da voz fingida que obrigava o ensalmador a alternar duas alturas de tom, como podia se originar um tema musical de uma prática extramusical. Penso nas tolices ditas por aqueles que chegaram a sustentar que o homem pré-histórico encontrou a música no afã de imitar a beleza do gorjeio dos pássaros – como se o trinado da ave tivesse um sentido musical-estético para quem o ouve constantemente na selva, dentro de um concerto de rumores, roncos, mergulhos, fugas, gritos, coisas que caem, águas que brotam, interpretado pelo caçador como uma espécie de código sonoro, cujo entendimento é parte principal do ofício. Penso em outras teorias falaciosas e me ponho a sonhar com a poeira que minhas observações levantariam em certos meios musicais aferrados a teses livrescas. Também seria útil recolher alguns dos cantos de índios deste lugar, muito belos dentro de sua elementaridade, com suas escalas singulares, destruidoras dessa outra noção generalizada segundo a qual os índios só sabem cantar em gamas pentáfonas... Mas, de repente, irrito-me comigo mesmo, ao me ver entregue a tais matutações. Tomei a decisão de ficar aqui e devo deixar de lado, de uma vez, essas vãs especulações de tipo intelectual. Para escapar delas ponho a pouca roupa que aqui uso e vou me reunir com os que estão acabando de construir a igreja. É uma cabana redonda, ampla, de teto pontiagudo como o das *churuatas*, de folhas de palmeira sobre vigamento de ramos, rematada por uma cruz de madeira. Frei Pedro se empenhou em que as janelas tivessem uma configuração gótica, com arco quebrado, e o repetido encontro de duas linhas curvas numa parede de taipa é, nestas lonjuras, uma premonição de cantochão. Penduramos um tronco oco no campanário, pois, à falta de sinos, o que soará aqui é uma espécie de *teponaxtle*[3] idealizado por mim. A fabricação daquele instrumento me foi sugerida pelo tambor-bastão-de-ritmo que está na choça, e preciso confessar que o estudo

---

3. Tambor de madeira dos antigos mexicanos, que se toca com os dedos ou com baquetas, e cujo som alcança grandes distâncias. (N. T.)

de seu princípio ressonante acompanhou-se de uma prova dolorosa. Quando, dois dias antes, desatei as lianas que prendiam as esteiras protetoras, estas, inchadas pela umidade, estenderam-se de repente, fazendo rolar sobre o chão a jarra funerária, os chocalhos, as charamelas. De repente me vi rodeado de objetos-credores, e de nada me serviu colocá-los num canto, como crianças castigadas, para esquecer sua acusadora presença. Vim a estas selvas, soltei meu fardo, achei mulher, graças ao dinheiro que devo a estes instrumentos que não me pertencem. Para me evadir estou amarrando, desde já, meu fiador. E digo a mim mesmo que o estou amarrando, porque o Curador certamente aceitará a responsabilidade de minha deserção, devolvendo os recursos que me entregaram, à custa de empenhos, sacrifícios e, talvez, de empréstimos usurários. Eu seria feliz, placidamente feliz, se junto à cabeceira de minha rede não se achassem essas peças de museu, em perpétua solicitação de fichas e vitrines. Deveria tirar esses instrumentos daqui, quebrá-los talvez, enterrar seus restos ao pé de alguma pedra. Não posso fazê-lo, entretanto, porque minha consciência voltou ao posto abandonado, e tanto a tive ausente que me veio cheia de desconfiança e remorsos. Rosario sopra numa das canas da botija ritual e soa um bramido rouco, como de animal cansado nas trevas de um poço. Aparto-a de mim com um gesto tão brusco, que se afasta, doída, sem compreender. Para descontrair seu cenho, conto-lhe o motivo de minha irritação. Ela não demora em dar a solução mais simples: enviarei esses instrumentos a Puerto Anunciación, dentro de alguns meses, quando o Adelantado fizer sua viagem de costume, para se prover de remédios indispensáveis e repor algum utensílio danificado pelo uso excessivo. Ali uma irmã sua se encarregará de fazer com que desçam o rio até onde haja correio. Minha consciência deixa de me torturar, pois o dia em que os volumes estiverem a caminho terei pagado as chaves da evasão.

# 27

Subi ao monte dos petróglifos com frei Pedro, e agora descansamos sobre um solo de xistos, acidentado por penhascos negros erguidos contra o vento por todos os seus gumes, ou derrubados à maneira de ruínas, de escombros, entre vegetações que parecem recortadas em feltro cinza. Há algo remoto, lunar, não destinado ao homem, neste terraço que conduz às nuvens, cortado por um riacho de água gelada, que não é água de mananciais, mas água de névoas. Sinto-me vagamente inquieto – um pouco intruso, por não dizer sacrílego – ao pensar que com minha presença se rompe o arcano de uma teratologia do mineral, cuja grandiosa aridez, obra de uma erosão milenar, põe a nu um esqueleto de montanhas que parece feito com pedras de enxofre, lavas, calcedônias moídas, escórias plutonianas. Há cascalhos que me fazem pensar em mosaicos bizantinos que tivessem se desprendido de suas paredes numa avalanche, e que, recolhidos a pazadas, tivessem sido lançados aqui, acolá, à maneira de uma ventania de quartzo, ouro e cornalinas. Para chegar até aqui atravessamos durante duas jornadas – por caminhos cada vez mais limpos de répteis, ricos em orquídeas e em árvores florescidas – as Terras da Ave. De sol a sol nos escoltaram as araras faustosas e as maritacas rosadas, com o tucano de olhar grave, luzindo seu peitilho de esmalte verde-amarelo, seu bico mal soldado à cabeça – o pássaro teológico que nos gritou: *Deus te vê!*, à hora do crepúsculo, quando os maus pensamentos melhor solicitam o homem. Vimos os colibris, mais insetos que pássaros, imóveis em sua vertiginosa suspensão fosforescente, sobre a sombra parcimoniosa dos *paujíes*[4] vestidos de noite; elevando os olhos, conhecemos a percuciente laboriosidade dos pica-paus listados de escuro, a alvoroçada desordem dos assoviadores e gorjeadores metidos nos tetos da selva, totalmente assustados, mais acima dos mexericos de periquitos e curicas, e de tantos pássaros feitos a todo pincel, que à falta de nome conhecido – diz-me frei Pedro – foram chamados "girassóis indígenas"[5] pelos homens de armaduras. Assim como outros povos tiveram civilizações marcadas pelo símbolo do cavalo ou do touro, o índio com perfil de ave pôs suas civilizações sob a invocação da ave. O deus volante, o deus pássaro, a serpente emplumada, estão no centro de suas mitologias, e tudo que é belo para ele se adorna de plumas. De plumas foram as tiaras dos imperadores de Tenochtitlán, como são hoje de plumas os ornamentos das flautas, os objetos de jogo, as vestimentas festivas e rituais dos que aqui conheci. Admirado pela revelação de que vivo agora nas Terras da Ave, emito alguma fácil opinião a respeito da provável dificuldade de achar, nas cosmogonias desta gente, algum mito coincidente com os nossos. Frei Pedro me pergunta se li um livro chamado *Popol-Vuh*, cujo próprio nome me era desconhecido. "Nesse texto sagrado dos antigos *quitchés*[6]" – afirma o frade –, "inscreve-se já, com trágica adivinhação, o mito do robô; mais ainda: acredito que é a única cosmogonia que pressentiu a ameaça da máquina e a tragédia do Aprendiz de Feiticeiro." E, surpreenden-

4. *Paují*: espécie de peru da América do Sul, de coloração negra brilhante e abdômen branco. (N. T.)
5. *Indianos girasoles*, no original: a palavra *girasol* também alude, em espanhol, a uma espécie de opala amarelada (*ópalo girasol*), que pode apresentar reflexos multicores sob a ação da luz. (N. T.)
6. O mesmo que *quichés*: integrantes de numeroso grupo étnico indígena da Guatemala, de origem maia. (N. T.)

do-me com uma linguagem de estudioso, que deve ter sido a sua antes de endurecer na selva, conta-me de um capítulo inicial da Criação, em que os objetos e utensílios inventados pelo homem, e usados com ajuda do fogo, rebelam-se contra ele e o matam; as tinas, os *comales*[7], os pratos, as panelas, as pedras de moer e as próprias casas, em pavoroso apocalipse que os cães enraivecidos e amotinados aturdem com seus latidos, aniquilam uma geração humana... Disso me fala ainda quando elevo os olhos, e me vejo ao pé do paredão de rocha cinza em que aparecem profundamente cavados os desenhos que se atribuem ao demiurgo vencedor do Dilúvio e repovoador do mundo, por uma tradição que chegou aos ouvidos dos mais primitivos habitantes da selva de baixo. Estamos aqui no Monte Ararat deste vasto mundo. Estamos onde a Arca chegou e encalhou com surdo embate, quando as águas começaram a se retirar e o rato retornou com uma espiga de milho entre as patas. Estamos onde o demiurgo jogou pedras às suas costas, como Deucalião, para dar nascimento a uma nova geração humana. Mas nem Deucalião, nem Noé, nem Unapishtim, nem os Noés chineses ou egípcios, deixaram sua rubrica fixada pelos séculos no lugar de chegada. Aqui, em contrapartida, há enormes figuras de insetos, de serpentes, seres do ar, bestas das águas e da terra, figurações de luas, sóis e estrelas, que *alguém* cavou aí, com ciclópico pincel, mediante um processo que não conseguimos explicar. Mesmo hoje seria impossível erigir em tal lugar o andaime gigantesco que levantasse um exército de entalhadores de pedras até onde pudessem atacar o paredão de rocha com suas ferramentas, deixando-o tão firmemente marcado como está... Agora frei Pedro me leva ao outro extremo dos Signos e me mostra, daquele

7. *Comal*: palavra de origem mexicana, designa disco de barro usado para cozer tortas de milho. (N. T.)

lado da montanha, uma espécie de cratera, de âmbito fechado, em cujo fundo crescem pavorosas ervas. São como gramíneas membranosas, cujos ramos têm uma mórbida redondez de braço e de tentáculo. As folhas enormes, abertas como mãos, parecem de flora submarina, por suas texturas de madrépora e de alga, com flores bulbosas, como faróis de plumas, pássaros pendurados por uma veia, espigas de larvas, pistilos sanguinolentos, que saem de suas bordas por um processo de erupção e rompimento, sem conhecer a graça de um caule. E tudo isso, lá embaixo, enreda-se, emaranha-se, amarra-se, num vasto movimento de posse, de acoplamento, de incestos, ao mesmo tempo monstruoso e orgiástico, que é suprema confusão das formas. "Estas são as plantas que fugiram do homem num começo" – diz-me o frade. "As plantas rebeldes, que se negaram a servir-lhe de alimento, que atravessaram rios, escalaram cordilheiras, saltaram por sobre os desertos, durante milênios e milênios, para se ocultarem aqui, nos últimos vales da Pré-história." Com mudo espanto passo a contemplar o que em outros lugares é fóssil, pinta-se num vão ou dorme, petrificado, nas nervuras da hulha, mas continua vivendo aqui, numa primavera sem data, anterior aos tempos humanos, cujos ritmos talvez não sejam os do ano solar, lançando sementes que germinam em horas, ou, pelo contrário, demoram meio século para formar uma árvore. "Esta é a vegetação diabólica que rodeava o Paraíso Terrestre antes da Culpa." Inclinado sobre o caldeirão demoníaco, sinto-me invadido pela vertigem dos abismos; sei que se me deixasse fascinar pelo que vejo aqui, mundo do pré-natal, pelo que existia quando não havia olhos, acabaria por me jogar, por me afundar, nessa tremenda espessura de folhas que desaparecerão do planeta, um dia, sem terem sido nomeadas, sem terem sido recriadas pela Palavra – obra, talvez, de deuses anteriores a nossos deuses, deuses postos à prova, inábeis em criar, ignorados porque jamais foram nomeados, porque não adquiriram contorno nas bocas dos homens... Frei Pedro me arranca de minha quase alucinada contemplação, dando-me um ligeiro golpe no ombro com seu cajado. As sombras dos obeliscos naturais se encurtam cada vez mais na proximidade do meio-dia. Temos de começar a descer antes que a tarde nos surpreenda neste cume, as nuvens baixem e nos vejamos perdidos entre névoas frias. Logo depois de passar novamente diante das rubricas do demiurgo, alcançamos a beira da fenda em que se iniciará nossa descida. Frei Pedro se detém, respira profundamente e contempla um horizonte de árvores, do qual emerge, em volumes de ardósia, uma cordilheira de gumes quebrados, que é como uma presença dura, sombria, hostil, na surpreendente beleza dos confins do Vale. O frade indica com o bastão nodoso: "Ali vivem os únicos índios perversos e sanguinários que há nestas regiões", diz. Nenhum missionário retornou de lá. Creio que me permiti, naquele instante, alguma consideração zombeteira sobre a inutilidade de se aventurar em tão ingratas paragens. Em resposta, dois olhos cinzentos, imensamente tristes, fixaram-se em mim de maneira singular, com uma expressão ao mesmo tempo tão intensa e resignada, que me senti desconcertado, perguntando-me se havia lhes causado algum desgosto, embora sem achar os motivos de tanto desgosto. Ainda vejo o semblante enrugado do capuchinho, sua longa barba emaranhada, suas orelhas cheias de pelos, suas têmporas de veias pintadas de azul, como algo que tivesse deixado de lhe pertencer e de ser carne de sua pessoa: sua pessoa, naquele momento, eram essas pupilas velhas, um pouco avermelhadas por uma conjuntivite crônica, que olhavam, como se fossem feitas de um esmalte fosco, ao mesmo tempo dentro e fora de si mesmas.

# 28

Sentado atrás de uma tábua estendida de escora a escora, tendo ao alcance da mão um caderno de colegial em cuja capa se lê: *Caderno de... Pertencente a...*, quase em pelo por causa do calor que se acentuou demais nestes últimos dias, o Adelantado está legislando, em presença de frei Pedro, do Capitão de Índios e de Marcos, que é o Responsável pela Horta. Gavilán está sentado ao lado de seu amo, com um osso guardado entre as patas traseiras. Trata-se de realizar um certo número de acordos em proveito da comunidade e de deixá-los consignados por escrito. Tendo comprovado que, em sua ausência, caçaram-se corsas, o Adelantado institui a proibição absoluta de matar o que chama "o veado fêmeo" e o cervato, salvo força maior de fome e, mesmo assim, o levantamento do veto será tema de uma disposição de emergência, submetida ao critério dos presentes. A emigração de certas manadas, a caça inconsequente, a ação das feras, diminuíram a existência do veado vermelho na comarca, justificando-se a medida. Depois que todos juram acatá-la e fazê-la respeitar, a Lei fica assentada no Livro de Atas do Conselho e passa a ser considerada uma questão de obras públicas. A época das chuvas se aproxima, e Marcos informa que os canteiros feitos sob a direção de frei Pedro nos últimos dias têm uma orientação da qual discorda, que terá por efeito canalizar as águas de uma vertente próxima, alagando provavelmente o local do armazém de grãos. O Adelantado olha severamente para o frade, em busca de explicações. Frei Pedro informa que o trabalho realizado respondia ao propósito de cultivar cebola, a qual exige terrenos em que a água não se estanque nem haja muita umidade, coisa que só se podia obter traçando os canteiros com a vala dirigida para a vertente.

O perigo apontado pelo Responsável pela Horta poderia ser evitado levantando-se uma barreira de terra, de uns três palmos, entre a horta e o armazém de grãos. Reconhece-se logo, por unanimidade, a conveniência de executar a obra, e é fixado seu início para amanhã mesmo, mobilizando-se toda a população de Santa Mónica de los Venados, pois o céu está se carregando de nuvens e o calor se torna mais difícil de suportar num meio-dia que se cobre de vapores pesados e nos aflige com uma exasperante invasão de moscas, saídas de não se sabe onde. Frei Pedro recorda, no entanto, que a edificação da igreja não está terminada e que isto também deveria ser objeto de uma medida de urgência. O Adelantado responde com tom cortante que a boa conservação dos grãos é questão de mais imediato interesse que os latins, e conclui o exame das questões anotadas na ordem do dia, com uma disposição sobre a derrubada e o transporte de troncos para um cercado, e a necessidade de colocar gente para vigiar a aparição de certos cardumes que, este ano, estão subindo o rio antes do tempo. Da reunião capitular de hoje ficaram vários acordos para realizar obras imediatas e uma Lei – uma lei cuja infração "será castigada", reza a prosa do Adelantado. Este último item me inquieta de tal modo que pergunto ao homenzinho se já teve o horroroso dever de instituir castigos na Cidade. "Até agora" – responde-me –, "castiga-se o culpado de alguma falta com não lhe dirigir a palavra durante um tempo, fazendo-o sentir a reprovação geral; mas chegará o dia em que seremos tão numerosos que serão necessários castigos maiores." Uma vez mais me assombro ante a gravidade dos problemas colocados nestas comarcas, tão desconhecidas como as brancas *Terras Incógnitas* dos antigos cartógrafos, onde os homens *de lá* só veem sáurios, vampiros, serpentes de mordida fulminante e danças de índios. No tempo que levo viajando por este mundo virgem, vi muito poucas serpentes – uma coral, uma *terciopelo*[8], outra que talvez fosse um crótalo –, e só soube das feras pelo rugido, embora tenha atirado pedras, mais de uma vez, no jacaré arteiro, disfarçado de tronco podre na traidora paz de um remanso. Pobre é minha história quanto a perigos enfrentados – caso se deixe de lado a tormenta nos caudais. Mas, em compensação, encontrei em toda parte a solicitação inteligente, o motivo de meditação, formas de arte, de poesia, mitos, mais instrutivos para compreender o homem que centenas de livros escritos nas bibliotecas por homens que se jactam de conhecer o homem. O Adelantado não só fundou uma cidade, mas também, sem suspeitar disso, está criando, dia a dia, uma *polis*, que acabará por se apoiar num código assentado solenemente no *Caderno de... Pertencente a...* E chegará o momento em que terá de castigar severamente quem matar o animal vetado, e bem vejo que então esse homenzinho de falar pausado, que nunca eleva a voz, não vacilará em condenar o culpado a ser expulso da comunidade e a morrer de fome na selva, a não ser que institua algum castigo impressionante e espetacular, como aquele dos povos que condenavam o parricida a ser jogado no rio, fechado num saco de couro com um cão e uma víbora. Pergunto ao Adelantado o que faria se visse aparecer em Santa Mónica, de repente, algum buscador de ouro, dos que mancham qualquer terra com sua febre. "Daria a ele um dia para partir", responde-me. "Este não é lugar para *essa gente*", observa Marcos, com súbito tom de rancor na voz. E fico sabendo que o mestiço foi *lá*, faz tempo, contra a vontade de seu pai, mas que dois anos de maus tratos e humilhações por parte daqueles de

---

8. A palavra, que comumente significa *veludo*, designa, na Venezuela, uma espécie de serpente venenosa de cor negra e aspecto aveludado. (N. T.)

quem queria se aproximar, amistoso, dócil, fizeram-no regressar um dia com ódio a tudo o que vira no mundo recém-descoberto. E me mostra, sem explicações, as marcas de grilhões que lhe rebitaram num remoto posto de fronteira. Agora calam o pai e o filho; mas atrás daquele silêncio adivinho que ambos aceitam sem reticências uma dura possibilidade criada pela Razão de Estado: a do Buscador, empenhado em regressar ao Vale das Mesetas, e que jamais voltará da segunda viagem – "por ter se perdido na selva", acreditarão logo aqueles que possam se interessar por seu destino. Isto acrescenta um tema de reflexão aos muitos que compartilham meu espírito em todas as horas. E eis que depois de vários dias de uma tremenda preguiça mental, durante os quais fui um homem físico, alheio a tudo o que não fosse sensação, queimar-me ao sol, divertir-me com Rosario, aprender a pescar, habituar-me a sabores de uma desconcertante novidade para meu paladar, meu cérebro se pôs a trabalhar, como depois de um repouso necessário, num ritmo impaciente e ansioso. Há manhã em que queria ser naturalista, geólogo, etnógrafo, botânico, historiador, para compreender tudo, anotar tudo, explicar o que me fosse possível. Uma tarde descobri com assombro que os índios daqui conservam a lembrança de uma obscura epopeia que frei Pedro está reconstruindo com fragmentos. É a história de uma migração caribe, em marcha para o Norte, que arrasa tudo em sua passagem e baliza com prodígios sua marcha vitoriosa. Fala-se de montanhas levantadas pela mão de heróis portentosos, de rios desviados de seu curso, de combates singulares em que intervieram os astros. A portentosa unidade dos mitos se afirma nesses relatos, que encerram raptos de princesas, inventos de ardis de guerra, duelos memoráveis, alianças com animais. Nas noites em que se embriaga ritualmente com um pó sorvido por ossos de pássaros, o Capitão dos Índios se faz bardo, e de sua boca o missionário recolhe retalhos do cantar de gesta, da saga, do poema épico, que vive obscuramente – anterior à sua expressão escrita – na memória dos Notáveis da Selva... Mas não devo pensar demais. Não estou aqui para pensar. Os trabalhos de cada dia, a vida rude, a parca alimentação à base de *mañoco*, pescado e *casabe*, deixaram-me mais magro, ajustando minha carne ao esqueleto: meu corpo se tornou enxuto, preciso, com músculos cingidos à estrutura. As más gorduras que eu trazia, a pele branca e flácida, os sobressaltos, as angústias imotivadas, os pressentimentos de desgraças por ocorrer, as apreensões, os latejamentos do plexo solar, desapareceram. Minha pessoa, posta em seu contorno cabal, sente-se bem. Quando me aproximo da carne de Rosario, brota de mim uma tensão que, mais que chamamento do desejo, é irreprimível premência de um cio primordial: tensão do arco armado, entesado, que, logo depois de disparar a flecha, volta ao descanso da forma recobrada. *Sua mulher* está perto. Chamo-a e atende. Não estou aqui para pensar. Não devo pensar. Antes de tudo sentir e ver. E quando de ver se passa a olhar, acendem-se raras luzes e tudo adquire uma voz. Assim, descobri, de repente, num segundo fulgurante, que existe uma Dança das Árvores. Não são todas que conhecem o segredo de dançar ao vento. Mas as que possuem a graça organizam rodas de folhas ligeiras, de ramos, de brotos, em torno de seu próprio tronco estremecido. E é todo um ritmo que se cria nas folhagens; ritmo ascendente e inquieto, com encrespamentos e retornos de ondas, com brancas pausas, respiros, vergamentos, que se alvoroçam e são torvelinho, de repente, numa música prodigiosa do verde. Não há nada mais belo que a dança de um maciço de bambus na brisa. Nenhuma coreografia humana tem a eurritmia de um ramo que se desenha sobre o céu. Chego a me perguntar às vezes se as formas superiores da emoção estética não consistirão, simplesmente, num supremo entendimento do criado. Um dia, os homens descobrirão um alfabeto nos olhos das calcedônias, nos pardos veludos da falena, e então se saberá com assombro que cada caracol manchado era, desde sempre, um poema.

# 29

Chove sem cessar há dois dias. Houve uma longa *ouverture* de trovões baixos que pareciam rodar sobre o próprio solo, entre as mesetas, penetrando nos vãos, retumbando nas socavas, e, de súbito, veio a água. Como as palmas do teto estavam ressecadas, passamos a primeira noite mudando as redes de um lugar a outro, numa inútil busca de um espaço sem goteiras. Depois, uma torrente lamacenta começou a correr debaixo de nós, sobre o chão, e, para salvar os instrumentos coletados, tive de pendurá-los nas vigas que sustentam o teto. O amanhecer nos encontrou a todos desconcertados, com as roupas úmidas, rodeados de lodo. Mal se acendiam os fogos, e as moradias se encheram de uma fumaça acre que fazia chorar. Meia igreja caiu, pelos efeitos da chuva sobre a taipa ainda mal forjada, e frei Pedro, com o hábito atado à cintura e uma simples tanga posta sobre o sexo, está tratando de escorar o escorável, com ajuda de alguns índios. Seu péssimo humor cobre o Adelantado de invectivas, por não o ter ajudado a terminar a obra com a criação de uma medida de emergência. Depois volta a chover, e é chuva, e mais chuva e nada mais que chuva, até o entardecer. E depois é a noite outra vez. Não tenho o consolo, sequer, de poder amar Rosario, que "não pode", e quando isto lhe acontece torna-se arisca, intratável, parecendo que todo gesto de carinho lhe seria odioso. Durmo com dificuldade, com o ruído universal e constante da água que corre por toda parte, apagando todo ruído que não seja ruído de água, como se tivéssemos chegado aos tempos das quarenta árduas noites... Ao cabo de algum tempo de sono – a aurora ainda deve estar longe – desperto com uma estranha sensação de que, em minha mente, acaba de se realizar um grande trabalho: algo como a maturação e compactação de elementos informes, desagregados, sem sentido ao estarem dispersos, e que, de repente, ao se ordenarem, adquirem um significado preciso. Uma obra se construiu em meu espírito; é "coisa" para meus olhos abertos ou fechados, soa em meus ouvidos, assombrando-me pela lógica de sua ordenação. Uma obra inscrita dentro de mim mesmo, e que poderia fazer sair sem dificuldade, fazendo-a texto, partitura, algo que todos apalpassem, lessem, entendessem. Muitos anos atrás havia me deixado levar, certa vez, pela curiosidade de fumar ópio: recordo que o quarto cachimbo me produziu uma espécie de euforia intelectual que trouxe uma repentina solução para todos os problemas de criação que então me atormentavam. Via tudo claro, pensado, medido, feito. Quando saísse da droga, bastaria pegar o papel pautado e em algumas horas nasceria de minha pena, sem dor nem vacilações, um Concerto que então projetava, com incômoda incerteza acerca do tipo de escritura a adotar. Mas no dia seguinte, quando saí do sono lúcido e quis pegar a pena de verdade, tive a mortificante revelação de que nada do pensado, imaginado, resolvido, sob os efeitos do Benares fumado, tinha o menor valor: eram fórmulas batidas, ideias sem consistência, invenções descabeladas, impossíveis transferências estéticas de plástica ou sons, que as gotas borbulhantes, trabalhadas entre duas agulhas, haviam sublimado ao calor da lâmpada. O que me ocorre esta noite, aqui, na escuridão, rodeado pelo ruído das goteiras que caem em toda parte, é muito semelhante ao que iniciou, para mim, aquela delirante elucubração; mas desta vez a euforia se nutre de consciência; as próprias ideias buscam uma ordem, e já há, em meu cérebro, a mão que risca, emenda, delimita, sublinha. Não tenho de regressar das torpezas de uma embriaguez para poder concretizar meu pensamento: só é preciso esperar o amanhecer, que me trará a claridade necessária para fazer os primeiros esboços do *Treno*. Porque o título de *Treno* é o que se impôs à minha imaginação durante o sono.

Antes de cair nas estúpidas atividades que me afastariam da composição – minha preguiça de então, minha fraqueza ante toda incitação ao prazer não eram, no fundo, senão formas do medo de criar sem estar seguro de mim mesmo – havia meditado muito a respeito de certas possibilidades novas de acoplar a palavra com a música. Para enfocar melhor o problema repassara, desde logo, a longa e bela história do recitativo, em suas funções litúrgicas e profanas. Mas o estudo do recitativo, dos modos de recitar cantando, de cantar dizendo, de procurar a melodia das inflexões do idioma, de enredar a palavra dentro do acompanhamento ou de liberá-la, pelo contrário, do apoio harmônico; todo esse processo que tanto preocupa os compositores modernos, depois de Mussorgsky e Debussy, chegando-se aos êxitos exasperados, paroxísticos, da escola vienense, não era, na realidade, o que me interessava. Eu procurava, isto sim, uma expressão musical que surgisse da palavra nua, da palavra anterior à música – não da palavra feita música por exagero e estilização de suas inflexões, à maneira impressionista –, e que passasse do falado ao cantado de modo quase insensível, o poema fazendo-se música, achando sua própria música na escansão e na prosódia, como ocorreu provavelmente com a maravilha do *Dies irae, dies illa* do cantochão, cuja música parece nascida dos acentos naturais do latim. Eu imaginara uma espécie de cantata, em que um personagem com funções de corifeu se adiantasse para o público, e, num total silêncio da orquestra, depois de reclamar com um gesto a atenção do auditório, começasse a *dizer* um poema muito simples, feito de vocábulos de uso corrente, substantivos como *homem, mulher, casa, água, nuvem, árvore*, e outros que por sua eloquência primordial não necessitassem do adjetivo. Aquilo seria como um verbo-gênese. E, pouco a pouco, a própria repetição das palavras, seus acentos, iriam dando uma entonação peculiar a certas sucessões de vocábulos, tendo-se o cuidado de fazê-las regressar a distâncias medidas, à maneira de um estribilho verbal. E começaria a se afirmar uma melodia que tivesse – conforme eu queria – a simplicidade linear, o desenho centrado em poucas notas, de um hino ambrosiano – *Aeterne rerum conditor* – que é, para mim, o estado da música mais próximo da palavra. Transformado o falar em melodia, alguns instrumentos da orquestra entrariam discretamente, à maneira de uma pontuação sonora, a enquadrar e delimitar os períodos normais do recitado, afirmando-se, nestas intervenções, a matéria vibrante de que cada instrumento fosse feito: presença da madeira, do cobre, da corda, da pele esticada, como um enunciado de ligas possíveis. Por outro lado, havia me impressionado muito, naqueles dias longínquos, a revelação de um tropo compostelano – *Congaudeant catholici* –, em que se colocava uma segunda voz sobre a do *cantus firmus* com o papel de adorná-la, de lhe dar os melismas, as luzes e sombras que não fosse decente agregar diretamente ao tema litúrgico, cuja pureza, assim, ficava salvaguardada: espécie de grinalda pendente de uma coluna severa, que nada lhe tirava de sua dignidade, mas acrescentava-lhe um elemento ornamental, flexível, ondulante. Eu via as entradas sucessivas das vozes do coro, sobre o canto primevo do corifeu, a maneira com que estas se ordenavam – elemento masculino, elemento feminino – no tropo compostelano. Isto, certamente, criava uma sucessão de acentos novos cujas constantes engendravam um ritmo geral: ritmo que a orquestra, com seus meios sonoros, diversificava e coloria. Agora, pela via do desenvolvimento, o elemento melismático passava ao terreno instrumental, procurando planos de variação harmônica e oposições entre os timbres puros, enquanto o coro, por fim compactado, podia se entregar a uma espécie de invenção da polifonia, dentro de um enriquecimento crescente do movimento contrapontístico. Assim pensava eu obter uma coexistência da escritura polifônica com a de tipo harmônico, consertadas, acopladas, segundo as leis mais autênticas da música, dentro de uma ode vocal e sinfônica, em constante aumento de intensidade expressiva, cuja concepção geral era, por ora, bastante sensata. A simplicidade do enunciado prepararia o ouvinte para a percepção de uma simultaneidade de planos que, se lhe fosse apresentada de repente, pareceria intrincada e confusa, tornando-se possível a ele seguir, dentro da lógica indiscutível de seu processo, o desenvolvimento de uma palavra-célula através de todas as suas implicações musicais. Havia que desconfiar, certamente, da possível desordem de estilos engendrados por essa espécie de reinvenção da música que, no instrumental, implicava arriscadas incitações. Disto pensava em me defender especulando com os timbres puros, e citava para mim mesmo, como referência, alguns surpreendentes diálogos de flautim e contrabaixo, de oboé e trombone, que encontrara em obras de Albéric Magnard. Quanto à harmonia, pensava em encontrar um elemento de unidade no uso habilidoso dos modos eclesiásticos, cujos recursos inexplorados começavam a ser aproveitados, fazia muito poucos anos, por alguns dos músicos mais inteligentes do momento... Rosario abre a porta e a luz do dia me surpreende em deleitosa reflexão. Ainda não volto de meu assombro: o *Treno* estava dentro de mim, mas sua semente foi semeada e começou a crescer na noite do Paleolítico, lá, mais abaixo, nas margens do rio povoado de monstros, quando escutei como uivava o feiticeiro sobre um cadáver enegrecido pela peçonha de um crótalo, a dois passos de uma pocilga onde estavam os cativos prostrados sobre seus excrementos e urina. Nessa noite me foi dada uma grande lição pelos homens a quem não quis considerar como homens; por aqueles mesmos que me fizeram ufanar-me de minha superioridade, e que, por sua vez, acreditavam-se superiores aos dois anciões babosos que roíam ossos deixados pelos cães. Ante a visão de um autêntico treno, renasceu em mim a ideia do *Treno*, com seu enunciado da palavra-célula, seu exorcismo verbal que se transformava em música ao necessitar de mais de uma entonação vocal, de mais de uma nota, para alcançar sua forma – forma que era, nesse caso, a reclamada por sua função mágica, e que, pela alternância de duas vozes, de duas maneiras de grunhir, era, em si, um embrião de Sonata. Eu, o músico que contemplava a cena, estava acrescentando o resto: obscuramente intuía o que já havia de futuro nisso e o que ainda lhe faltava. Tomava consciência da música transcorrida e da não transcorrida... Agora vou correndo, sob a chuva, à casa do Adelantado, para lhe pedir uma de suas cadernetas; uma dessas em cuja capa se lê: *Caderno de... Pertencente a...* – que me entrega, por certo, com alguma má vontade –, e começo a esboçar ideias musicais sobre pentagramas que eu mesmo traço, usando, como régua, o dorso quase reto de um machete.

# 30

No início, por fidelidade a um velho projeto de adolescência, eu quisera trabalhar sobre o *Prometeu desacorrentado* de Shelley, cujo primeiro ato oferece por si só – como o terceiro do *Segundo Fausto* – um maravilhoso tema de cantata. A libertação do acorrentado, que associo mentalmente a minha fuga *de lá*, tem implícito um sentido de ressurreição, de regresso do meio das sombras, muito conforme à concepção original do treno, que era canto mágico destinado a fazer voltar um morto à vida. Certos versos que agora recordo teriam correspondido admiravelmente a meu desejo de trabalhar sobre um texto feito de palavras simples e diretas: *Ah me! Alas, pain, pain, pain, ever, for ever! – No change, no pause, no hope! Yet I endure!* E depois, esses coros de montanhas, de mananciais, de tormentas: de elementos que agora me rodeiam e sinto. Essa voz da terra, que é Mãe, ao mesmo tempo argila e matriz, como as Mães de Deuses que ainda reinam na selva. E essas "cadelas do inferno" – *hounds of hell* – que irrompem no drama e uivam num tom mais de mênade que de fúria. *Ah, I scent life! Let me but look into his eyes!*[9] Mas não. É absurdo atiçar a imaginação com isto, já que não tenho o texto de Shelley nem o terei jamais aqui onde só há três livros: a *Genoveva de Brabante* de Rosario; o *Liber usualis*, com os textos próprios do ministério de frei Pedro, e a *Odisseia* de Yannes. Folheando *Genoveva de Brabante* descubro com surpresa que o assunto do conto, se o despojarmos de seu estilo intolerável, não é muito pior que o de óperas excelentes, parecendo-se bastante com o de *Pelléas*. Quanto à prosa cristã, esta me afastaria da ideia do *Treno*, dando um estilo versicular, bíblico, a toda a cantata. Resta-me, pois, a *Odisseia*, cujo

---

9. "Farejo vida! Deixa-me olhá-lo nos olhos!" (N. T.)

texto está em espanhol. Nunca havia pensado em compor música para poema algum escrito nesse idioma que, por si mesmo, constituiria um eterno obstáculo à execução de uma obra coral em qualquer grande centro artístico. Mas me enoja, de repente, essa inconsciente confissão de um desejo de "me ver executado". Minha *renúncia* não seria verdadeira nunca, enquanto pudesse me surpreender em tais vícios. Era o poeta da ilha deserta de Rainer Maria, e como tal devia criar, por necessidade profunda. Além disso, qual era meu idioma verdadeiro? Sabia o alemão, por meu pai. Com Ruth falava o inglês, idioma de meus estudos secundários; com Mouche, frequentemente o francês; o espanhol de meu *Epítome de gramática – Estos, Fabio...* – com Rosario. Mas este último idioma era também o das *Vidas de santos*, encadernadas em veludo roxo, que minha mãe tanto me lera: Santa Rosa de Lima, Rosario. Na coincidência matriz vejo como que um sinal propiciatório. Volto, pois, sem mais vacilação, à *Odisseia* de Yannes. Sua retórica começa por me desacorçoar, pois me nego a usar de fórmulas invocatórias do tipo "Filho de Cronos, meu pai, suprema majestade", ou "Filho de Laerte, descendente de deuses, Ulisses de mil astúcias". Nada resultaria mais oposto ao gênero de texto de que necessito. Leio e releio algumas passagens, impaciente por me pôr a escrever. Detenho-me várias vezes no episódio de Polifemo, mas no fim das contas o considero muito movimentado e cheio de peripécias. Saio da casa irritado e dou voltas sob a chuva, diante do escândalo de Rosario. Mal respondo a *Sua mulher*, que se alarma por me ver tão nervoso; mas logo deixa de perguntar, admitindo que o varão tem "dias maus" e que de modo algum é obrigado a dar conta do que lhe franze o cenho. Para não incomodar senta-se num canto, atrás de mim, e põe-se a limpar as orelhas de Gavilán, que se encheram de carrapatos, com a ponta de um broto de bambu. Mas logo meu bom humor retorna. A solução do problema era simples: bastava aliviar o texto homérico do supérfluo para encontrar a simplicidade desejada. De repente, no episódio da evocação dos mortos, encontro o tom mágico, elementar, ao mesmo tempo preciso e solene: "Faço três libações aos mortos. Libação de leite e mel. Libação de vinho e libação de água clara. Derramo a farinha e prometo que quando regressar a Ítaca sacrificarei a melhor de minhas vacas sobre o fogo do altar e darei a Tirésias um carneiro negro, o melhor de meus rebanhos... Degolei os animais, derramei seu sangue, e vejo aparecer os restos dos que dormem na morte". À medida que o texto adquire a consistência requerida, concebo a estrutura do discurso musical. O passo da palavra à música se fará quando a voz do corifeu se enternecer, quase imperceptivelmente, na estrofe em que se fala das virgens enlutadas e dos guerreiros cansados sob o bronze das lanças. O elemento melismático que terei de colocar sobre a primeira voz será trazido pela queixa de Elpenor, que chora por não ter "sua tumba na terra, à beira dos caminhos". No próprio poema fala-se de um longo gemido que interpretarei numa vocalização, prelúdio de sua súplica: "Não me abandones sem lágrimas, nem funerais; queima-me com todas as minhas armas e levanta minha tumba à beira do mar para que todos saibam de minha desgraça. Finca sobre meus despojos o remo com que remava entre vós". A aparição de Anticleia porá o timbre de contralto no edifício vocal que se torna cada vez mais definido para mim, entrando como uma espécie de fabordão no descante de Ulisses e Elpenor. Um acorde muito aberto da orquestra, com sonoridade de pedal de órgão, anunciará a presença de Tirésias. Mas paro por aqui. A necessidade de escrever música é tão imperiosa que começo a trabalhar sobre os apontamentos, vendo renascer os signos musicais, há tanto tempo esquecidos, sob a mina do meu lápis. Quando termino uma primeira página de esboços paro maravilhado diante desses toscos pentagramas, irregularmente traçados, de linhas mais convergentes que paralelas, sobre os quais se inscrevem as notas de um começo homofônico que tem, em seu próprio aspecto gráfico, um pouco de cura, de invocação, de música distinta da que eu havia escrito até agora. Isto em nada se assemelhava à manhosa escritura daquele desventurado "Prelúdio" para o *Prometeu acorrentado*, bem ao gosto do momento, em que, como tanta gente, tratara de voltar a encontrar a saúde e a espontaneidade da arte artesanal – a obra começava na quarta-feira para ser cantada no ofício de domingo –, tomando suas fórmulas, suas receitas contrapontísticas, sua retórica, mas sem recuperar seu espírito. Não eram as dissonâncias, os pontos mal colocados sobre pontos, as asperezas dos instrumentos situados propositalmente nos registros mais ríspidos e ingratos, o que ia assegurar a permanência de uma arte de decalque, de fabricação a frio, em que só o legado morto – a forma e as receitas para "desenvolver" – era atualizado, em obras que esqueciam muito frequentemente, e com todo propósito de esquecê-los, o vigor genial dos tempos lentos, a sublime inspiração das árias, para fazer malabarismos no meio do aturdimento, da pressa, do correr, dos *allegros*. Uma espécie de ataxia locomotora afligira durante anos os autores do *Concerti grossi*, em que dois movimentos em colcheias e semicolcheias – como se não tivessem existido notas brancas ou redondas –, desenquadrados por acentos martelados fora de lugar, contrários à própria *respiração* da música, trepidavam de ambos os lados de um *ricercare* cuja pobreza de ideias era dissimulada sob o contraponto mais malsonante que se pudesse inventar. Eu também, como tantos outros, havia me deixado impressionar por instruções de "regresso à ordem", necessidade de pureza, de geometria, de assepsia, calando em mim todo canto que lutasse por se levantar. Agora longe das salas de concertos, dos manifestos, do interminável aborrecimento das polêmicas de arte, invento música com uma facilidade que me assombra, como se as ideias, descidas do cérebro, enchessem minha mão, atropelando-se para sair através da grafite do lápis. Sei que devo desconfiar do que se cria sem alguma dor. Mas depois haverá tempo de corrigir, de criticar, de ajustar. Em meio à chuva que cai sem trégua, escrevo com jubilosa impaciência, como que impulsionado por um broto de energia interior, reduzindo minha escritura, em muitos casos, a uma espécie de taquigrafia que só eu poderia decifrar. Quando dormir esta noite, os primeiros estados do *Treno* terão preenchido todo o *Caderno de... Pertencente a...*

## 31

Acabo de ter uma desagradável surpresa. O Adelantado, a quem fui pedir outro caderno, perguntou-me se eu os comia. Expliquei-lhe por que necessitava de mais papel. "Dou-lhe o último", disse-me, de mau humor, explicando-me logo que essas cadernetas se destinavam a levantar atas, consignar acordos, tomar apontamentos de utilidade, e de modo algum podiam ser desperdiçadas com músicas. Para acalmar meu dissabor, oferece-me o violão de seu filho Marcos. Conforme vejo, não estabelece relação alguma entre o fato de compor e a necessidade de escrever. Todas as músicas que conhece são de harpistas, tocadores de bandolim, pessoas de plectro, que continuam sendo menestréis do Medievo, como aqueles vindos nas primeiras caravelas, e para nada necessitam de partituras nem sabem, sequer, de papéis pautados. Aborrecido, vou me queixar a frei Pedro. Mas o capuchinho dá toda a razão ao Adelantado, acrescentando que este, além disso, parece esquecer que logo será preciso utilizar Livros de Batismo e Livros de Enterros, na comunidade, sem esquecer o Registro de Casamentos. E subitamente me encara, perguntando-me se pretendo continuar em concubinato por toda a vida. Isso era tão pouco esperado por mim que balbucio qualquer coisa alheia à questão. Frei Pedro, agora, repreende os que se consideram pessoas cultas e sensatas, e começam a entorpecer seu trabalho de evangelização, dando maus exemplos aos índios. Afirma que tenho obrigação de me casar com Rosario, pois as uniões santificadas e legais devem ser a base da ordem que se terá de instaurar em Santa Mónica de los Venados. De repente readquiro meu aprumo e tenho uma reação irônica, dizendo-lhe que se vivia muito bem aqui sem o seu ministério. Todas as veias da cara do frade parecem inchar-se ao mesmo tempo; iracundo, grita com a violência de quem insulta ou profere impropérios, que não tolera dúvidas a respeito da legitimidade de seu ministério, justificando sua presença com uma frase em que Cristo falava das ovelhas que não eram de seu rebanho e tinham de ser recolhidas para que ouvissem sua voz. Surpreendido pela ira de frei Pedro, que bate no chão com seu cajado, encolho os ombros e olho para outro lado, guardando para mim o que ia lhe dizer: Eis para o que serve uma igreja. Já começam a reluzir as ataduras até agora escondidas sob o burel samaritano. Dois corpos não podem deitar e gozar, sem que uns dedos de unhas negras tracem sobre eles o sinal da cruz. Deverão ser aspergidas com água benta as esteiras em que nos amamos, num domingo em que tenhamos consentido em ser os personagens de uma edificante estampa. Tão ridículo me parece o cromo nupcial, que prorrompo numa gargalhada e saio da igreja, cuja parede aberta em rachaduras foi calafetada temporariamente com grandes folhas de taioba, sobre as quais escorre a chuva com um tamborilar surdo. Volto para nossa choça, e devo confessar-me, então, que minha zombaria, minha risada desafiante, não eram senão reações fáceis de quem procurava, em princípios de liberdade muito literários, uma maneira de ocultar a verdade incômoda: já estou casado. E pouco importaria isto se não amasse Rosario profundamente, entranhadamente. A bigamia, a tais distâncias de meu país e de seus tribunais, seria um delito que não se pode provar incomprovável. Poderia me prestar à comédia exemplar pedida pelo frade, e todos ficariam contentes. Mas os tempos das fraudes passaram. Pela mesma razão por que voltei a me sentir um homem, proibi a mim mesmo o uso da mentira; já que a lealdade de Rosario em relação a tudo que me diz respeito é algo que estimo sobre todas as coisas, revolta-me a ideia de enganá-la – ainda mais numa matéria a que tanta importância atribui, por instinto, a mulher levada a procurar casa onde abrigar o fruto de sua gravidez sempre possível. Não poderia aceitar o espetáculo atroz de vê-la guardar entre suas roupas, talvez com alegria de menina endomingada, a ata, assinada em papel de caderneta, que nos declare "marido e mulher perante Deus". A consciência de minha consciência já me impede semelhantes canalhices. Pela mesma razão, temo as prováveis táticas fradescas: firme em seu propósito, Pedro de Henestrosa atuará sobre o espírito de *Sua mulher*, para que ela se sinta obrigada a me questionar sobre o assunto. Então me verei no dilema de confessar a verdade ou de mentir. A verdade – se a disser – fará com que eu fique em situação difícil perante o missionário, falseando-se, de fato, a plácida e simples harmonia de minha vida com Rosario. A mentira – se a aceitar – derrubará, com um ato grave, a retidão de proceder que eu havia me proposto como lei inquebrantável nesta nova vida. Para fugir da angústia, do acosso desta reflexão, trato de me concentrar no trabalho de minha partitura, o que consigo, enfim, com árduo esforço. Estou no momento, sumamente difícil, da aparição de Anticleia, que faz a voz de Ulisses passar a um plano de simples descanto, sob o lamento melismático de Elpenor, introduzindo o primeiro episódio lírico da cantata – episódio cuja matéria passará à orquestra, depois da entrada de Tirésias, servindo de alimento ao primeiro desenvolvimento de tipo instrumental, sob uma polifonia estabelecida no plano das vozes... No final do dia, apesar de ter apertado a escrita até onde era possível, vejo que já preenchi a terça parte do segundo caderno. É evidente que devo encontrar com urgência um modo de resolver esse problema. Alguma matéria deve haver na selva, tão pródiga em tecidos naturais, jutas raras, *yaguas*[10], envoltórios de fibra, em que seja possível escrever. Mas chove sem cessar. Nada está seco em todo o Vale das Mesetas. Aperto um pouco mais a grafia, com astúcias de calígrafo, para aproveitar cada milímetro de papel; mas essa preocupação mesquinha, avara, contrária à generosidade da inspiração, coíbe meu discurso, fazendo-me pensar em tamanho pequeno o que devo ver em tamanho grande. Sinto-me manietado, diminuído, ridículo, e acabo abandonando a tarefa, pouco antes do crepúsculo, com amargo desgosto. Nunca pensei que a imaginação pudesse topar alguma vez com um escolho tão estúpido como a falta de papel. E quando me encontro mais exasperado, Rosario me pergunta a quem estou escrevendo cartas, já que aqui não há correio. Essa confusão, a imagem da carta feita para viajar e que não pode viajar, faz-me pensar, de súbito, na vaidade de

---

10. *Yagua* designa, em Cuba e Porto Rico, o tecido fibroso que envolve a parte superior da palmeira-real, e, na Venezuela, a própria folha dessa palmeira, com a qual os indígenas cobrem suas moradias. (N. T.)

tudo o que estou fazendo desde ontem. De nada serve a partitura que não há de ser executada. A obra de arte destina-se a outros, e muito especialmente a música, que tem os meios de alcançar as mais vastas audiências. Esperei o momento em que se consumou minha evasão dos lugares onde poderia ser ouvida uma obra minha, para começar a compor realmente. É absurdo, insensato, risível. E, no entanto, posso prometer a mim mesmo, jurar-me em voz baixa que o *Treno* ficará aí, que não passará do primeiro terço da segunda caderneta: sei que amanhã, à aurora, uma força que me possui me fará tomar o lápis e esboçar a página na aparição de Tirésias, que já soa em meus ouvidos com sua festiva sonoridade de órgão: três oboés, três clarinetes, um fagote, duas trompas, trombone. Não importa que o *Treno* nunca seja executado. Devo escrevê-lo e o escreverei, seja como for; embora fosse para mostrar a mim mesmo que não estava vazio, totalmente vazio – como quis fazer o Curador acreditar, um dia deste ano. Um pouco mais calmo, recosto-me em minha rede. Penso novamente no frade e em sua exigência. *Sua mulher* está atrás de mim, acabando de assar umas espigas de milho sobre um fogo que lhe custou muito acender, por causa da umidade. De onde se encontra não pode ver meu rosto em sombra, nem poderá observar minha expressão quando lhe falar. Decido-me por fim a lhe perguntar, com voz que não me soa muito firme, se ela considera útil ou desejável que nos casemos. E quando acredito que vai se agarrar à oportunidade para me fazer o protagonista de um cromo dominical para uso de catecúmenos, ouço-a dizer, assombrado, que de maneira nenhuma quer o matrimônio. Minha surpresa transforma-se, então, em ciumento despeito. Vou até Rosario, muito magoado, pedindo-lhe explicações. Mas ela me deixa desconcertado com uma argumentação que é a de suas irmãs, foi sem dúvida a de sua mãe, e é provavelmente a razão do recôndito orgulho dessas mulheres que nada temem: segundo ela, o casamento, a atadura legal, tira da mulher todo recurso para se defender do homem. A arma que assiste à mulher diante do companheiro que se desencaminha é a faculdade de abandoná-lo a qualquer momento, de deixá-lo só, sem que tenha meios de fazer valer direito algum. A esposa legal, para Rosario, é uma mulher a quem podem mandar buscar com guardas, quando abandona a casa em que o marido entronizou o engano, a sevícia ou as desordens do álcool. Casar-se é cair sob o peso de leis feitas pelos homens e não pelas mulheres. Numa união livre, em compensação – afirma Rosario, sentenciosa –, "o homem sabe que de seu trato depende ter quem lhe dê prazer e atenção". Confesso que a lógica camponesa deste conceito me deixa sem réplica. Diante da vida, é evidente que *Sua mulher* se move num mundo de noções, de usos, de princípios, que não é o meu. E, no entanto, sinto-me humilhado, num plano de incômoda inferioridade, porque sou eu, agora, que queria obrigá-la a casar-se; sou eu quem aspira a se ver pintado na edificante estampa nupcial, ouvindo frei Pedro pronunciar a fórmula ritual de casamento, diante da indiada reunida. Mas há um papel assinado e legalizado, *lá*, muito longe, que me tira toda força moral. *Lá*, sobre o papel que aqui tanto falta... Nesse momento, um grito de Rosario, seguido de um arquejo de terror, faz-me olhar para trás. O que apareceu ali, no marco da janela, é a lepra; a grande lepra da antiguidade, a clássica, a esquecida por tantos povos, a lepra do Levítico, que ainda tem horríveis portadores no fundo destas selvas. Sob um gorro pontiagudo há um resíduo, uma pelanca de semblante, uma escória de carne que ainda se sustenta em torno de um buraco negro, aberto em sombras de garganta, perto de dois olhos sem expressão, que são como de pranto endurecido, prestes a se dissolverem também, a liquidificar-se, dentro da desintegração do ser que os move e emite pela traqueia uma espécie de ronco rude, apontando as espigas de milho com uma mão de cinza. Não sei o que fazer diante desse pesadelo, desse corpo presente, desse cadáver que gesticula tão perto, agitando pedaços de dedos, e mantém Rosario ajoelhada no chão, muda de pavor. "Vá embora, Nicasio!" – diz a voz de Marcos, que se aproxima sem repulsa. "Vá embora, Nicasio! Vá embora!" E o empurra suavemente com um galho enforquilhado, para afastá-lo da janela. Logo entra em nossa choça rindo, pega uma espiga de milho e a atira ao miserável, que a guarda num alforje, e se afasta para a montanha, arrastando-se mais que andando. Sei agora que vi Nicasio, um buscador de ouro que o Adelantado encontrou aqui ao chegar, já muito doente, e que vive numa caverna distante, esperando pela morte que o tem esquecido em demasia. Está proibido de vir à povoação. Mas faz tanto tempo que não se atrevia a aproximar-se, que hoje não houve maiores sanções. Horrorizado pela ideia de que o leproso possa retornar, convido o filho do Adelantado a compartilhar nosso jantar. Com presteza, corre debaixo da chuva para buscar seu velho violão de quatro cordas – o mesmo que soou a bordo das caravelas – e num ritmo que faz correr sangue de negros sob a melodia do romance, começa a cantar:

> *Sou filho do rei Mulato*
> *e da rainha Mulatina;*
> *a que comigo casasse*
> *mulata se tornaria.*[11]

11. "Soy hijo del rey Mulato / y de la reina Mulatina / la que conmigo casara / mulata se volvería." (N. T.)

# 32

Ao saber que eu tratava de escrever em *yaguas*, em cascas, no couro de veado que atapeta um canto de nossa choça, o Adelantado, compadecido, deu-me outro caderno, embora me advertindo de que era o último. Quando terminarem as chuvas, propõe-se a ir a Puerto Anunciación por uns dias, e então me trará todas as cadernetas que eu queira. Mas ainda terão de passar mais de oito semanas de águas, e antes de partir será necessário acabar a edificação da igreja e reparar tudo o que tenha sido prejudicado pela umidade, além de proceder às semeaduras oportunas em tal tempo. Continuo trabalhando, pois, sabendo que ao cabo de sessenta e quatro pequenas folhas cheias ficarão os esboços onde estão. Quase temo, agora, que volte minha maravilhosa excitação imaginativa do começo e, usando muito a borracha do lápis – quer dizer: fazendo algo que não aumenta o consumo de papel – passo os dias corrigindo e abreviando os primeiros apontamentos. Não voltei a tratar do matrimônio com Rosario; mas sua negativa da outra tarde é algo que, para dizer a verdade, magoa-me profundamente. Os dias são intermináveis. Chove demais. A ausência do sol, que aparece ao meio-dia como um disco esfumado, mais acima das nuvens que de cinzentas se fazem brancas por algumas horas, mantém como que em estado de sufocamento esta natureza necessitada de sol para promover o canto de suas cores e mover suas sombras sobre o solo. Os rios estão sujos, conduzindo troncos, balsas de folhas podres, escombros da selva, animais afogados. Armam-se diques de coisas arrancadas e partidas, subitamente quebradas pelo choque de uma árvore inteira que cai, com suas raízes, do alto de uma cascata, envolta em borbotões de lama. Tudo cheira a água; tudo soa a água, e as mãos encontram a água em tudo. Em cada uma de minhas saídas para buscar algo em que pudesse escrever, rolei no lodo, afundando-me até os joelhos em covas cheias de lama, mal cobertas por ervas traiçoeiras. Tudo o que vive da umidade cresce e se regozija; nunca foram mais verdes nem mais espessas as folhas das taiobas; nunca se multiplicaram tanto os cogumelos, treparam os musgos, cantaram melhor os sapos, foram mais numerosas as criaturas da madeira podre. Sobre os farelhões das mesetas, as infiltrações pintam grandes manchas negras. Cada falha, cada prega, cada ruga da pedra é leito de uma torrente. É como se estas mesetas estivessem cumprindo a gigantesca tarefa de deixar de lado as águas para as terras de baixo, dando a cada comarca seu caudal de chuva. Não se pode levantar uma tábua caída em terra sem encontrar, embaixo dela, uma fuga desmedida de percevejos cinzas. Os pássaros desapareceram da paisagem, e Gavilán, ontem, rastreou uma jiboia na parte alagada do pomar. Os homens e as mulheres encaram este tempo como uma necessária crise da natureza, metidos em suas choças, tecendo, fazendo cordas, entediando-se imensamente. Mas padecer as chuvas é outra das regras do jogo, como admitir que se pare devido à dor, e que se terá de cortar a mão esquerda com machete brandido pela mão direita, se nela enfiou as presas uma cobra venenosa. Isto é necessário para a vida, e a vida exige muitas coisas que não são amenas. Chegaram os dias do movimento do húmus, do fomento da putrefação, da maceração das folhas mortas, por essa lei segundo a qual tudo o que há de se engendrar se engendrará nas proximidades da excreção, confundidos os órgãos da geração com os da urina, e o que nasce nascerá envolto em baba, serosidades e sangue – como do esterco nascem a pureza do aspargo e o verdor da hortelã. Uma noite acreditamos que as chuvas tivessem terminado. Houve como que uma trégua, em que os tetos deixaram de soar, e foi um grande respiro em todo o vale. Ouviu-se o correr dos rios, ao longe, e uma bruma espessa, branca, fria, apoderou-se do espaço entre as coisas. Rosario e eu procuramos nossos calores em um longo abraço. Quando, saídos do deleite, voltamos a ter consciência do que nos rodeava, chovia de novo. "No tempo das águas é que as mulheres ficam prenhes", disse-me *Sua mulher* ao ouvido. Pus uma das mãos sobre seu ventre em gesto propiciatório. Pela primeira vez anseio por acariciar uma criança que de mim tenha brotado, de tomá-la nos braços e saber como vai dobrar os joelhos sobre meu antebraço e chupar os dedos... Surpreendo-me nestas imaginações, o lápis detido sobre um diálogo de trompa e corne-inglês, quando uma gritaria me faz sair da casa. Algo aconteceu no casario dos índios, pois todos vozeiam e gesticulam em torno da choça do Capitão. Rosario, envolvida em sua manta, põe-se a correr sob o aguaceiro. O que lá ocorre é atroz: uma menina, de uns oito anos, retornou do rio, há pouco, ensanguentada das virilhas aos joelhos. Quando obtiveram algum esclarecimento de seu choro horrorizado, soube-se que Nicasio, o leproso, tratara de violentá-la, rasgando-lhe o sexo com as mãos. Frei Pedro está estancando a hemorragia com trapos, enquanto os homens, armados de paus, empreendem uma batida pelos arredores. "Eu disse que esse lazarento era demais aqui", lembra o Adelantado ao frade, como se nestas palavras se encerrasse uma recriminação latente há muito tempo. O capuchinho não responde, e, com velha experiência de remédios da selva, põe um tampão de teias de aranha entre as pernas da menina, enquanto lhe esfrega o púbis com unguento sublimado. O asco e a indignação que tal abuso me causa é inexprimível: é como se eu, o homem, todos os homens, fôssemos igualmente culpados desse ato repugnante, pelo mero fato de que a posse, ainda que consentida, põe o varão em atitude agressiva. E eu ainda apertava os punhos com furor quando Marcos fez deslizar um fuzil sob o meu braço: era um desses fuzis *maquiritares*[12], de dois canos longuíssimos, marcado com o troquel dos armeiros de Demerara, que ainda mantém, nestas lonjuras, as técnicas das primeiras armas de fogo. Pondo o indicador sobre seus lábios, para não chamar, com palavras, a atenção de frei Pedro, o moço me fez um sinal para segui-lo. Envolvemos o fuzil em panos, e começamos a andar até o rio. As águas turbulentas e lodosas arrastavam o cadáver de um veado, tão inchado que seu ventre branco parecia uma pança de peixe-boi. Chegamos ao lugar da violação, onde as ervas estavam pisadas e sujas de sangue. Havia alguns passos profundamente marcados no barro. Marcos, curvado, começou a seguir os rastros. Andamos durante longo tempo. Quando começou a escurecer, estávamos ao pé do monte dos petróglifos, sem ter encontrado o leproso. Já nos preparávamos para regressar, quando o mestiço me apontou uma trilha recém-aberta na mata molhada. Avançamos um pouco mais e, de repente, o rastreador se deteve: Nicasio estava ali, ajoelhado no meio de uma clareira, olhando-nos com seus horríveis olhos. "Aponte para a cara", disse-me Marcos. Levantei a arma e pus a mira no nível do buraco que se afundava no semblante do miserável. Mas meu dedo não se decidia a fazer pressão sobre o gatilho. Da garganta de Nicasio saía uma palavra ininteligível, que era algo assim como: "onrirrão... onrirrão... onrirrão"[13]. Baixei a arma: o que pedia o criminoso era a confissão antes de morrer. Virei-me para Marcos. "Dispara" – pressionou. "É melhor que o padre não se meta nisso." Voltei a apontar. Mas havia dois olhos ali: dois olhos sem pálpebras, quase

12. Referente ao grupo indígena dos *maquiritares* (também denominados *iecuanas*), da família linguística caribe, que habita a Venezuela e o extremo norte de Roraima. (N. T.)
13. No original, *onjejión* (relativo a *confesión*), que transforma em fonema aspirado o que era impronunciável pelo personagem; na notação em português, considerou-se o "r" aspirado. (N. T.)

sem vida, que continuavam olhando. Da pressão de meu dedo dependia apagá-los. Apagar dois olhos. Dois olhos de homem. Aquilo era imundo; aquilo era culpado do mais revoltante abuso, aquilo tinha destroçado uma carne de criança, contaminando-a talvez com seu mal. Aquilo devia ser suprimido, anulado, deixado às aves de rapina. Mas uma força, em mim, resistia a fazê-lo, como se, a partir do instante em que apertasse o gatilho, *algo tivesse de mudar para sempre*. Há atos que levantam muros, cipós, marcos, em uma existência. E eu tinha medo do tempo que se iniciaria para mim a partir do segundo em que eu me fizesse Executor. Marcos, com gesto colérico, arrancou o fuzil de minhas mãos: "Arrasam uma cidade a partir do céu, mas não se atrevem a isto! Você não havia estado numa guerra?..." O fuzil *maquiritare* tinha bala no cano esquerdo e carga de chumbo no direito. Soaram dois disparos tão seguidos que quase se confundiram, ouvindo-se ricochetear o estampido de rocha em rocha, de vale em vale... Ainda voavam os ecos quando me forcei a olhar: Nicasio continuava ajoelhado no mesmo lugar, mas seu rosto estava ficando difuso, borrando-se, perdendo todo contorno humano. Era uma mancha encarnada que se desintegrava em pedaços e escorria ao longo do peito, sem pressa, como uma matéria cerosa que estivesse se derretendo. Por fim terminou o fluxo de sangue, e o torso caiu para a frente sobre a erva molhada. De súbito aumentou a chuva e veio a noite. Era Marcos, agora, quem levava o fuzil.

# 33

É como um longo trovão percuciente que entra no Vale pelo norte e passa sobre nós. Ergo-me no embalo da rede com tal precipitação que quase a faço revirar-se. Sob o avião que voa em círculo, fogem, aterrorizados, os homens do Neolítico. O Adelantado saiu à porta da Casa do Governo, seguido de Marcos; ambos olham, pasmados, enquanto frei Pedro grita às mulheres índias, que uivam de medo em suas choças, que isto é "coisa de brancos" sem perigo para as pessoas. O avião está, talvez, a uns cento e cinquenta metros do chão, sob um pesado teto de nuvens prestes a despencar em chuva novamente; mas não são cento e cinquenta metros que separam a máquina voadora do Capitão de Índios, que a olha, desafiante, com a mão aferrada ao arco: são cento e cinquenta mil anos. Pela primeira vez soa, nestas lonjuras, um motor de explosão; pela primeira vez o ar é removido por uma hélice, e isto que repete sua redondez, paralelamente, onde os pássaros reinavam, traz-nos nada menos que a invenção da roda. O avião, no entanto, voa de modo hesitante. Advirto que o piloto nos observa como que procurando algo, ou esperando um sinal. Por isso, corro para o centro da esplanada, agitando a manta de Rosario. Meu regozijo é tão contagioso que os índios se aproximam agora, já sem temor, saltando alvoroçados, e frei Pedro tem de afastá-los com seu cajado para livrar o campo. O avião se afasta para o rio, desce um pouco mais, e é, de súbito, a volta fechada que o traz para nós, oscilando de asa a asa, cada vez mais baixo. Depois há o contato com o chão; um rodar perigoso até a cortina de árvores, e uma virada oportuna que freia o que restava de impulso. Dois homens saem do aparelho: dois homens que me chamam por meu nome. E meu espanto aumenta ao saber que, há mais de uma semana, vários aviões estão me procurando. Alguém – não sabem me dizer quem – disse *lá* que estou perdido na selva, talvez prisioneiro de índios sanguinários. Criou-se um romance em torno de minha pessoa, que inclui a insidiosa hipótese de que eu tenha sido torturado. Repete-se comigo o caso de Fawcett, e meus relatos, publicados na imprensa, estão reatualizando a história de Livingstone. Um grande jornal está oferecendo um prêmio generoso a quem me resgatar. Os pilotos foram orientados, em seu voo, por informes do Curador, que assinalou a área de dispersão dos índios cujos instrumentos musicais vim buscar. Já iam abandonar a busca quando, esta manhã, tiveram de se afastar dos rumos até agora seguidos para fugir de uma tempestade. Ao passar por sobre as Grandes Mesetas, assombraram-se ao divisar uma aglomeração de moradias onde só esperavam observar solos sem rastro de homem, e pensaram, ao me ver agitar a manta, que era eu o perdido que procuravam. Fico admirado ao saber que esta cidade de Enoch, ainda sem forjas, onde talvez eu faça o papel de Jubal, está a três horas de voo da capital, em linha reta. Quer dizer que os cinquenta e oito séculos que mediam entre o quarto capítulo do Gênese e o ano que transcorre para os de *lá* podem se cruzar em cento e oitenta minutos, retornando-se à época que alguns identificam com o presente – como se o daqui não fosse também *o presente* – por sobre cidades que são hoje, neste dia, do Medievo, da Conquista, da Colônia ou do Romantismo. Agora tiram do avião um vulto envolto em tecidos impermeáveis, que me teria sido jogado com um paraquedas caso me encontrassem onde fosse impossível a aterrissagem, e entregam medicamentos, conservas, facas, ataduras, a Marcos e ao capuchinho. O piloto separa um grande cantil de alumínio, desenrosca a tampa e me faz beber. Desde a noite da tempestade nos caudais eu não provava um gole de aguardente. Agora, na universal umidade que nos envolve, este álcool me produz, de súbito, uma embriaguez lúcida que enche minhas entranhas de apetites esquecidos. Não só queria beber mais, e olho por isso com ciumenta impaciência para o Adelantado e para seu filho que também tomam de minha aguardente, mas também mil ânsias de sabores disputam meu paladar. São chamados prementes do chá e do vinho, do aipo e do marisco, do vinagre e do gelo. E é também esse cigarro que renasce em minha boca, cujo aroma é o dos cigarros de tabaco louro que fumava na adolescência, às escondidas de meu pai, no caminho do Conservatório. Há, dentro de mim mesmo, como que um agitar--se de outro que também sou eu, e não se ajusta perfeitamente à sua própria imagem; ele e eu nos sobrepomos incomodamente, como essas pranchas móveis de uma tiragem de litografia, onde o homem amarelo e o homem vermelho não coincidem com exatidão – como coisas que olhos sãos contemplassem com lentes de míope. Esse líquido ardente que passa por minha garganta me desconcerta e abranda. Sinto-me ao mesmo tempo desabitado e mal habitado. Nesse momento precioso me acovardo sob as montanhas, sob as nuvens que voltam a se espessar; sob as árvores que as chuvas deixaram mais frondosas. Há como que cenários que se fecham ao meu redor. Certos elementos da paisagem tornam-se estranhos para mim; os planos se confundem, aquele caminho deixa de me deleitar e o ruído das cascatas cresce até se fazer ensurdecedor. Em meio a esse infinito correr da água, ouço a voz do piloto como algo distinto da linguagem que emprega: é algo que devia acontecer, um acontecimento expresso em palavras, uma convocatória inadiável, que tinha de me alcançar por força, onde quer que eu estivesse. Pede-me que recolha minhas coisas para partir com eles sem demora, pois a chuva ameaça outra vez, e só aguardam que a bruma liberte o topo de uma meseta para ligar o motor. Faço um gesto de negativa. Mas nesse mesmo instante soa dentro de mim, com sonoridade poderosa e festiva, o primeiro acorde da orquestra do *Treno*. Recomeça o drama da falta de papel para escrever. E em seguida vem a ideia do livro, a necessidade de alguns livros. Logo me fará imperioso o desejo de trabalhar no *Prometheus unbound – Ah, me! Alas, pain, pain, ever, for ever!*[14] De costas para mim fala novamente o piloto. E o que diz, que sempre é o mesmo, desperta em mim a lembrança de outros versos do poema: *I heard a sound of voices; not the voice which I grave forth*[15]. O idioma dos homens do ar, que foi meu idioma durante tantos anos, substitui em minha mente, esta manhã, o idioma matriz – o de minha mãe, o de Rosario. Mal consigo pensar em espanhol, como voltara a fazer, ante a sonoridade de vocábulos que instalam a confusão em meu espírito. Não quero partir, contudo. Mas admito que careço de coisas que se resumem em duas palavras: *papel, tinta*. Cheguei a prescindir de tudo o que me fora mais habitual em outros tempos: dispensei objetos, sabores, tecidos, afeições, como um lastro desnecessário, chegando à suprema simplificação da rede, do corpo limpo com cinza e do prazer encontrado em roer espigas de milho assadas na brasa. Mas não posso carecer de papel e de tinta: de coisas expressas ou por expressar com os meios do papel e da tinta. A três horas daqui há papel e há tinta, e há livros feitos de papel e de tinta, e cadernos, e resmas de papel, e frascos, garrafas, garrafões de tinta. A três horas daqui... Olho para Rosario. Há em seu semblante uma expressão fria e ausente, que não expressa desgosto, angústia nem dor. É indubitável que percebe minha aflição, pois seus olhos, que evitam os meus, têm o olhar duro, altivo, de quem quer demonstrar a todos que nada do que possa ocorrer importa. Nisso, Marcos chega com minha velha mala enverdecida pelos fungos. Faço um novo gesto de negativa, mas minha mão se abre para receber os *Cadernos de...*

14. "Prometeu libertado – Ai de mim! Dor, dor, dor, sempre, por todo o sempre!" (N. T.)
15. "Ouvi o som de vozes; não da voz que guardo na memória". (N. T.)

*Pertencente a...* que nela colocam. A voz do piloto, que deve apreciar muito a recompensa oferecida, soa energicamente para me apressar. Agora, o mestiço sobe no avião levando os instrumentos musicais que deveriam estar em posse do Curador. Digo-lhe que não, e logo que sim, pensando que, ao partirem envoltos em suas esteiras de fibra, o bastão de ritmo, os chocalhos e a jarra funerária me libertarão das presenças que ainda turvavam meu sono nas noites da cabana. Bebo o que restava no cantil de alumínio. E, de repente, vem a decisão: irei comprar as poucas coisas que me são necessárias para levar, aqui, uma vida tão plena como a conhecem os demais. Todos eles, com suas mãos, com sua vocação, cumprem um destino. O caçador caça, o frade doutrina, o Adelantado governa. Agora sou eu quem deve ter também um ofício – o legítimo – fora dos ofícios que aqui requerem o esforço comum. Dentro de alguns dias retornarei para sempre, logo depois de ter enviado os instrumentos ao Curador e de ter me comunicado com Ruth, para lhe explicar lealmente a situação e pedir-lhe um divórcio imediato. Compreendo agora que minha adaptação a esta vida fora talvez muito brusca; meu passado exigia o cumprimento de um último dever, com a ruptura do vínculo legal que me atava ainda ao mundo *de lá*. Ruth não havia sido uma má esposa, mas, sim, uma vítima de sua vocação malograda. Aceitaria todas as culpas quando compreendesse a inutilidade de criar obstáculos ao divórcio ou reclamar coisas impossíveis a um homem que conhecia os caminhos da evasão. E, dentro de três ou quatro semanas, eu estaria de volta a Santa Mónica de los Venados, com todo o necessário para trabalhar durante vários anos. Quanto à obra produzida, o Adelantado a levaria a Puerto Anunciación, quando precisasse ir ao povoado, ficando ao cuidado do correio fluvial: os diretores e músicos amigos a quem seria destinada se entenderiam com ela, executando-a ou não. Sentia-me curado de toda vaidade a esse respeito, embora me considerasse capaz, agora, de expressar ideias, de inventar formas, que curassem a música de meu tempo de muitas distorções. Embora sem me envaidecer do que sabia agora – sem procurar a vã vaidade do aplauso –, não devia calar o que eu sabia. Talvez um jovem, em alguma parte, esperasse minha mensagem para descobrir em si mesmo, ao encontrar a minha voz, o mundo libertador. O feito não se completava enquanto outro não o visse. Mas bastava que um só o visse para que a coisa se realizasse, e se fizesse criação verdadeira pela mera palavra de um Adão nomeante.

 O piloto põe sua mão em meu ombro com gesto imperativo. Rosario parece alheia a tudo. Explico-lhe então, em poucas palavras, o que acabo de decidir. Ela não responde, encolhendo os ombros com uma expressão que passou a ser depreciativa. Entrego-lhe, então, como prova, os apontamentos do *Treno*. Digo-lhe que, para mim, esses cadernos são a coisa mais valiosa depois dela. "Pode levá-los", diz-me em tom rancoroso, sem me olhar. Beijo-a, mas escapa com gesto rápido, fugindo dos braços que a abraçavam, e se afasta, sem virar a cabeça, com algo de animal que não quer ser acariciado. Chamo-a, falo com ela, mas nesse instante o motor do avião arranca. Os índios prorrompem numa gritaria jubilosa. Da cabine de comando, o piloto me faz um último gesto. E uma porta metálica se fecha detrás de mim. Os motores armam um estrépito que não me deixa pensar. E então vamos até o extremo da esplanada; e damos meia-volta, seguida de uma imobilidade trepidante, que parece encaixar as rodas no chão lamacento. E logo as copas das árvores ficam abaixo; passamos em voo rasante pela Meseta dos Petróglifos, e giramos sobre Santa Mónica de los Venados, cuja Praça Maior foi invadida novamente pelos vizinhos. Vejo frei

Pedro que faz molinetes com seu cajado. Vejo o Adelantado, de mãos na cintura, que olha para cima, ao lado de Marcos, que sacode seu chapéu de palha. Na trilha que conduz à nossa casa, Rosario caminha só, sem levantar os olhos do chão, e me estremeço ao perceber que sua cabeleira negra, que pende em ambos os lados da cabeça – dividida por uma risca cujo odor um tanto animal volta deleitosamente ao meu olfato –, tem um pouco de véu de viúva. Longe, no lugar onde caiu Nicasio, há um grande revoo de abutres. Uma nuvem se adensa debaixo de nós, e, em busca de bonança, subimos para uma névoa opalescente que nos isola de tudo. Avisado de que voaremos durante longo tempo sem visibilidade, deito-me no piso do avião e durmo, um pouco aturdido pela bebida e pela grande altitude que estamos alcançando.

## Sexto capítulo

> *E o que chamais morrer é acabar de morrer, e o que chamais nascer é começar a morrer, e o que chamais viver é morrer vivendo.*
>
> QUEVEDO, Los sueños

# 34

*(18 de julho)*

Acabamos de atravessar um manso aglomerado de nuvens sobre o qual se mostravam ainda – através de arcos incompletos, de obeliscos carcomidos, de colossos com cara de fumaça – as claridades do dia, para encontrar, abaixo, o crepúsculo da cidade cujas luzes começam a se acender. Alguns se divertem em situar-se num estádio, num parque, numa avenida principal, entre tantas geometrias luminosas, passeando os indicadores pelos vidros das janelinhas. Enquanto outros se alegram por chegar, eu me aproximo com angustiosa apreensão desse mundo que deixei há um mês e meio, segundo cálculo feito sobre os calendários em uso, quando na realidade vivi a espantosa dilatação de seis imensas semanas que escaparam às cronologias deste clima. Minha esposa deixou o teatro para interpretar um novo papel: o papel de esposa. Essa é a tremenda novidade que me faz voar sobre as fumaças de subúrbios que jamais acreditei voltar a ver, em vez de estar preparando já a volta a Santa Mónica de los Venados, onde *Sua mulher* me aguarda com os apontamentos do *Treno*, que já contarão com resmas e resmas de papel para se desenvolver. Para um contrassenso ainda maior, as pessoas que me rodeiam, e para as quais fui a grande atração da viagem, parecem invejar-me: todos me mostraram recortes de publicações em que Ruth aparece, em nossa casa, rodeada de jornalistas, ou erguendo uma silhueta chorosa diante das vitrines do Museu Organográfico, ou olhando um mapa com expressão dramática no apartamento do Curador. Uma noite, enquanto estava em cena – contam –, teve um pressentimento. Desatou a soluçar em meio à réplica, e, saindo do drama pouco depois de iniciar o diálogo com Booth, foi diretamente à redação de um grande jornal, revelando que não havia notícias minhas, que eu tinha de estar de volta desde o começo do mês, e que meu mestre – que fora vê-la aquela tarde – estava realmente inquieto ao não saber de mim. Logo se evocaram as figuras de exploradores, de viajantes, de sábios, cativos de tribos sanguinárias – com Fawcett em primeiro lugar, certamente –, e Ruth, no auge da emoção, pediu que o jornal exigisse meu resgate, dando um prêmio a quem me achasse na grande mancha verde, inexplorada, que o Curador havia apontado como a zona geográfica de meu destino. Na manhã seguinte, Ruth era uma patética figura de atualidade, e meu desaparecimento, ignorado na véspera, tornava-se notícia de interesse nacional. Todas as minhas fotografias passaram a ser publicadas, inclusive a de minha primeira comunhão – essa primeira comunhão aceita a contragosto por meu pai – em frente à igreja de Jesús Del Monte, e as de uniforme, nas ruínas de Monte Cassino, e a outra, em frente à Villa Wahnfried, com os soldados negros. O Curador explicou à imprensa, com grandes elogios, minha teoria – que hoje me parece tão absurda! – do *mimetismo-mágico-rítmico*, enquanto minha esposa traçou um belo e plácido quadro de nossa vida conjugal. Mas há algo mais, que me irrita sobremaneira: o jornal, que tão generosamente acaba de premiar os aviadores por meu resgate, muito dado a congraçar-se com o lar e a família, empenha-se em me apresentar a seus leitores como um personagem exemplar. Uma temática persistente se torna demasiadamente audível por trás da prosa dos artigos que se referem a mim: sou um mártir da investigação científica, que volta ao regaço da esposa admirável; também no mundo do teatro e da arte se pode encontrar a virtude conjugal; o talento não é desculpa para infringir as normas da sociedade; vejam a *Pequena crônica* de Ana Magdalena, evoquem o aprazível lar de Mendelssohn etc. Quando vou me inteirando de tudo o que foi feito para me tirar da selva, sinto-me ao mesmo tempo envergonhado e irritado. Custei ao país uma verdadeira fortuna: mais do que o necessário para assegurar uma existência folgada a várias famílias por uma vida inteira. Em meu caso, como no de Fawcett, surpreende-me o absurdo de uma sociedade capaz de suportar friamente o espetáculo de certos subúrbios – como esses, sobre os quais estamos voando, com seus meninos amontoados sob chapas de metal –, mas que se enternece e sofre pensando que um explorador, etnógrafo ou caçador, possa ter se extraviado ou ser cativo de bárbaros, no desempenho de um ofício livremente escolhido, que inclui tais riscos em suas regras, assim como um toureiro pode receber chifradas. Milhões de seres humanos foram capazes de esquecer, por um tempo, as guerras que ameaçam o globo, para estarem atentos a notícias minhas. E os que agora se dispõem a me aplaudir, ignoram que vão aplaudir um embusteiro. Porque tudo, neste voo que agora ruma para a pista, é embuste. Estava eu no bar do hotel onde tínhamos velado o Kappelmeister, quando, vinda do outro extremo do hemisfério, chegou-me a voz de Ruth pelo fio do telefone. Chorava e ria, e estava rodeada, lá, de tanta gente, que mal entendi o que queria me dizer. De repente, foram expressões de amor, e a notícia de que havia abandonado o teatro para estar sempre junto de mim, e que ia tomar o primeiro avião para se encontrar comigo. Aterrorizado com esse propósito, que a traria para o meu território, à própria antessala de minha evasão, ali onde o divórcio se fazia extremamente longo e difícil em virtude de leis muito hispânicas, que incluíam rogativas ao Tribunal da Rota, gritei-lhe que permanecesse em nossa casa e que quem tomaria o avião naquela mesma noite seria eu. Na despedida confusa, entrecortada por interferências, acreditei ouvir algo a respeito de que queria ser mãe. Mas depois, repassando mentalmente o que de inteligível emergira da conversa, fiquei com a respiração suspensa, perguntando-me se ela havia dito que queria ser mãe ou que *ia ser mãe*. Esta hipótese, para minha desventura, estava dentro das possibilidades, já que havia copulado com ela, pela última vez, em rotineiro rito dominical, fazia menos de seis meses. Esse foi o momento em que aceitei a soma considerável oferecida pelo jornal de meu resgate para reservar-lhe a exclusividade de inumeráveis mentiras – já que são cinquenta folhas de mentiras as que vou vender agora. Não posso, de fato, revelar o que de maravilhoso teve minha viagem, pois isso equivaleria a pôr os piores visitantes no rumo de Santa Mónica e do Valle de las Mesetas. Por sorte, os pilotos que me encontraram referiram-se somente a uma *missão* em seus relatos, pelo hábito verbal de chamar de "missão" todo lugar afastado onde um frade plantou uma cruz. E como as missões não inspiram maior curiosidade ao público, posso me calar sobre muitas coisas. O que venderei, pois, é uma patranha que fui repassando durante a viagem: prisioneiro de uma tribo mais desconfiada que cruel, consegui fugir, atravessando, sozinho, centenas de quilômetros de selva; por fim, perdido e faminto, cheguei à "missão" onde me encontraram. Tenho em minha mala uma novela famosa, de um escritor sul-americano, em que são citados com exatidão os nomes de animais, de árvores, referindo-se a lendas indígenas, acontecimentos antigos, e todo o necessário para dar um aspecto de veracidade a meu relato. Cobrarei por minha prosa, e com uma soma de dinheiro que pode assegurar a Ruth uns trinta anos de vida aprazível, proporei o divórcio com menos remorsos. Porque é indubitável que meu caso veio a se agravar, moralmente, com esta dúvida a respeito de sua gravidez – gravidez que explicaria sua brusca deserção do teatro e a necessidade de se aproximar de mim. Sinto que terei de combater a mais terrível de todas as tiranias: a que costumam exercer os que amam sobre a pessoa que não quer ser amada, auxiliados pela tremenda força de uma ternura e uma humildade que desarmam a violência e calam as palavras de repúdio. Não há pior adversário, numa luta como a que vou deflagrar, que aquele que aceita todas as culpas e pede perdão antes que lhe indiquem a porta.

Assim que desço a escadinha do avião, a boca de Ruth vem a meu encontro e seu corpo me procura na inesperada intimidade criada pelos casacos abertos que se fazem um só em ambos os lados de nossos flancos; reconheço o contato de seus seios e de seu ventre sob o leve tecido que os veste, e logo há um prorromper em soluços sobre meu ombro. Estou cego por mil relâmpagos que são como cacos de espelhos no entardecer do aeroporto. Mas então chega o Curador, que me abraça emocionado; vem a delegação da Universidade, encabeçada pelo Reitor e pelos Decanos das Faculdades; vários altos funcionários do governo e da municipalidade, o diretor do jornal – e não estava também ali Extieich, com o pintor das cerâmicas e a bailarina? –, e, finalmente, o pessoal do meu estúdio de sincronização, com o presidente da empresa e o comissário de relações públicas – já completamente bêbado. Da confusão e do aturdimento que me envolvem vejo surgirem, como que vindos de muito longe, muitos rostos de que já havia esquecido: rostos de tantos e tantos que convivem estreitamente conosco durante anos, pela prática comum de um ofício ou pela confluência obrigatória a uma área de trabalho, e que, no entanto, pouco depois de deixarem de se ver, desaparecem com seus nomes e o som das palavras que diziam. Escoltado por esses espectros, encaminho-me para a recepção da Prefeitura. E observo Ruth, agora, sob os lustres da galeria dos retratos, e me parece que interpreta o melhor papel de sua vida: enredando e desenredando um interminável arabesco, torna-se pouco a pouco o centro do ato, seu eixo de gravitação, e tirando toda iniciativa das demais mulheres, usurpa as funções de dona de casa com uma graça e uma mobilidade de bailarina. Está em toda parte; desliza atrás das colunas, desaparece para ressurgir em outro lugar, ubíqua, inacessível; aprimora o gesto quando um fotógrafo a espreita; alivia uma enxaqueca importante, encontrando a pílula adequada em sua bolsa; volta para mim com uma guloseima ou uma taça na mão, contempla-me com emoção pelo espaço de um segundo, roça-me com seu corpo com gesto íntimo, que cada um crê ser o único a ter surpreendido; vai, vem, coloca uma palavra engenhosa onde alguém citou Shakespeare, dá uma breve declaração à imprensa, afirma que me acompanhará na próxima vez que eu for à selva; ergue-se, esbelta, diante da câmera das atualidades, e sua atuação é tão matizada, diversa, insinuante, dando-se sem deixar de guardar as distâncias, fazendo-se admirar de perto embora sempre atenta a mim, usando de mil artimanhas inteligentes para se oferecer a todos como a imagem da felicidade conjugal, que dá vontade de aplaudir. Ruth, nesta recepção, tem a trêmula alegria da esposa que vai viver – desta vez sem a dor da defloração – uma segunda noite de núpcias; é Genoveva de Brabante, de volta ao castelo; é Penélope ouvindo Ulisses falar-lhe do leito conjugal; é Griseldis, engrandecida pela fé e pela espera. Por fim, quando pressente que seus recursos vão se esgotar, que uma reiteração pode tirar o brilho da atuação da Protagonista, fala tão persuasivamente de minha fadiga, de meu desejo de repouso e de intimidade, depois de tantas e tão cruéis atribulações, que nos deixam partir, entre as piscadas compreensivas dos homens que veem minha esposa descer a escada de honra, pendurada em meu braço, com o corpo modelado pelo vestido. Tenho a impressão, ao sair da Prefeitura, de que só falta descer o pano e apagar os holofotes. Sinto-me alheio a tudo isto. Fiquei muito longe daqui. Quando, um momento atrás, o presidente de minha empresa me disse: "Tire mais uns dias de folga", olhei-o estranhamente, quase indignado de que se atrevesse a assumir ainda algum poder sobre meu tempo. E agora volto a encontrar aquela que foi a minha casa, como se entrasse na casa de outro. Nenhum dos objetos que aqui vejo tem para mim o significado de antes, nem tenho desejos de recuperar isto ou aquilo. Entre os livros alinhados nos painéis da biblioteca há centenas que para mim morreram. Toda uma literatura que eu considerava a mais inteligente e sutil que fora produzida na época vem abaixo com seus arsenais de falsas maravilhas. O odor peculiar deste apartamento devolve-me a uma vida que não quero viver pela segunda vez... Ao entrar, Ruth se inclinara para recolher um recorte de jornal que alguém – um vizinho, sem dúvida – havia passado por debaixo da porta. Parece agora que sua leitura lhe causa uma crescente surpresa. Alegro-me com esta distração de sua mente que retarda os temidos gestos de carinho, dando-me tempo para pensar no que vou lhe dizer, quando faz um gesto violento e se aproxima de mim com os olhos acesos pela ira. Entrega-me um pedaço de papel de jornal, e estremeço ao ver uma fotografia de Mouche, em conversa com um jornalista conhecido por sua exploração do escândalo. O título do artigo – tirado de um tabloide desprezível – fala de *revelações* a respeito de minha viagem. Seu autor relata uma conversa tida com a que fora minha amante. Esta lhe declarou do modo mais surpreendente que foi minha colaboradora na selva: segundo suas palavras, enquanto eu estudava os instrumentos primitivos do ponto de vista organográfico, ela os considerava sob o enfoque astrológico – pois, como é sabido, muitos povos da Antiguidade relacionaram suas escalas com uma hierarquia planetária. Com uma intrepidez aterradora, cometendo erros risíveis para qualquer especialista, Mouche fala da "dança da chuva" dos índios Zunis, com sua espécie de sinfonia elementar em sete movimentos; cita os ragas indianos, nomeia Pitágoras, com exemplos devidos, evidentemente, à amizade de Extieich. E é hábil, apesar de tudo, já que com esse desenrolar de falsa erudição trata de justificar, ante os olhos do público, sua presença junto a mim na viagem, fazendo esquecer a verdadeira índole de nossas relações. Apresenta-se como uma estudiosa da astrologia, que se aproveita da missão confiada a um amigo para se aproximar das noções cosmogônicas dos índios mais primitivos. Completa seu romance afirmando que abandonou voluntariamente a empresa, ali onde o paludismo a derrubara, regressando na canoa do doutor Montsalvatje. Não diz mais nada, sabendo que isto basta para que os interessados entendam o que devem entender: na realidade está se vingando de minha fuga com Rosario e do belo papel que a opinião pública atribuiu à minha esposa, na vasta impostura. E o que não diz, o jornalista faz vislumbrar com maldosa ironia: Ruth empenhou a nação inteira no resgate de um homem que, na realidade, foi à selva com uma amante. O aspecto equívoco da história ficava evidenciado pelo silêncio de quem, agora, saía da sombra com o mais pérfido oportunismo. De súbito, o sublime teatro conjugal de minha esposa afundava-se no ridículo. E ela me olhava, neste instante, com um furor situado além das palavras; seu rosto parecia feito da matéria gípsea das máscaras trágicas, e a boca, imobilizada numa careta sardônica, deixava ver seus dentes – um defeito que costumava ocultar – em arco muito fechado. Suas mãos crispadas estavam afundadas em sua cabeleira, como se procurassem algo para apertar e quebrar. Compreendi que devia me adiantar ao estouro de uma cólera que já não se poderia conter, e precipitei a crise soltando de repente tudo o que não pensava dizer senão vários dias depois, quando respaldado pela abjeta mas inegável força do dinheiro. Culpei seu teatro, sua vocação anteposta a tudo, a separação dos corpos, o absurdo de uma vida conjugal reduzida à fornicação do sétimo dia. E levado por uma vingativa necessidade de acrescentar ao que se revelava o fincar preciso do detalhe, disse-lhe como sua carne, um belo dia, pareceu-me distante; como sua pessoa havia se transformado, para mim, na mera imagem do dever que se cumpre por preguiça ante os transtornos que uma ruptura aparentemente injustificada ocasiona durante algum tempo. Depois lhe falei de Mouche, de nossos primeiros encontros, em seu estúdio decorado com representações astrais, onde, ao menos, encontrara algo da desordem juvenil, do alegre despudor, um tanto animal, que era inseparável, para mim, do amor físico. Ruth, desmoronada sobre o tapete, ofegante, com todas as veias da face desenhadas em verde, só conseguia me dizer, numa espécie de estertor gemente, como que querendo chegar quanto antes ao fim de uma operação intolerável: "Continue... Continue... Continue". Mas eu já estava lhe contando sobre meu desligamento de Mouche, meu atual asco por seus vícios e mentiras, meu desprezo por tudo o que significavam as falácias de sua vida, seu ofício de enganar e o perene aturdimento de seus amigos enganados pelas ideias enganosas de outros enganados – desde que contemplava tudo com olhos novos, como se regressasse, com a visão devolvida, de um longo trânsito por moradas da verdade. Ruth ficou de joelhos para me escutar melhor. E então vi nascer em seu olhar o perigo de uma compaixão muito fácil, de uma generosa indulgência que de modo algum queria aceitar. Seu rosto ia se suavizando por uma compreensão humana diante da debilidade castigada, e logo haveria a mão para o caído e viria o perdão soluçante e magnânimo. Por uma porta aberta via sua cama muito bem arrumada, com os melhores lençóis, as flores no criado-mudo, minhas pantufas colocadas ao lado das suas, como antecipação de uma cópula prevista, à qual não faltaria a reconfortante conclusão de um jantar delicado que devia estar disposto em algum lugar do apartamento, com seus vinhos brancos postos para gelar. O perdão estava tão próximo que julguei ter chegado o momento de dar o golpe decisivo, e tirei Rosario de seu segredo, apresentando este imprevisto personagem ao estupor de Ruth como algo remoto, singular, incompreensível para os de cá, pois sua explicação requeria a posse de certas chaves. Pintava-lhe um ser intangível para nossas leis, que seria inútil tratar de alcançar pelos caminhos comuns; um mistério em pessoa, cujos encantos me haviam marcado, depois de provas que deviam se calar, como se calavam os segredos de uma ordem de cavalaria. Em meio ao drama que tinha este conhecido aposento como palco, ia me divertindo malignamente em aumentar o desconcerto de minha esposa, com o aspecto de Kundry que minhas palavras emprestavam a Rosario, plantando em torno dela uma decoração de Paraíso Terrestre, onde a jiboia rastreada por Gavilán fizesse as vezes de serpente. Essa distensão de mim mesmo dentro da invenção verbal dava à minha voz um som tão firme e decidido que Ruth, vendo-se ameaçada por um real perigo, colocou-se à minha frente para escutar com mais atenção. De repente deixei escapar a palavra *divórcio*, e como ela não parecia compreender, repeti-a várias vezes, sem raiva, com o tom resoluto e nada alterado de quem expõe uma decisão inquebrantável. Então uma grande tragédia se ergueu diante de mim. Não poderia lembrar o que me disse durante a meia hora em que o quarto foi seu cenário. O que mais me impressionou foram os gestos: os gestos de seus braços finos, que iam do corpo imóvel ao semblante de gesso, apoiando as palavras com patética precisão. Suspeito agora que todas as inibições dramáticas de Ruth, sua restrição de anos a um mesmo papel, seus desejos, sempre postergados, de dilacerar-se em cena, vivendo a dor e a fúria de Medeia, encontraram, de súbito, um alívio naquele monólogo que alcançava o paroxismo... Mas de repente, seus braços caíram, a voz baixou ao registro grave, e minha esposa foi a Lei. Seu idioma se fez idioma de tribunais, de advogados, de fiscais. Gelada e dura, imobilizada numa atitude acusadora, retesada pelo negrume do vestido que deixara de modelá-la, advertiu-me que tinha os meios de me manter amarrado por longo tempo, que levaria o divórcio pelos caminhos mais enredados e sinuosos, que me confundiria com os laços legais mais pérfidos, com as tramitações mais embrulhadas, para impedir o regresso aonde vivia a que designava agora com o termo zombeteiro de

*Sua Atala*[1]. Parecia uma estátua majestosa, pouco feminina, plantada sobre o tapete verde como um Poder inexorável, como uma encarnação da Justiça. Perguntei-lhe por fim se tinha certeza de sua gravidez. Nesse momento, Têmis se fez mãe: abraçou seu próprio ventre com gesto desolado, dobrando-se sobre a vida que estava nascendo em suas entranhas, como que para defendê-la de minha insolência, e desatou a chorar de modo humilde, quase infantil, sem me olhar, tão dolorida que seus soluços, vindos do fundo, apenas se marcavam em leves gemidos. Depois, mais calma, fixou os olhos na parede, com semblante de quem contempla algo longínquo; levantou-se com grande esforço e foi a seu quarto, fechando a porta atrás de si. Cansado pela crise, necessitado de ar, desci as escadas. No fim dos degraus, ficava a rua.

# 35

*(Mais tarde)*

Como adquiri o costume de andar no ritmo de minha respiração, assombro-me ao descobrir que os homens que me rodeiam vão, vêm, cruzam-se, sobre a larga calçada com um ritmo alheio a suas vontades orgânicas. Se andam em tal passo e não em outro, é porque seu andar corresponde à ideia fixa de chegar à esquina a tempo de ver acender-se a luz verde que lhes permite atravessar a avenida. Às vezes, a multidão que surge aos borbotões das bocas do metrô, de tantos em tantos minutos, com a perseverança de uma pulsação, parece quebrar o ritmo geral da rua com uma pressa ainda maior que a reinante; mas logo se restabelece o tempo normal de agitação entre semáforo e semáforo. Como já

---

1. Referência à personagem-título do romance *Atala*, de Chateaubriand (1768-1848), no qual ocorre uma paixão impossível entre ela e o índio Chactas. (N. T.)

não consigo me ajustar às leis desse movimento coletivo, opto por prosseguir muito lentamente, junto às vitrines, já que ao longo das lojas existe algo assim como uma zona de indulgência para os anciãos, os inválidos e os que não têm pressa. Descubro então, nos estreitos espaços resguardados que se costuma encontrar entre duas vitrines, ou duas casas mal unidas, uns seres que descansam, como que aturdidos, parecendo múmias paradas. Numa espécie de fórnice há uma mulher em avançado estado de gravidez, com semblante de cera; numa guarita de tijolo vermelho, um negro envolto num capote surrado prova uma ocarina recém-comprada; numa socava, um cão treme de frio entre os sapatos de um bêbado que dormiu de pé. Chego a uma igreja, a cujas penumbras enfumaçadas de incenso me convidam as notas de um gradual de órgão. Com profundos ecos ressonam os latins litúrgicos sob as abóbadas do deambulatório. Olho as faces voltadas para o oficiante, nas quais se reflete o amarelado dos círios: nenhum dos que aqui congregaram o fervor neste ofício noturno entende nada do que diz o sacerdote. A beleza da prosa lhes é alheia. Agora que o latim foi eliminado das escolas como inútil, isto que aqui vejo é a representação, o teatro, de um crescente mal-entendido. Entre o altar e seus fiéis alarga-se, de ano a ano, um fosso repleto de palavras mortas. Já se eleva o canto gregoriano: *Justus ut palma florebit: / Sicut cedrus Libani multiplicatur: / plantatus in domo Domini, / in atris domus Dei nostri.* À ininteligibilidade do texto acrescenta-se agora, para os presentes, a de uma música que deixou de ser música para a maioria dos homens: canto que se ouve e não se escuta, como se ouve, sem se escutar, o idioma morto que o acompanha. E ao me dar conta agora dos estranhos, dos forasteiros que são os homens e mulheres aqui congregados, ante algo que lhes é dito e lhes é cantado numa língua que ignoram, percebo que a espécie de inconsciência com que assistem ao mistério é própria de quase tudo o que fazem. Quando aqui se casam, trocam anéis, pagam arras, recebem punhados de arroz na cabeça, ignorantes do simbolismo milenar de seus próprios gestos. Procuram a fava na torta da Epifania, levam amêndoas ao batismo, cobrem um abeto de luzes e grinaldas, sem saber o que é a fava, nem a amêndoa, nem a árvore que enfeitaram. Os homens daqui se orgulham de conservar tradições de origem esquecida, reduzidas, no mais das vezes, ao automatismo de um reflexo coletivo – a recolher objetos de um uso desconhecido, cobertos de inscrições que deixaram de falar há quarenta séculos. No mundo aonde retornarei agora, em compensação, não se faz um gesto cujo significado se desconheça: o jantar sobre a tumba, a purificação da moradia, a dança do mascarado, o banho de ervas, o contrato de aliança, o baile de desafio, o espelho encoberto, a percussão propiciatória, a luciferada do Corpus Christi são práticas cujo alcance é medido em todas as suas implicações. Elevo a vista para o friso daquela biblioteca pública que se ergue no meio da praça como um templo antigo: entre seus tríglifos inscreve-se o bucrânio que algum arquiteto aplicado deve ter desenhado sem se lembrar, provavelmente, de que aquele ornamento trazido da noite das idades não é senão uma representação do troféu de caça, ainda sujo de sangue coagulado, que o chefe de família pendurava sobre a entrada de sua moradia. Ao regressar encontro a cidade coberta de ruínas mais ruínas que as ruínas tidas como tais. Em toda parte vejo colunas enfermas e edifícios agonizantes, com os últimos entablamentos clássicos executados neste século, e os últimos acantos do Renascimento que acabam de secar em ordens que a nova arquitetura abandonou, sem substituí-los por ordens novas nem por um grande estilo. Uma bela ocorrência do Palladio, um genial encrespamento de Borromini perderam todo o significado em fachadas feitas com retalhos de culturas anteriores, que o cimento circundante acabará de afogar muito em breve. Dos caminhos desse cimento saem, extenuados, homens e mulheres que venderam mais um dia de seu tempo às empresas alimentícias. Viveram mais um dia sem vivê-lo, e reporão forças, agora, para viver amanhã um dia que tampouco será vivido, a menos que fujam – como eu fazia antes, a esta hora – para o estrépito das danças e o atordoamento do álcool, para se acharem mais desamparados ainda, mais tristes, mais fatigados, no próximo sol. Estou agora, precisamente, defronte do Venusberg, o lugar aonde tantas vezes vínhamos beber Mouche e eu, com uma placa luminosa em caracteres góticos. Sigo os que querem se divertir, e desço ao porão, em cujas paredes pintaram cenografias de planícies áridas, como que sem ar, balizadas de esqueletos, arcos em ruínas, bicicletas sem ciclistas, muletas que sustentam como falos pétreos, em cujos primeiros planos aparecem, como que curvados pela desesperança, uns anciãos meio desolados que parecem ignorar a presença de uma Górgona exangue, de costelas abertas sobre um ventre comido por formigas verdes. Mais à frente, um metrônomo, uma clepsidra e um caracol descansam sobre a cornija de um templo grego, cujas colunas são pernas de mulher vestidas com meias pretas, com uma liga vermelha fazendo as vezes de astrágalo. O estrado da orquestra está montado sobre uma construção de madeira, estuque, partes de metal, em que se cavaram pequenas grutas iluminadas que encerram cabeças de gesso, hipocampos, pranchas anatômicas e um móvel que consiste em dois seios de cera, montados sobre um disco giratório, cujos mamilos são roçados intermitentemente, ao passar, pelo dedo médio de uma mão de mármore. Numa gruta um pouco maior há fotografias, muito aumentadas, de Luís da Baviera, do chofer Hornig e do ator

Joseph Kainz no traje de Romeu, sobre um fundo de vistas panorâmicas dos castelos wagnerianos, rococós – muniquenses, sobretudo – do rei posto na moda por certos elogios da loucura, já muito rançosos – embora Mouche fosse muito fiel a eles, em dia ainda recente, por reação contra tudo o que chamava "espírito burguês". O teto arremeda uma abóbada de caverna, enverdecida irregularmente por fungos e infiltrações. Reconhecido o espaço, observo as pessoas que me rodeiam. Na pista de baile há uma urdidura de corpos metidos uns nos outros, encaixados, com pernas e braços confundidos, que se malaxam na escuridão como os ingredientes de uma espécie de magma, de lava movida desde dentro, ao compasso de um *blue* reduzido a seus meros valores rítmicos. Agora se apagam as luzes, e a escuridão, propiciando a estreiteza de certos abraços sem objetivo, de certos contatos exasperados por leves barreiras de seda ou de lã, comunica uma nova tristeza a esse movimento coletivo que tem algo de ritual subterrâneo, de dança para pisotear a terra – sem terra para pisotear. Estou na rua outra vez, sonhando, para estas pessoas, com monumentos que fossem grandes touros no cio cobrindo suas vacas, magistralmente, sobre soclos enobrecidos de bosta, no meio das praças públicas. Paro diante da vitrine de uma galeria de pintura, em que se exibem ídolos defuntos, esvaziados de sentido por não haver adoradores presentes, cujos rostos enigmáticos ou terríveis eram os que muitos pintores de hoje interrogavam para encontrar o segredo de uma eloquência perdida – com a mesma nostalgia de energias instintivas que fazia com que numerosos compositores de minha geração procurassem, no abuso dos instrumentos de bateria, a força elementar dos ritmos primitivos. Durante mais de vinte anos, uma cultura cansada tinha tratado de se rejuvenescer e encontrar novas seivas no fomento de fervores que nada devessem à razão. Mas agora me parecia risível a intenção daqueles que brandiam máscaras do Bandiagara, ibêjis africanos, fetiches rodeados de cravos, contra as cidades do *Discurso do método*, sem conhecer o significado real dos objetos que tinham entre as mãos. Buscavam a barbárie em coisas que jamais haviam sido *bárbaras* quando cumpriam sua função ritual no âmbito que lhes fora próprio – coisas que ao serem qualificadas de "bárbaras" colocavam, precisamente, o qualificador num terreno cogitante e cartesiano, oposto à verdade perseguida. Queriam renovar a música do Ocidente imitando ritmos que jamais tiveram uma função *musical* para seus primitivos criadores. Estas reflexões me levavam a pensar que a selva, com seus homens ousados, com seus encontros fortuitos, com seu tempo não transcorrido ainda, havia me ensinado muito mais quanto às próprias essências de minha arte, ao sentido profundo de certos textos, à ignorada grandeza de certos rumos, que a leitura de tantos livros que jaziam já, mortos para sempre, em minha biblioteca. Com o Adelantado compreendi que a obra máxima proposta ao ser humano é a de forjar um destino para si mesmo. Porque aqui, na multidão que me rodeia e corre, ao mesmo tempo desaforada e submetida, vejo muitos rostos e poucos destinos. E acontece que, por trás desses rostos, qualquer desejo profundo, qualquer rebeldia, qualquer impulso, é sempre impedido pelo medo. Tem-se medo da reprimenda, medo da hora, medo da notícia, medo da coletividade que pluraliza as servidões; tem-se medo do próprio corpo, ante as interpelações e os índices tensos da publicidade; tem-se medo do ventre que aceita a semente, medo das frutas e da água; medo das datas, medo das leis, medo das ordens, medo do erro, medo do envelope fechado, medo do que possa ocorrer. Esta rua devolveu-me ao mundo do Apocalipse, em que todos parecem esperar a abertura do Sexto Selo – o momento em que a lua se torne cor de sangue, as estrelas caiam como figos e as ilhas se movam de seus lugares. Tudo o anuncia: as capas das publicações expostas nas vitrines, os títulos apregoados, as letras que correm sobre as cornijas, as frases lançadas ao espaço. É como se o tempo deste labirinto e de outros labirintos semelhantes já estivesse pesado, contado, dividido. E me vem à mente, neste momento, como um alívio, a lembrança da taberna de Puerto Anunciación onde a selva veio até mim na pessoa do Adelantado. Volta-me à boca o sabor da forte aguardente avelanada, com seu limão e seu sal, e me parece que se pintam, em meu pensamento, as letras com ornamentos de sombras e de grinaldas, que compunham o nome do lugar: *Los Recuerdos del Porvenir*. Eu vivo aqui, de passagem, lembrando-me do futuro – do vasto país das Utopias permitidas, das Icárias possíveis. Porque minha viagem embaralhou, para mim, as noções de passado, presente, futuro. Não pode ser presente isto que será ontem antes que o homem tenha podido vivê-lo e contemplá-lo; não pode ser presente essa fria geometria sem estilo, onde tudo se cansa e envelhece a poucas horas de ter nascido. Só creio, agora, no presente do intacto; no futuro do que se cria diante das luminárias do Gênese. Já não aceito a condição de Homem-Vespa, de Homem-Ninguém, nem admito que o ritmo de minha existência seja marcado pelo porrete de um comitre.

# 36

*(20 de outubro)*

Quando, há três meses, devolveram-me as folhas de minha reportagem, sem uma desculpa, o terror me dobrou pernas, deixando-me todo trêmulo. Havia caído em desgraça, ao fazer-se pública a notícia de minha instância de divórcio. O jornal não me perdoava o dinheiro gasto em meu resgate, nem o ridículo de ter armado o mais edificante alvoroço em torno de mim, diante de um público cujos Pastores devem me considerar como transgressor da Lei, objeto de abominação. Tive de vender meu relato a um preço vil para uma revista de quarta categoria, e um acontecimento internacional chegou a tempo de esfumar a atualidade de minha figura. E começou minha luta encarniçada com uma Ruth vestida de negro, sem carmim nos lábios, empenhada em continuar representando seu papel de esposa ferida no coração e no ventre ante os juízes da nação. Sua gravidez foi um mero alarme. Mas isto, em vez de simplificar meu caso, enredou-o um pouco mais, pois seu hábil advogado explora o fato de que minha esposa quisera interromper sua carreira dramática ao menor indício de gravidez. Era eu, pois, o homem desprezível das Escrituras, que edifica casa e não vive nela, que planta a vinha e não a vindima. Agora, aquele cenário da Guerra de Secessão, que tanto torturara Ruth pelo automatismo cotidiano da tarefa imposta, passava a ser um santuário da arte, o caminho real de uma carreira, do qual ela não tinha vacilado em sair, sacrificando glória e fama, para dar--se mais plenamente ao sublime labor de modelar uma vida – uma vida que a amoralidade de meu procedimento lhe negava. Tenho toda a chance de perder nessa embrulhada que minha esposa estende indefinidamente com a intenção de pôr o tempo do seu lado e me fazer voltar, esquecido de minha evasão, à existência de antes. Afinal de contas, ela teve o melhor papel na grande comédia armada, e Mouche foi eliminada de seu território. Assim, há três meses, uma tarde após outra, dobro as mesmas esquinas, assino o que querem que eu assine, encontrando-me novamente, depois, nas mesmas calçadas avermelhadas pelos anúncios luminosos. Meu advogado já me recebe com mau humor, cansado de minha impaciência, advertindo-me então, com olhar arguto, que é cada vez mais difícil para mim fazer frente a certas custas do divórcio. E a verdade é que passei do grande hotel ao hotel de estudantes, e daí ao albergue da Rua 14, cujos tapetes cheiram a margarinas e gorduras derramadas. Tampouco me perdoa, minha empresa publicitária, a demora em regressar, enquanto Hugo, meu antigo assistente, passou a ser chefe de estúdios. Procurei infrutiferamente alguma tarefa nesta cidade onde há cem aspirantes para cada cargo. Fugirei daqui, divorciado ou não. Mas para chegar até Puerto Anunciación preciso de dinheiro, um dinheiro que cresce em importância, em quantia, à medida que o tempo passa, e só encontro pequenos encargos de instrumentação, que executo sem vontade, sabendo, ao cobrá-los, que estarei novamente sem recursos dentro de uma semana. A cidade não me deixa ir. Suas ruas se entretecem ao meu redor como os cordéis de uma armadilha, de uma rede, que tivessem jogado do alto sobre mim. De semana em semana fui me aproximando do mundo dos que lavam a única camisa à noite, cruzam a neve com as solas furadas, fumam bitucas de bitucas e cozinham em armários. Ainda não cheguei a tais extremos, mas o fogareiro a álcool, a caçarola de alumínio e o pacote de aveia formam parte já da mobília do meu quarto, anunciando algo que contemplo com horror. Passo dias inteiros na cama, tratando de esquecer o que me ameaça com leituras maravilhadas do *Popol-Vuh*, do Inca Garcilaso, das viagens de frei Servando de Castillejos. Às vezes abro o tomo de *Vidas de santos*, encadernado em veludo roxo onde se estampam em ouro as iniciais de minha mãe, e procuro a hagiografia de Santa Rosa que se abrira sob meus olhos, por misteriosa casualidade, no dia da partida de Ruth – dia em que tantos rumos se modificaram sem estrépito, por obra de uma assombrosa convergência de fatos fortuitos. E, a cada vez, descubro uma amargura maior ao me encontrar com a terna quadra que parece carregar-se de alusões dilacerantes:

> *Ai de mim! O meu querido*
> *quem é que detém?*
> *Tarda, já é meio-dia,*
> *mas ele não vem.*

Quando a lembrança de Rosario se instala em minha carne como uma dor intolerável, empreendo intermináveis caminhadas que me conduzem sempre ao Parque Central, onde o odor das árvores ferrugentas de outono, que já dormitam em brumas, propicia-me alguma serenidade. Algumas cascas, úmidas de chuva, recordam-me, ao tato, as lenhas molhadas de nossas últimas fogueiras, com sua fumaça acre que fazia *Sua mulher* chorar rindo, junto à janela aonde ia para tomar fôlego. Contemplo a Dança dos Abetos, procurando no movimento de suas agulhas algum sinal propiciatório. E a tanto chega minha impossibilidade de pensar em algo que não seja minha volta ao que lá me espera, que vejo, a cada manhã, presságios nas primeiras coisas que surgem em meu caminho: a aranha é de mau agouro, como a pele de serpente exposta numa vitrine; mas o cão que se aproxima e se deixa acariciar é excelente. Leio os horóscopos da imprensa. Procuro augúrios em tudo. Ontem à noite sonhei que estava numa prisão de muros tão altos como naves de catedrais, entre cujos pilares balançavam cordas destinadas ao suplício da estrapada; também havia abóbadas espessas, que se multiplicavam ao longe, com um ligeiro desvio para cima, a cada vez, como quando se olha um objeto em dois espelhos colocados frente a frente. Ao final, eram penumbras de subterrâneos, onde soava o galope surdo de um cavalo. O colorido de água-forte de tudo aquilo me fez pensar, ao abrir os olhos, que alguma lembrança de museu me fizera cativo das *Invenzioni di carceri* de Piranesi. Não pensei mais nisto durante todo o dia. Mas, agora, que cai a noite, entro numa livraria para folhear um tratado de interpretação dos sonhos: "CÁRCERE. *Egito*: afirma-se a posição. *Ciências ocultas*: em perspectiva, amor de uma pessoa da qual não se espera ou deseja nenhum afeto. *Psicanálise*: vinculada a circunstâncias, coisas e pessoas, das quais deve livrar-se". Sobressalta-me um perfume conhecido, e a figura de uma mulher se junta à minha num espelho próximo. Mouche está a meu lado, olhando disfarçadamente para o livro. E logo ouço sua voz: "Se é para uma consulta, farei um preço camarada". A rua está perto. Sete, oito, nove passos e estarei fora. Não quero lhe falar. Não quero escutá-la. Não quero discutir. Ela é culpada de tudo o que agora me aflige. Mas há, ao mesmo tempo, essa conhecida brandura nas coxas e nas virilhas, com o ardor que parece subir pelas curvas de suas pernas. Não é desejo definido nem excitação afirmada, mas sim uma sensação de aquiescência muscular, de debilidade ante a incitação, parecida com a que, na adolescência, conduzira muitas vezes meu corpo ao bordel, enquanto o espírito lutava por impedi-lo. Nesses casos eu havia conhecido um desdobramento interior, cuja lembrança depois me produzia inexprimíveis sofrimentos: enquanto a mente, aterrorizada, tratava de se agarrar a Deus, à lembrança de minha mãe, ameaçava com enfermidades, rezava o Pai-Nosso, os passos iam lentamente, firmemente, para a habitação com colcha de fitas vermelhas nos bordados, sabendo que ao perceber o odor peculiar de certos cosméticos revolvidos sobre o mármore de um toucador, minha vontade cederia ante o sexo, deixando a alma de fora, em trevas e desamparo. Depois, meu espírito ficava zangado com o corpo, rompido com ele até a noite, em que a obrigação de descansar juntos nos unia numa prece, preparando o arrependimento dos dias seguintes, quando vivia à espera dos humores e chagas que castigam o pecado da luxúria. Compreendi que renovara esses combates da adolescência quando me vi andando ao lado de Mouche, junto ao paredão avermelhado da igreja de San Nicolás. Ela falava rapidamente, como para se aturdir, afirmando que era inocente do escândalo armado na imprensa, que havia sido vítima de um abuso de confiança por parte do jornalista etc. – sem ter perdido, é claro, seu habitual poder de mentir com os olhos limpos, olhando diretamente. Não me jogava na cara o que se passou com ela, quando adoecera de paludismo, atribuindo-o magnanimamente a meu empenho de encontrar os instrumentos verdadeiros. Como, na verdade, estava sob os efeitos da febre quando eu amei Rosario, pela primeira vez, na cabana dos gregos, restava-me a dúvida de que nos tivesse visto realmente. Com tristeza tolerava sua companhia esta noite para falar com alguém, para não me ver só em meu mal iluminado quarto, andando de parede a parede sobre o fedor da margarina; e como estava bem decidido a frustrar suas tentativas de sedução, deixei-me levar ao Venusberg onde tinha crédito de muito tempo atrás. Assim não teria de confessar minha miséria atual, cuidando, de resto, de beber com moderação. Mas, de todo modo, o álcool arranjaria uma forma de escavar minha integridade com aleivosia suficiente para que me visse, bastante cedo, no salão das consultas astrológicas, cujas pinturas estavam terminadas. Mouche encheu várias vezes a minha taça, pediu-me permissão para pôr roupas mais folgadas, e quando o fez me tratou de néscio por me privar de um prazer sem consequência; afirmou que o fato agora não me comprometeria em nada, e tão habilmente manejou sua pessoa que acedi ao que quis com uma facilidade devida, em muito, a várias semanas de uma abstinência inabitual em mim. Ao cabo de alguns minutos conheci a angústia e a decepção daqueles que voltam a uma carne já sem surpresas, depois de uma separação que pôde ser definitiva, quando nada mais une ao ser que essa carne envolve. Fiquei triste, aborrecido comigo mesmo, mais só do que antes, ao lado de um corpo que voltava a olhar com desprezo. Qualquer prostituta encontrada no bar, possuída após pagamento, teria sido preferível a isto. Pela porta aberta via as pinturas do salão de consultas. "Esta viagem estava escrita na parede", havia dito Mouche, na véspera de nossa partida, dando um sentido agoureiro à presença do Sagitário, do Navio Argos e da Cabeleira de Berenice, no conjunto da decoração, personificando-se ela mesma na terceira figura. Agora, o sentido agoureiro de tudo aquilo – no caso de que o tivesse – adquiria uma surpreendente clareza em meu espírito: a Cabeleira de Berenice era Rosario, com sua cabeleira virgem, jamais cortada, enquanto Ruth assemelhava-se à Hidra que fechava a composição, ameaçadoramente plantada atrás do piano que se podia ver como o instrumento do meu ofício. Mouche sentiu que meu silêncio, minha falta de interesse pelo recobrado não lhe eram favoráveis. Para me tirar de meus pensamentos pegou uma publicação que se encontrava sobre o criado-mudo. Era uma pequena revista religiosa cuja assinatura lhe fora oferecida no avião da volta por uma freira negra que compartilhara seu assento durante algumas horas. Mouche me explicou, rindo, que como se anunciava um forte mau tempo, havia aceitado a assinatura na dúvida de que Jeová fosse o deus verdadeiro. Abrindo o modesto boletim de missões, impresso em papel barato, colocou-o em minhas mãos: "Creio que se fala aqui do capuchinho que conhecemos; há um retrato dele". Com uma moldura de espessa orla negra estampava-se, de fato, uma fotografia de frei Pedro de Henestrosa, tomada muitos anos atrás, sem dúvida, pois ainda luzia jovem o seu semblante, apesar da barba grisalha. Soube, com crescente emoção, que o frade havia empreendido a viagem às terras de índios bravios que me apontara, certa vez, do alto do monte dos petróglifos. Por um buscador de ouro – dizia o artigo – chegado recentemente a Puerto Anunciación, sabia-se que o corpo de frei Pedro de Henestrosa havia sido encontrado, atrozmente mutilado, numa canoa lançada ao rio por seus matadores, para que chegasse à terra de brancos, como uma horrenda advertência. Vesti-me rapidamente, sem responder às perguntas de Mouche, e fugi da casa sabendo que jamais retornaria a ela. Até a aurora andei entre prédios desertos, bancos, funerárias em silêncio, hospitais adormecidos. Incapaz de descansar, tomei o *ferry* quando amanheceu, cruzei o rio e continuei caminhando entre os armazéns e alfândegas Hoboken. Penso que os matadores devem ter despido frei Pedro, depois de flechá-lo, e, levantando suas costelas fracas com uma pederneira, devem ter arrancado seu coração, rememorando um ato ritual muito antigo. Talvez o tenham castrado; talvez o tenham esfolado, esquartejado, picado, como uma rês. Posso imaginar as possibilidades mais cruéis, as amputações mais sangrentas, as piores mutilações impostas a seu velho corpo. Mas acabo não encontrando em sua terrível morte o horror que me causaram outras mortes de homens que não sabiam por que morriam, invocando a mãe ou tratando de deter, com as mãos, a desfiguração de um rosto já sem nariz nem bochechas. Frei Pedro de Henestrosa tivera a suprema mercê que o homem pode outorgar-se a si mesmo: a de ir ao encontro de sua própria morte, desafiá-la e cair trespassado numa luta que seja, para o vencido, asseteada vitória de Sebastião: confusão e derrota final da morte.

# 37

*(8 de dezembro)*

Quando o rapaz que me guiava apontou a casa, dizendo que ali estava a pousada nova, parei com dolorosa surpresa: atrás dessas paredes espessas, sob esse telhado coberto de ervas agitadas pelo vento, tínhamos velado certa noite o pai de Rosario. Lá, numa cozinha enorme, tinha me aproximado de *Sua mulher* pela primeira vez, com uma obscura consciência de sua futura importância. Agora nos recebe um Dom Melisio, cuja "Dona", anã negra, pega três malas das mãos dos moços que me seguem e as empilha sobre a cabeça como se nada pesassem os papéis e livros que as enchem até arrebentar-lhes as correias, afastando-se para o pátio com os olhos esbugalhados. Os quartos estão como antes, embora sem o cândido adorno dos cromos velhos. O pátio conserva os mesmos arbustos; a cozinha, aquela tina bojuda que dava às vozes uma ressonância de nave de catedral. A ampla sala da frente, contudo, foi transformada em refeitório e loja mista, com grandes cilindros de cordas nos cantos e várias estantes em que há latas de pólvora negra, bálsamos e azeites, e remédios em frascos de formas desusadas, como que destinados a enfermidades de outro século. Dom Melisio me explica que comprou a casa da mãe de Rosario, e que esta, com todas as suas filhas solteiras, foi juntar-se a uma irmã que tem atrás dos Andes, a onze ou doze jornadas de viagem. Uma vez mais me admiro ante a naturalidade com que as pessoas destas terras consideram o vasto mundo, dispondo-se a navegar ou a rodar durante longas semanas, com suas redes enroladas no ombro, sem os sustos do homem culto ante as distâncias que os precários meios de transporte tornam imensas. Além disso, colocar a barraca em outro lugar, passar do estuário à cabeceira de um rio, mudar a moradia para outro lado de uma planície que demora dias para se cruzar, faz parte do inato conceito de liberdade de seres diante de cujos olhos a terra se apresenta sem cercados, demarcadores ou limites. O solo, aqui, é de quem quer tomá-lo: a fogo e a machete limpa-se uma margem de rio, põe-se uma telha sobre quatro pilares, e isto já é *uma fazenda* que leva o nome de quem se proclama seu dono, como os antigos Conquistadores, rezando um Pai-Nosso e lançando ramos ao vento. Não se é mais rico por isso; mas em Puerto Anunciación, aquele que não se crê possuidor do segredo de uma jazida de ouro sente-se dono de terras. O perfume da fava-de-cheiro e da baunilha que enche a casa me deixa de bom humor. E depois, é essa presença do fogo, novamente, na chaminé em que crepita um pernil de anta, por todas as suas gorduras que já cheiram a bolotas desconhecidas. Esse regresso ao fogo, ao lume vivo, à chama que dança, à faísca que salta e encontra, na ardorosa sabedoria do rescaldo, uma velhice resplandecente, sob o enrugado gris das cinzas. Peço uma garrafa e copos à anã negra Dona Casilda, e minha mesa é de quem queira lembrar que estive aqui há sete meses – o que me traz comensais imediatamente. Aí estão, com suas notícias de mais acima ou de mais abaixo, o Pescador de Toninhas, o homem dos manatins, o carpinteiro que tão bem media os ataúdes com olho de bom tanoeiro, e um moço de gestos lentos, com perfil indiático, a quem chamam Simón, e que, enjoado de ser sapateiro em Santiago de los Aguinaldos, chega depois de subir os rios menos navegados numa canoa cheia de mercadorias destinadas à troca. Em resposta a minhas primeiras perguntas, confirma-me a morte de frei Pedro: seu cadáver foi encontrado, trespassado de flechas e com o tórax aberto, por um dos irmãos de Yannes. Como terrível aviso àqueles que pretenderam pisar em seus domínios, os índios bravios puseram o corpo mutilado numa canoa, logo levada pelas águas até onde a encontrara o grego, coberta de abutres, na margem de um canal. "É o segundo que morre assim", comenta o Carpinteiro, acrescentando que entre esses barbudos há os que honram as calças que vestem. Agora, para minha má sorte, dizem-me que o Adelantado esteve em Puerto Anunciación há apenas quinze dias. E outra vez se repetem as lendas que correm acerca do que se possui ou se procura na selva. Simón me revela que na cabeceira de rios inexplorados teve a surpresa de encontrar gente estabelecida que levantava casas e semeava a terra, sem procurar ouro. Outro sabe de quem fundou três cidades e as chamou de Santa Inés, Santa Clara e Santa Cecilia, em invocação das padroeiras de suas três filhas maiores. Quando a anã negra Dona Casilda nos traz a terceira garrafa de aguardente avelanada, Simón já se oferece para me levar, em sua canoa, até onde encontrei os instrumentos destinados ao Curador. Digo-lhe que vou procurar outra coleção de tambores e de flautas, para não explicar o verdadeiro objetivo de minha viagem. Dali seguirei adiante com os remadores índios da outra vez, que conhecem o caminho. O moço não navegou por esses lugares e só viu de muito longe, uma ou outra vez, os primeiros contrafortes das Grandes Mesetas. Mas me comprometo a guiá-lo além da antiga mina dos gregos. Ao cabo de três horas de remo, rio acima, temos de encontrar aquele valado de árvores – aquela muralha de troncos, como que traçada em linha reta – onde está a entrada do canal de passagem. Procurarei o sinal inciso, que é a identificação do passadiço abobadado pelos ramos. Mais à frente, sempre para o Leste com a ajuda da bússola, temos de cair no outro rio, onde a tempestade me agarrara, em certa tarde memorável de minha existência. Ao chegar aonde achei os instrumentos, verei como me livro de meu companheiro de viagem, prosseguindo com as pessoas da aldeia... Já certo de sair amanhã, deito-me com uma deliciosa sensação de alívio. Essas aranhas que tecem entre as vigas do teto já não serão de mau agouro para mim. Quando tudo parecia perdido, *lá* – e como tudo agora me parece *de lá*! – foi resolvido o vínculo legal, e um acerto na composição de um falso concerto romântico destinado ao cinema me abriu a porta do labirinto. Estou, por fim, nos umbrais da terra que escolhi, com todo o necessário para trabalhar durante muito tempo. Por precaução perante mim mesmo, para cumprir com uma vaga superstição que consiste em admitir a possibilidade do pior para conjurá-lo e afastá-lo, quero imaginar que algum dia me canse do que aqui venho buscar; considero que alguma obra minha me imponha o desejo de voltar para *lá* pelo tempo de uma edição. Mas então, mesmo sabendo que finjo admitir o que não admito, assalta-me um verdadeiro medo: medo de tudo o que acabo de ver, de padecer, de sentir pesar sobre minha existência. Medo das tenazes, medo do *bolge*[2]. Não quero voltar a fazer má música, sabendo que faço má música. Fujo dos ofícios inúteis, dos que falam para se aturdirem, dos dias vãos, do gesto sem sentido, e do Apocalipse que paira sobre aquilo tudo. Estou ansioso por sentir novamente o correr da brisa entre minhas coxas; estou impaciente por me afundar nas torrentes frias das Grandes Mesetas, e virar-me sobre mim mesmo, debaixo d'água, para ver como o cristal vivo que me circunda se tinge de um verde claro na luz que nasce. E, sobretudo, estou tão ansioso por segurar Rosario com meu corpo inteiro, por sentir seu calor aberto sobre minha carne palpitante, e quando minhas mãos recordam suas curvas, seus ombros, a profunda maciez encontrada sob seu velo curto e duro, as investidas do desejo se fazem quase dolorosas em sua premência. Sorrio, pensando que escapei da Hi-

2. Provável referência ao *Malebolge*, oitavo círculo do "Inferno" da *Divina comédia*, de Dante, formado por dez *bolge* (plural de *bolgia*, bolsa – o referido nome, portanto, significa "bolsas – ou valas – malditas"), nos quais se encontram os que pecaram por diferentes modalidades de fraude. (N. T.)

dra, tomei o Navio Argos, e que quem ostenta a Cabeleira de Berenice deve estar ao pé das Rubricas do Dilúvio, agora que passaram as chuvas, recolhendo as ervas que tanto macerava em jarras de borbulhantes remédios, enobrecidos pelo sereno da lua ou pelo alvor dos brotos amanhecidos. Volto para ela mais consciente que antes de amá-la, porque passei por novas provas; porque vi o teatro e o fingimento em toda parte. Além disso, aqui se coloca uma questão de transcendência maior para meu caminhar pelo Reino deste Mundo – a única questão, afinal de contas, que exclui todo dilema: saber se posso dispor de meu tempo ou se outros disporão dele, fazendo-me de crustáceo ou espadeleiro[3] de galeras, segundo o zelo posto por mim em não viver e servi-los. Em Santa Mónica de los Venados, enquanto estou com os olhos abertos, minhas horas me pertencem. Sou dono de meus passos e os finco onde quero.

# 38

*(9 de dezembro)*

O sol acaba de aparecer sobre as árvores quando atracamos junto à antiga mina dos gregos, cuja casa está abandonada. Transcorreram sete meses apenas desde que aqui estive, e a selva voltou a apoderar-se de tudo. A choça em que Rosario e eu nos amamos pela primeira vez arrebentou literalmente pela força das plantas que cresceram dentro dela, e levantaram seu teto, abriram as paredes, fazendo folhas mortas, matéria podre, das fibras que antes desenhavam o perfil de uma moradia. Além disso, como a última

---

3. Palavra correspondente ao termo castelhano *espalder* (remador que ia de costas na popa das galeras, a fim de comandar os demais), provável sentido buscado pelo autor, embora figure no original a palavra *espaldero* (guardião, escudeiro), um americanismo. (N. T.)

enchente do rio foi particularmente caudalosa, o terreno esteve alagado. Choveu fora de estação, as águas não terminaram de descer para seu nível mais baixo, e nas ribeiras pinta-se uma franja de terra úmida, coberta de escórias da selva, sobre as quais revoam miríades de borboletas amarelas, tão apertadas umas às outras ao moverem-se, que bastaria bater com um bastão em um dos enxames para tirá-lo pintado de enxofre. Ao ver isto, compreendo a origem de migrações como a que vira em Puerto Anunciación, quando o céu ficou escurecido por uma interminável nuvem de asas. De repente a água borbulha e um cardume de peixes que saltam, chocam-se, atropelam-se, passa por cima de nossa barca, eriçando a corrente de barbatanas plúmbeas e caudas que se esbofeteiam com ruído de aplausos. Logo, passa voando em triângulo um bando de garças e, como se respondessem a uma ordem dada, todos os pássaros da mata começam a se alvoroçar em concerto. Esta onipresença da ave, pondo sobre os espantos da selva o signo da asa, faz-me pensar na transcendência e pluralidade dos papéis desempenhados pelo Pássaro nas mitologias deste mundo. Desde o Pássaro-Espírito dos esquimós, que é o primeiro a grasnar perto do Polo, no lugar mais alto do continente, até aquelas cabeças que voavam com as asas de suas orelhas na região da Terra do Fogo, não se veem senão costas ornadas de pássaros de madeira, pássaros pintados na pedra, pássaros desenhados no chão – tão grandes que se deve olhá-los das montanhas –, num desfile furta-cor de majestades do ar; Pássaro-Trovão, Águia-Orvalho, Pássaros-Sóis, Condores-Mensageiros, Araras-Bólidos lançados sobre o vasto Orinoco, *zentzontles*[4] e *quetzales*[5], todos presididos

---

    4. O mesmo que *sinsontle*. (N. T.)
    5. *Quetzal* (apócope do mexicano *quetzaltotl* – de *quetzalli*, bela plumagem, e *tototl*, pássaro): ave tida como sagrada pelos antigos astecas, que a ligavam ao deus *Quetzalcóatl*. É o emblema nacional da Guatemala. (N. T.)

pela grande tríade das serpentes emplumadas: *Quetzalcóatl, Gucumatz e Culcán*...[6] Já prosseguimos a navegação e quando se torna árduo o mormaço do meio-dia sobre as águas amarelas e revoltas indico a Simón, à esquerda, a parede de árvores que fecha a ribeira até onde o olhar alcança. Aproximamo-nos, e começa uma lenta navegação, em busca do sinal que marca a entrada do canal de passagem. Com a vista fixa nos troncos, procuro, à altura do peito de um homem que estivesse de pé sobre a água, a incisão que desenha três V sobrepostos verticalmente, num sinal que poderia estender-se até o infinito. De quando em quando, a voz de Simón, que rema devagar, interroga-me. Seguimos mais adiante. Mas ponho tanta atenção em olhar, em não deixar de olhar, em pensar que olho, que após um momento meus olhos se cansam de ver passar constantemente o mesmo tronco. Assaltam-me dúvidas de *ter visto* sem me dar conta; pergunto-me se não teria me distraído durante alguns segundos; mando voltar atrás, e só encontro uma mancha clara sobre uma casca ou um simples raio de sol. Simón, sempre calmo, segue minhas indicações sem falar. A canoa roça os troncos e tenho, às vezes, de afastá-la firmando numa árvore a ponta de um facão. Mas agora a busca do sinal nessa interminável sucessão de troncos todos iguais me produz uma espécie de enjoo. E me digo, entretanto, que o empenho não é absurdo: em nenhum dos troncos apareceu nada semelhante aos três V sobrepostos. Já que existem e que algo escrito sobre uma casca nunca se apaga, teremos de encontrá-los. Navegamos durante mais meia hora. Mas eis que surge da selva um esporão de rocha negra, com desenho tão quebrado e singular,

---

6. *Quetzalcóatl* (literalmente, serpente de plumas) – divindade conhecida desde a alta Antiguidade clássica, adorada por toltecas, astecas e maias. *Gucumatz* e *Culcán* integravam, com *Quetzalcóatl*, a trilogia divina dos *quichés*. (N. T.)

que se eu tivesse chegado até aqui da outra vez, certamente me lembraria dele agora. É evidente que a entrada do canal ficou para trás. Faço um gesto para Simón, que faz a barca virar em círculo e começa a desnavegar o navegado. Imagino que está me olhando com ironia, e isto me irrita tanto como a própria impaciência. Por isso, viro de costas para ele e continuo examinando os troncos. Se deixei passar o sinal sem vê-lo, agora que seguimos a cerca vegetal pela segunda vez, forçosamente terei de vê-lo. Eram dois troncos, erguidos como as duas jambas de uma porta estreita. O dintel era de folhas, e a meia altura, sobre o tronco da esquerda, estava a marca. Quando começamos a remar, o sol nos pegava em cheio. Agora, remando em sentido inverso, estamos numa sombra que se alarga sobre a água cada vez mais. Minha angústia cresce ante a ideia de que a noite caia antes de ter achado o que procuro e tenhamos de voltar amanhã. O percalço, em si, não seria grave. Mas agora me pareceria de mau agouro. Tudo andou tão bem ultimamente que não quero aceitar tão absurdo contratempo. Simón continua me considerando com irônica mansidão. Por fim, para dizer algo, aponta-me umas árvores, idênticas a outras, perguntando-me se a entrada não seria por ali. "É possível", respondo-lhe, sabendo que ali não há sinal algum. "Possível não é palavra de tribunal", comenta o outro, sentencioso, e então caio sobre uma borda da barca, que entrou, de proa, numa rede de lianas. Simón se levanta, pega a vara e a afunda na água, procurando apoio no fundo, para jogar a canoa para trás. Naquele instante, no segundo que a vara demora para se molhar, compreendo por que não encontramos o sinal, nem poderemos encontrá-lo: a vara, que mede uns três metros de comprimento, não encontra terra onde fincar-se, e meu companheiro tem de atacar as lianas a machetadas. Quando voltamos a remar e me olha, vê algo tão descomposto em meu rosto que vem para o meu lado, pensando que me ocorreu algo. Eu lembrava que quando tínhamos estado aqui com o Adelantado, *os remos alcançavam o fundo em todos os momentos.* Isto quer dizer que o rio continua transbordado, e que *a marca que procuramos está debaixo d'água.* Digo a Simón o que acabo de entender. Rindo me responde que já imaginava isso, mas que "por respeito" não havia me dito nada, acreditando, além disso, que ao procurar o sinal eu levava em conta a enchente. Agora pergunto, com medo da resposta, demorando nas palavras, se ele acredita que logo as águas baixarão o suficiente para que possamos ver a marca como eu a vi na vez anterior. "Até abril ou maio", responde-me, pondo-me diante de uma realidade sem apelação. Até abril ou maio estará fechada, pois, para mim, a estreita porta da selva. Dou-me conta agora de que depois de ter saído vencedor da prova dos terrores noturnos, da prova da tempestade, fui submetido à prova decisiva: a tentação de regressar. Ruth, do outro extremo do mundo, era quem despachara os Mandatários que me caíram do céu, uma manhã, com seus olhos de cristal amarelo e seus fones de ouvido pendurados no pescoço, para me dizer que as coisas que me faltavam para me expressar estavam a apenas três horas de voo. E eu havia subido às nuvens, diante do assombro dos homens do Neolítico, para procurar umas resmas de papel, sem suspeitar de que, na realidade, ia sequestrado por uma mulher misteriosamente informada de que só os meios extremos lhe dariam uma última oportunidade de me ter em seu território. Nestes últimos dias sentia junto a mim a presença de Rosario. Às vezes, à noite, acreditava ouvir sua calma respiração adormecida. Agora, perante o sinal coberto e a porta fechada, parece-me que essa presença se afasta. Procurando a acre verdade por meio de palavras que meu companheiro escuta sem entender, digo-me que a marcha pelos caminhos excepcionais se empreende inconscientemente, sem ter a sensação do maravilhoso no instante de vivê-lo: chega-se tão longe, além do trilhado, além do repartido, que o homem, envaidecido pelos privilégios do descoberto, sente-se capaz de repetir a *façanha*, quando se propuser a isso – dono do rumo negado aos demais. Um dia, comete o irreparável engano de desandar o andado, acreditando que o excepcional possa sê-lo duas vezes, e ao regressar encontra as paisagens transtornadas, os pontos de referência varridos, enquanto os informadores mudaram de semblante... Um ruído de remos sobressalta-me em minha angústia. A selva está sendo tomada pela noite, e as pragas se espessam, zumbidoras, ao pé das árvores. Simón, sem me escutar mais, conduziu-se ao centro da corrente, para regressar mais depressa à antiga mina dos gregos.

# 39

*(30 de dezembro)*

Estou trabalhando sobre o texto de Shelley, aligeirando certas passagens, para lhe dar um cabal caráter de cantata. Tirei algo do longo lamento de Prometeu que tão magnificamente inicia o poema, e dedico-me agora a enquadrar a cena das Vozes – que tem algumas estrofes irregulares – e o diálogo do Titã com a Terra. Esta tarefa, certamente, é mera tentativa de burlar minha impaciência, tirando-me por momentos da ideia fixa, do único fim, que me tem imobilizado, há já três semanas, em Puerto Anunciación. Dizem que está prestes a regressar do Rio Negro um guia conhecedor da passagem que me interessa, ou, em todo caso, de outros caminhos de água igualmente úteis para me pôr no rumo final. Mas aqui todos são tão donos de seu tempo, que uma espera de quinze dias não produz a menor impaciência. "Já vai voltar... Já vai voltar", responde-me a anã Dona Casilda quando, à hora do café da manhã, pergunto-lhe se há notícias do possível guia. Também alimento a esperança de que o Adelantado, urgido por alguma necessidade de remédios ou sementes, faça uma aparição inesperada, e por isso permaneço no povoado, desprezando os tentadores convites de Simón para navegar pelos canais do Norte. Os dias transcorrem com uma lentidão que me faria feliz em Santa Mónica de los Venados, mas que aqui, sem poder fixar a mente numa tarefa séria, torna-se tediosa. Além disso, a obra que me interessa agora é o *Treno*, e os apontamentos ficaram em mãos de Rosario. Poderia tratar de iniciar de novo sua composição, mas o que estava feito lá tinha me dado um tal contentamento, quanto à espontaneidade do tom encontrado, que não quero começar novamente, a frio, com o sentido crítico aguçado, fazendo esforços de memória – preocupado, ao mesmo tempo, pelo afã de prosseguir a viagem. Toda tarde caminho até os caudais e me deito nas pedras estremecidas pelo fervor da água metida em passagens, regueiras e socavas, obtendo uma espécie de alívio para minha irritação quando me encontro sozinho nesse fragor de trovão, isolado de tudo pelas esculturas de uma espuma que se agita conservando sua forma – forma que incha e se adelgaça, segundo as intermitências do impulso da corrente, sem perder um desenho, um volume e uma consistência que transforma sua mutação perene e vertiginosa em objeto fresco e vivo, acariciável como o lombo de um cão, com redondez de maça para os lábios que nele pousem. Nas matas opera-se a substituição dos ruídos, a ilha de Santa Prisca se faz una com seu reflexo invertido, e o céu se apaga no fundo do rio. Ao comando de um cão que sempre ladra no mesmo diapasão agudo, com ritmo picado, todos os cães da vizinhança entoam uma espécie de cântico, feito de uivos, que escuto agora com suma atenção, andando pelo caminho de volta das rochas, pois observei, tarde após tarde, que sua duração é sempre a mesma, e que termina invariavelmente como começou, com dois latidos – nunca um a mais – do misterioso cão-xamã das matilhas. Descobertas já as danças do macaco e de certas aves, ocorre-me que algumas gravações sistemáticas dos gritos de animais que convivem com o homem poderiam revelar, neles, um obscuro sentido musical, bastante próximo já do canto do feiticeiro que tanto me surpreendera, certa tarde, na Selva do Sul. Faz cinco dias que os cães de Puerto Anunciación uivam do mesmo modo, respondendo a uma determinada ordem, e calam a um sinal inconfundível. Depois voltam para suas casas, deitam-se sob os tamboretes, escutam o que se fala ou lambem suas tigelas, sem importunar mais, até que chegam os tempos paroxísticos do cio, em que os homens só podem esperar resignadamente que os animais da Aliança terminem com seus ritos de reprodução. Pensando nisto chego à primeira ruela do povoado, quando duas mãos vigorosas se fecham sobre meus olhos e um joelho se finca em meu espinhaço, dobrando-me para trás, com tal brutalidade que prorrompo numa exclamação de dor. Tão estúpida foi a brincadeira que me retorço para escapar e bater. Mas explode uma risada cujo timbre conheço, e imediatamente minha raiva se torna alegria. Yannes me abraça, envolvendo-me no suor de sua camisa. Agarro-o pelo braço, como se temesse que escapasse de mim, e o levo a meu albergue, onde a anã Dona Casilda nos serve uma garrafa de aguardente avelanada. Para começar, finjo um interesse adulador por suas aventuras, para encontrar mais rapidamente o calor da amizade e chegar, em tom afetuoso, à única coisa que me interessa: Yannes conhece certamente a passagem alagada; estava conosco quando entramos nela; além disso, com sua larga experiência da selva será capaz de abrir a Porta sem necessidade de procurar a tripla incisão. Também é provável que a água tenha baixado um pouco nestas últimas semanas. Mas noto que há algo mudado nas expressões do grego: seus olhos, de olhar tão penetrante e seguro, estão como que inquietos, desconfiados, não conseguindo descansar em nada. Parece nervoso, impaciente, e é difícil ter com ele uma conversa alinhavada. Quando conta algo, atropela-se ou vacila, sem se deter por longo tempo numa ideia, como fazia antes. De súbito, com ar de conspirador, pede-me que o leve ao meu quarto. Ali fecha a porta com chave, verifica as janelas e me mostra, à luz da lâmpada, um tubo de metoquina, vazio de comprimidos, em que há uns cristaizinhos que parecem vidro esfumaçado. Explica-me, em voz baixa, que esses quartzos são como que as sentinelas do diamante: perto deles está sempre o que se busca. E ele afundou a picareta em certo lugar e encontrou a jazida prodigiosa. "Diamantes de catorze *carates*[7]" – confia-me com voz abafada. "E deve haver maiores." Já sonha, sem dúvida, com a gema de cem quilates, achada recentemente, que transtornou os miolos de todos os buscadores do Eldorado que ainda andam pelo continente e não renunciam a encontrar os tesouros procurados pelo alucinado Felipe de Utre. Yannes está desassossegado pela descoberta; vai à capital, agora, para fazer o registro legal da mina, com o obsediante medo de que alguém, em sua ausência, tropece com a remota jazida encontrada. Parece que se viram casos de uma convergência prodigiosa de dois buscadores sobre o mesmo arpento do imenso mapa. Mas nada disso me interessa. Elevo a voz para conseguir sua atenção e lhe falo da única coisa que me preocupa. "Sim, na volta" – responde. "Na volta." Suplico-lhe que

---

7. A palavra aludiria ao vocábulo grego *kerátion* (pequeno chifre; unidade de peso), do qual deriva, remotamente, o termo "quilate". (N. T.)

adie sua viagem, para que saiamos nesta mesma noite, antes da aurora. Mas o grego me avisa que o *Manatí* acaba de chegar e deve zarpar amanhã ao meio-dia. Ademais, não há modo de dialogar com ele. Só pensa em seus diamantes, e quando cala é para não falar deles, temendo que Dom Melisio ou a anã o escutem. Aborrecido, resigno-me a uma nova demora: aguardarei, pois, que retorne – coisa que fará logo, sob a premência da cobiça. E para estar certo de que não deixará de me buscar, ofereço-lhe alguma ajuda para iniciar a exploração. Abraça-me aparatosamente, chamando-me de irmão, e me leva à taberna onde conheci o Adelantado; pede outra garrafa de aguardente avelanada, e para que eu me interesse mais por seu achado, finge me fazer confidências sobre o lugar em que recolheu os quartzos anunciadores do tesouro. E me inteiro, assim, de algo de que eu não havia suspeitado: *encontrou a mina vindo de Santa Mónica de los Venados*, logo depois de ter deparado com a cidade desconhecida e de ter passado dois dias nela. "Gente idiota" – me diz. "Gente estúpida; têm ouro perto e não tiram; eu quis trabalhar: eles disseram me matar fuzil." Agarro Yannes pelos ombros e lhe grito que me fale de Rosario, que me diga algo dela, de sua saúde, de seu aspecto, do que faz. "Mulher de Marcos" – responde-me o grego. "Adelantado contente, porque ela prenhe recentemente..." Fico como que ensurdecido. Minha pele se eriça de alfinetes frios, saídos de dentro. Com imenso esforço levo minha mão até a garrafa, cujo vidro me produz uma sensação de queimadura. Encho minha taça lentamente e derramo o líquido numa garganta que não sabe tragar e irrompe em tosses rasgadas. Quando recupero o alento perdido, olho-me no espelho enegrecido por dejetos de mosca que está no fundo da sala e vejo um corpo ali, sentado junto à mesa, que está como que vazio. Não tenho certeza de que se moveria e começaria a andar se eu lhe desse tal ordem. Mas o ser que geme em mim, dilacerado, desolado, coberto de sal, acaba subindo à minha goela em carne viva, e tenta um protesto balbuciante. Não sei o que digo a Yannes. O que ouço é a voz de outro que lhe fala de direitos adquiridos sobre *Sua mulher*, explica que a demora em regressar deveu-se a razões externas, trata de justificar-se, pede apelação para o seu caso, como se estivesse comparecendo diante de um tribunal empenhado em destruí-lo. Arrebatado de seus diamantes pelo timbre quebrado, implorante, de uma voz que pretende fazer retroceder o tempo e conseguir que o consumado não tivesse ocorrido nunca, o grego me olha com uma surpresa que logo se faz compaixão: "Ela não Penélope. Mulher jovem, forte, bonita, necessita marido. Ela não Penélope. Natureza mulher aqui necessita varão..." A verdade, a angustiante verdade – compreendo agora – é que as pessoas destas lonjuras nunca acreditaram em mim. Fui um ser emprestado. A própria Rosario deve ter me visto como um Visitador, incapaz de permanecer indefinidamente no Vale do Tempo Detido. Lembro-me agora do estranho olhar que me dirigia, quando me via escrever febrilmente, durante dias inteiros, ali onde escrever não respondia a nenhuma necessidade. Os mundos novos têm de ser vividos, mais do que explicados. Aqueles que aqui vivem não o fazem por convicção intelectual; acreditam, simplesmente, que a vida suportável é esta e não a outra. Preferem este presente ao presente dos fazedores do Apocalipse. O que se esforça para compreender muito, o que sofre as aflições de uma conversão, o que pode alimentar uma ideia de renúncia ao abraçar os costumes daqueles que forjam seus destinos sobre este pântano original, em luta travada com as montanhas e as árvores, é homem vulnerável porque certas potências do mundo que deixou para trás continuam atuando sobre ele. Viajei através das idades; passei através dos corpos e dos tempos dos corpos, sem ter consciência de que havia deparado com a recôndita estreiteza da mais ampla porta. Mas a convivência com o portento, a fundação das cidades, a liberdade encontrada entre os Inventores de Ofícios do solo de Henoch foram realidades cuja grandeza não era feita, talvez, para minha exígua pessoa de contrapontista, sempre disposta a aproveitar um descanso para procurar sua vitória sobre a morte numa ordenação de neumas. Tratei de endireitar um destino torcido por minha própria debilidade e de mim brotou um canto – agora truncado – que me devolveu ao velho caminho, com o corpo cheio de cinzas, incapaz de ser outra vez o que fui. Yannes me estende uma passagem para embarcar com ele, amanhã, no *Manatí*. Navegarei, pois, até a carga que me espera. Elevo os olhos ardidos para a insígnia floreada de *Los Recuerdos del Porvenir*. Dentro de dois dias, o século terá completado mais um ano sem que a notícia tenha importância para os que agora me rodeiam. Aqui se pode ignorar o ano em que se vive, e mentem aqueles que dizem que o homem não pode escapar de sua época. A Idade da Pedra, tanto como a Idade Média, ainda se oferecem a nós no dia que transcorre. Ainda estão abertas as mansões sombrias do Romantismo, com seus amores difíceis. Mas nada disto se destinou a mim, porque a única raça que está impedida de se desligar das datas é a raça dos que fazem arte, e não só têm de se adiantar a um ontem imediato, representado em testemunhos tangíveis, mas também se antecipam ao canto e à forma de outros que virão depois, criando novos testemunhos tangíveis em plena consciência do que foi feito até hoje. Marcos e Rosario ignoram a história. O Adelantado situa-se em seu primeiro capítulo, e eu teria podido permanecer a seu lado se meu ofício tivesse sido qualquer outro que não o de compor música – ofício de fim de raça. Falta saber agora se não serei ensurdecido e privado de voz pelas marteladas do Comitre que me aguarda em algum lugar. Hoje terminaram as férias de Sísifo. Alguém diz, atrás de mim, que o rio baixou notavelmente nestes últimos dias. Reaparecem muitas pedras submersas e as torrentes se eriçam de esporões rochosos, cujas algas doces morrem com a luz. As árvores das margens parecem mais altas, agora que suas raízes estão perto de sentir o calor do sol. Em certo tronco escamado, tronco de um ocre manchado de verde-claro, começa a surgir, quando a corrente se aclara, o Sinal desenhado na casca, a ponta de faca, uns três palmos sob o nível das águas.

*Caracas, 6 de janeiro de 1953.*

# Nota

*Embora o lugar de ação dos primeiros capítulos do presente livro não necessite de maior localização: embora a capital latino-americana, as cidades provincianas, que aparecem mais adiante, sejam meros protótipos, aos quais não se deu uma situação precisa, já que os elementos que os integram são comuns a muitos países, o autor considera necessário esclarecer, para responder a alguma legítima curiosidade, que a partir do lugar chamado Puerto Anunciación, a paisagem se atém a visões muito precisas de lugares pouco conhecidos e fotografados com dificuldade, quando o foram alguma vez.*

*O rio descrito, que, antes, podia ser qualquer grande rio da América, torna-se, muito exatamente, o Orinoco em seu curso superior. O lugar da mina dos gregos poderia situar-se não longe da confluência do Vichada. A passagem com a tripla incisão em forma de "V" que assinala a entrada da passagem secreta, existe, efetivamente, com o Sinal, na entrada do Canal da Guacharaca, situado a umas duas horas de navegação, mais acima do Vichada: conduz, sob abóbadas de vegetação, a uma aldeia de índios* guahibos, *que tem seu atracadouro numa enseada oculta.*

*A tormenta acontece numa paragem que pode ser o Raudal del Muerto. A Capital das Formas é o Monte Autana, com seu perfil de catedral gótica. A partir dessa jornada, a paisagem do Alto Orinoco e do Autana é trocada pela da Grande Savana, cuja visão se oferece em diversas passagens dos capítulos* III *e* IV. *Santa Mónica de los Venados é o que pode ter sido Santa Elena del Uarirén, nos primeiros anos de sua fundação, quando o modo mais fácil de chegar à incipiente cidade era uma subida de sete dias, vindo do Brasil, pela enseada de uma tumultuosa corrente. Desde então nasceram muitas povoações semelhantes – ainda sem localização geográfica – em diversas regiões da selva americana. Não faz muito tempo, dois famosos exploradores franceses descobriram uma delas, da qual não se tinha notícia, que responde de modo singular à fisionomia de Santa Mónica de los Venados, com um personagem cuja história é a mesma de Marcos.*

*O capítulo da Missa dos Conquistadores transcorre numa aldeia piaroa que existe, efetivamente, perto do Autana. Os índios descritos na jornada 23 são* shirishanas *do Alto Caura. Um explorador gravou fonograficamente – em disco que se encontra nos arquivos do folclore venezuelano – o Treno do Feiticeiro.*

*O Adelantado, Montsalvatje, Marcos, frei Pedro são os personagens que todo viajante encontra no grande teatro da selva. Respondem todos a uma realidade – como responde a uma realidade, também, um certo mito do Eldorado, que as jazidas de ouro e de pedras preciosas ainda alentam. Quanto a Yannes, o mineiro grego que viajava com o volume da* Odisseia *como seu único bem, basta dizer que o autor não modificou seu nome, sequer. Faltou-lhe apontar, somente, que ao lado da* Odisseia *admirava sobre todas as coisas a* Anábase *de Xenofonte.*

A. C.